本书为吉林省哲学社会科学规划基金项目
"中国新时期先锋文学本体论研究"

（项目号：2008BWX42）最终成果

新时期
先锋文学本体论

焦明甲　著

中国社会科学出版社

图书在版编目（CIP）数据

新时期先锋文学本体论／焦明甲著．—北京：中国社会科学出版社，2012.8

ISBN 978 - 7 - 5161 - 0864 - 2

Ⅰ.①新…　Ⅱ.①焦…　Ⅲ.①新时期—文学—研究　Ⅳ.①X127.653

中国版本图书馆 CIP 数据核字（2012）第 024595 号

出 版 人	赵剑英	
责任编辑	顾世宝	
责任校对	刘　娟	
责任印制	张汉林	

出　　版	中国社会科学出版社	
社　　址	北京鼓楼西大街甲 158 号（邮编100720）	
网　　址	http://www.csspw.cn	
	中文域名：中国社科网　　010 - 64070619	
发 行 部	010 - 84083685	
门 市 部	010 - 84029450	
经　　销	新华书店及其他书店	

印　　刷	北京市大兴区新魏印刷厂	
装　　订	廊坊市广阳区广增装订厂	
版　　次	2012 年 8 月第 1 版	
印　　次	2012 年 8 月第 1 次印刷	

开　　本	880×1230　1/32	
印　　张	10	
插　　页	2	
字　　数	251 千字	
定　　价	35.00 元	

目　　录

第二编　新时期先锋诗歌

第五编　新时期先锋戏剧与电影文学

代　序
历史理性视域下中国新文学发展及新时期先锋文学的诞生

——新时期先锋文学创作文化前提批判

　　中国新时期文学丰富多彩，其先锋文学形式独特、内容丰富。从朦胧诗到后朦胧诗，再到叙述诗、批评诗，新时期中国先锋诗歌创作随着时代变化而不断变换。在散文创作方面，巴金《随想录》以伤痕文学的色彩拉开序幕，其后出现贾平凹的乡村题材美文、余秋雨的文化散文、周国平的哲理散文、季羡林的学者散文，不同的是取材各异，文理各有千秋；相同的是创作者都能以小见大、风格上优美洒脱，其间不乏现实主义白描，更充满理性主义批判。小说这一在反对封建帝制文化过程中崛起的文体，在新时期更是大放异彩，从伤痕体到反思式、从寻根主题到改革追求、从现实主义描绘到自由主义书写、权力意志的诉诸，从形式实验到题材更新，从对崭新生存、生活状态的描写到对全新体验、感受的揭示……不但一浪接着一浪扑面而来，而且时刻扣人心弦、引人深思。在戏剧方面，新时期也是创新不断，新剧种不断涌现，旧模式不停翻新，从对西方现代主义形式的模仿到小剧场实验，从张艺谋、陈凯歌等人的影视大片到赵本山、赵丽蓉、黄宏等人的搞笑小品……国人在工作余暇观赏之际，除了能够获得一定的精神愉悦与审美享受，不能不对其表现的主题发出某种感叹。我们不禁要问，中国新时期先锋文学的源头在哪里？文化哲学创始人、著名人学理论符号学研究专家卡西尔认为，人在本质上是一个文化符号，有什么样的文化就有什么样的人，人无法逃脱自己身处其中的民族国家文化而独立存在。按照卡西尔的符号学理论，有什么样的文化也便有什么样的文学。下面，我们就来分析一下中国新时期先锋文学出现的文化前提。

一 政治变革背景

古希腊哲学家亚里士多德说，人是政治动物。文化是人的思维与思想的延伸，更是人们政治观念的基本表达。因此，对文化的分析自然也离不开对政治变革的深刻把握。中国近代以来，政治发生一系列变革，文化也出现诸多变化。下面，我们就从中国近代以来政治变革的考察开始，就其对文化变迁尤其是对文学创作的影响进行一番阐释。

（一）新中国成立之前：破除旧文化、传播新文化

中华民族有着光辉灿烂的历史文化。但是，中华民族文化在中英第一次鸦片战争之后受到了巨大冲击。自从 1842 年鸦片战争失败，中国有识之士便开始有意识地学习西方资本主义科学、文化。

较早睁开眼睛看世界的封疆大吏林则徐注意搜集西方著作，效法西方技术；进步知识分子魏源，在林则徐提供材料的基础上写成《海国图志》，提出"师夷长技以制夷"口号。19世纪 60 年代，以"师夷之长技以自强"为目标的洋务运动开

始兴起，资本主义思想在中国得到进一步传播。虽然洋务派的张之洞等人为了调和地主阶级与资产阶级改良派之间的矛盾，提出"中学为体、西学为用"的口号，但是，我们还是能够看到，伴随着西方科学技术的不断被引入，西方现代启蒙思想——民主、自由思想也渐渐在中国传播开来。

1894年中日甲午战争的失败，导致资产阶级政治改革运动——戊戌变法，以及孙中山等人在南方开展的资产阶级革命活动。"百日维新"失败之后，以中国民族资产阶级为核心的民主革命开始如火如荼，终于在1911年辛亥革命爆发并催生了中华民国。1912年1月1日，孙中山在南京宣誓就任中华民国临时大总统。1912年2月12日，末代皇帝溥仪宣布退位。与此同时，南北两派争夺最高权力的政治和谈也开始了。1912年2月15日，孙中山辞去临时大总统职务，南京参议院正式选举袁世凯为临时大总统，并依据《中华民国临时约法》，改总统制为内阁制。但是，袁世凯坚持于3月10日在自己控制下的北京就职，而且在就任总统之后，开始抵制内阁制。1915年12月，袁世凯恢复君主制，建立洪宪帝国，实行君主立宪政体。与此同时，康有为等反对革命、鼓吹开明专制的保皇派，掀起复古尊孔逆流，在全国各地先后成立了"孔教会"、"尊孔会"、"孔道会"等组织，出版《不忍杂志》和《孔教会杂志》，甚至提出将孔教定为"国教"。

1915年，陈独秀、李大钊等人在上海创办《青年杂志》。陈独秀任主编，李大钊参与编辑工作并成为主要撰稿人。该杂志大力传播民主、科学思想，掀起破除旧文化、传播新理念的"新文化运动"。1916年《青年杂志》迁往北京，改名《新青年》。1917年《新青年》发表了胡适的《文学改良刍议》以及陈独秀的《文学革命论》，1918年发表了由鲁迅创作的中国现代文学史上第一篇白话小说《狂人日记》。1918 年 11 月，《新青年》还发表了李大钊的《庶民的胜利》、《布尔什维主义的胜利》，热烈欢呼俄国社会主义革命的胜利。李大钊还于 1918 年创办《每周评论》，提倡新文化，宣传马克思主义……在这些进步思想号召下，1919 年 5 月 4 日，北京爆发了著名的反对帝国主义、封建主义的爱国运动——五四运动。

以陈独秀、李大钊、胡适、鲁迅为代表的民主主义者，提倡科学，反对迷信；提倡民主，反对独裁；提倡白话文，反对文言文；宣传西方进步的民主与科学思想，同封建尊孔复古思想展开激烈的斗争。这个过程实际是中国全面学习西方现代进步文化思想包括马克思主义思想的过程，同时，也是中国底层人民挣脱封建统治枷锁，开启自主表达思想见解、抒发情绪情感的大门，参与政治对话的过程。五四运动拉开了中国反对帝国主义、封建主义以及官僚资本主义的新民主主义革命序幕，也掀开了中国文学的崭新篇章。从此，中国文学进入反对旧文化、传播新文化，鼓吹民主自由思想，歌颂中华民族争取独立自强的历史时期。与民主革命相伴随，文学的任务在于为了使民主革命获得成功而进行新民。

（二）新中国成立之后：新民主主义革命文艺路线的完善

辛亥革命的胜利果实被袁世凯等封建复辟势力窃取，让中国有识之士认识到，自上而下的资产阶级民主革命是没有出路的，只有不断从思想上武装人民，让人民真正成为革命主力军，才能最终获得革命胜利，实现人民当家做主。

1927 年国共合作破裂。中国共产党走上领导工农群众推翻帝国主义、封建主义、官僚资本主义三座大山的新民主主义革命道路。这个时期，文学界主要创作反映人性解放，破除封建文化，崇尚现代民主的文学作品。1937年，为了共同应对日本侵略，国共开始第二次合作。这个时期，无论是国统区还是抗日根据地，文学创作都比较繁荣。国统区作家基本延续之前的民主自由文学创作道路，创作非常繁荣，取得很多成功。1941年国民党政府与日伪政府密谋联合，中国共产党为了凝聚力量，鼓舞人心，最终获得新民主主义革命胜利，开始进行文学创作路线的调整。1942年延安文艺座谈会上，毛泽东提出了文艺为工农兵服务的方针。这一方针为新民主主义革命胜利作出了巨大贡献。

新中国成立后，共产党领导中国人民从新民主主义革命向社会主义革命过渡，延续了文艺为无产阶级服务、为工农兵服务的路线。从国统区过来的作家纷纷进行社会主义文学创作。文学一度出现繁荣景象。可惜，不久以后，在中国出现了以阶级斗争为纲，否定一切旧文化、旧思想的"文化大革命"。伴随将革命进行到底的口号的提出，中国文学走上狭隘的"民族社会主义民主意识形态"创作道路。这种单向度的文学艺术创作原则，使文艺囿于政治不能自拔，逐渐沦为政治的附庸，无法实现审美自治，从而无法实现真正意义上的文学艺术繁荣发展。

二　社会文化背景

文学归根结底只是文化的一个部分，它表征文化的发展，再现文化的内容。下面我们分析近代以来中国社会主要文化思潮，进而阐释中国文学相应的发展情况。

（一）维新变法与西方文化的引进：中国传统文学现代变革的开始

中国近代文化变迁从洋务运动时期开始形成风气，到维新变法出现一个高潮。1894 年中日甲午海战失败，让中国有识之士看到必须引进西方文化拯救这个国家。康有为、梁启超等民族进步知识分子，接触西方启蒙主义文化，欲在中国实行君主立宪制，改革政治，发展民生，强大国家。受政治目标影响，中国文学界出现小说界革命、戏剧革命，中国文学在历史上不重视小说与戏剧，诗歌与散文才受到统治阶级的青睐。戏剧与小说是封建经济渐渐发展起来，出现以文学方式谋生的人群之后，才形成规模的。与中国情况不同，西方早在古希腊时代，戏剧、史诗（早期小说）等直接反映现实生活的叙述性文体就很兴盛。东西方社会历史状况不同，其发展情况也自然不同。维新变法运动主要倡导的就是民主意识，梁启超以小说这样一种底层人民人见人爱的形式传播民主思想，实质上并没有意识到西方小说等文学样式兴盛的根本原因，没有意识到小说中的重大精神意蕴。维新变法时期是文学研究兴盛时期，梁启超等人除了大力倡导小说写作，提出"小说界革命"之外，还提出"诗界革命"，要改良诗歌。如黄遵宪明确反对沉溺于故纸的剽盗，提出"我手写我口"。此外，王国维在西方文学理念影响下比较深入地探讨了中国戏剧发展的历史。可以说，这个阶段是中国第一个现代文学革命时期。当然，无论是小说界革命、诗歌革命还是戏剧革命，在根本上是"拿来主义"，难以摆脱政治实用主义精神的嫌疑。其一，是为了补充中国文学之不足；其二，是为了中国政治革新。所以，在本质上，这一阶段中国文学只是催生现代觉醒，并没有真正发展成自治的现代文学。在我们看来，真正的意义上的中国现代文学当属中国新时期先锋文学。

（二）辛亥革命失败与中国新文学的曲折发展

梁启超、黄遵宪以及王国维等人的文学理论为新文学的出现奠定了基础。辛亥革命成果被袁世凯窃取之后，陈独秀、李大钊号召文学界进行革命，倡导为平民解放服务、以白话为语言载体的文学写作。这个时期，鲁迅与周作人已经依照西方原文语式翻译出《域外小说集》。这部小说开创了中国文学翻译新的里程碑，真正使西方文学在中国传播开来。鲁迅等人以白话进行新民的小说创作，并且在反对文言小说创作的同时，逐渐树立崭新文学观，反对辛亥革命失败后"鸳鸯蝴蝶派"等传统小说观念的复兴。虽然遭到林纾等守旧派的反对，但白话小说最终取得胜利。中国自辛亥革命之后，先后出现军阀混战、国共合作、抗日战争、国共战争等重大历史事件，这个历史时期，中国文学创作在走向自由的同时，花样翻新。以诗歌创作为例，这一时期中国新诗创作蔚为大观，出现过胡适等人倡导的白话诗，郭沫若的自由长诗，徐志摩等新月派诗人的新格律诗，李金发等人的象征主义诗歌，也出现过反映陕北根据地变化的无产阶级革命诗歌……格调不一、多姿多彩。革命与保守同在，资本主义与人民民主共舞。这样的社会现实文化决定中国文学主题不统一、格式不相同。但是，无论国统区还是根据地，文学都具有向落后传统进行精神发难的特点。

（三）新民主主义革命成功与社会主义文学创作

共产党领导的新民主主义革命最终获得成功，中华人民共和国在 1949 年 10 月 1 日成立。这一事件标志着中国进入崭新的历史时期，也标志着中国新文学创作迎来新的历史契机。新中国成立后，大力进行社会主义的政治、经济、文化建设。所以，文学上主张为无产阶级政治服务，为工农兵服务。一时间，作家被"单位"化，文学开始走上旋律统一、格调一致、目标专一的境地。新中国成立前，西方现实主义文学创作方法在中国文学界受到重视。茅盾、巴金等作家写了很多批判现实主义性质的作品。新中国成立后，社会主义现实主义文学大行其道，其作品数量远远超过之前的批判现实主义文学创作，逐渐形成社会主义现实主义一支独大的文化语境，到"文化大革命"时期这种单调情况更是走向极端。这个时候，中国文学急需注入崭新文化思想，急需扩大文化资源，急需突围变革。

三 新时期文化状况与先锋文学创作的诞生

继续革命（意识形态方面）、建设发展（现实需要方面）、统一祖国（历史遗留问题）等诸多事物共同构成新中国成立以来的社会主题，经历"文化大革命"等政治磨难的中国人民认识到建设社会主义不是一蹴而就的事情。因此，中国新时期坚持现代性的精神，以现代化为方向，致力于使人民过上现代物质与精神生活。新时期，中国逐渐将社会发展主题从革命转变为建设。为了促进建设，国家不断深入社会改革，已经转变以政治意识形态的区别为主的社会发展模式，大力与资本主义意识形态进行对话，在坚持社会主义意识形态的同时，着力促进人民精神生活现代化。中国社会开始解放人本身，由原来的集体本位发展观转变为以个人为本位的发展理念。在这个过程中，表征社会变化的文学，以自己的方式进行了中国人民对于民族大义的文化书写、对于个人解放的精神颂扬、对于自由资本主义模式的批判、对于传统社会主义局限性的揭露、对于祖国统一的向往、对于民族崛起的憧憬、对于腐败的愤怒、对于传统伦理思想的再批评、对于西方优秀文化以及中国优秀传统文化的肯定。中国社会文化是多元的，又是辩证统一的。在中国，作家是愤怒的也是平和的，作品是尖锐的批评也是平和的建议，文学是美好人文理想的抒发也是科学思维的精神指示。

新时期是中国历史上一个特殊的历史时期。在这个历史阶段，国家不断围绕经济发展进行社会改革，不断融入全球一体化的世界经济发展大潮。但是，由于祖国统一大业没有最终完成，中华民族在改革开放的同时不得不保持鲜明的民族独立特性，呈现出较为明显的民族主义特色。中国的文学反映了这样的精神脉动，表征了这样的社会发展，呈现出精神多样化、主题多元化、价值普世化与民族化并存。同时，物质的大发展，资本主义意识随之勃兴，传统社会主义意识淡化，导致了意识形态的多元并存甚至思想意识的混乱不堪。中国新时期先锋文学记录了这一历史时期社会的发展变化，记述了这一历史时期人们心灵的脉动，为人们提供了精神慰藉，也启迪了人们对人性的深刻认识。

中国新时期文学从一种"空洞的社会主义意志论"回归现实生活本质论，从浪漫主义、理想主义转变为现实主义、实用主义，由直接性追求公平正义等理念的实现转变为尊重现实存在情况，从实际出发理性审视社会发展，按规律进行社会主义建设。科学社会主义或者说科学主义在中国逐渐取得应有的本体地位，人们在以科学理性的眼光审视一切既定存在。前马克思哲学的黑格尔思想，后马克思哲学的胡塞尔沉思、海德格尔发现、德里达坚持以及弗洛伊德想象等外来观念，以及中国易学传统以及儒、道、释智慧都给新时期中国人带来巨大精神启示。在新时期，伴随着马克思主义理论研究持续深入，人们逐渐认识到社会主义一定要与中国实践相结合。我们的社会要以人为本，以中华民族的强大为主，而不应拘泥于意识形态的争论，意识形态祛魅成为新时期最为耀眼的精神之光，也构成新时期先锋文学精神之基。

　　自从 20 世纪 80 年代中国社会进入改革开放的新时期，大量西方现代主义、后现代主义包括后现代主义之后的文化思潮源源不断地涌入中国，中国国内对现代主义、后现代主义文化以及中国传统优秀文化的理解不断深化，中国的文学创作开始出现新的变化。超验性较强的社会主义现实主义文学开始退场，新的美学原则逐渐崛起，体验特征鲜明的先锋文学创作逐渐形成规模。直至今天，这股创作思潮涛声依旧响亮，节奏依然明快，并且逐渐构成社会主义文学创作的主旋律，无论在描写百姓故事的民间生活叙事中，还是在歌颂社会主义事业的宏大主题叙事中，都能听到其鲜明的节奏与高亢的音声。作为一种文学现象，新时期先锋文学创作汇集了西方现代进步思潮精神成果，其花样形式不一、色彩格调繁多，破除了历史上长久以来的思想文化桎梏，开创了今天中国文学创作的繁荣景象，其创作已经发展为中国当下文学创作主要形式。

　　作为一种文学创作，中国新时期先锋文学为中国文学今后的发展提供了思想启迪与精神指引。新时期先锋文学创作改变了中国文学传统创作状态，引领了当下文学创作发展，成为中国当下文学创作主要形态，自从其诞生便受到中外批评界的广泛关注。纵观其批评历史能够发现：在国内，人们主要是把 20 世纪 80 年代兴起的先锋文学创作作为一种简单的文学思潮来对待，没有将其看做中国改革开放过程中新文学创造的开始，也没有将其与中国现代以来的文学创作历史结合起来，特别是同中国未来文学走向联系起来审视；在国外，一些西方文学批评家妄言中国新时期文学没有新思想，没有什么可以借鉴与宣扬的特别之处，他们只看到中国先锋文学受外来文化思潮影响的特征，没有发现中国当代先锋文学的中华民族优秀传统文化意蕴。当前，我国已经进入综合创新的历史转折时期，中华民族未来的文学发展需要有自己的文学创作。在本质上，中国新时期先锋文学创作是新时期中国文学界向历史与未来发出的第一声中华民族的文学呐喊，对这样一种文学不能简单地将其视为中国新时期文学创作中兴起的一个小小的思潮，更不能像那些外国文学批评家一样将其看做简单甚至是低下之思。我们要从其诞生的民族历史与时代发展的前提入手，考察其与民族历史及国外现代思潮的同与不同，总结其精神实质，在认清其思想局限的同时，对其进行深度历史透视与精神阐释，也即对其进行本体论的理论研究。只有这样，才能实现对其整体的科学把握、理性认知，为中国文学的未来发展提供良好的精神指引。

中国新时期先锋文学创作实现了创作内容的更新，使文学创作内容从单一的宏大主题叙事转变为边缘叙事、百姓民间生活叙事，也实现了创作形式的变化革新，由单一的社会主义现实主义超验性创作转变为形式多样手法不一的体验性创作，实现了创作精神的转换，由本原性色彩鲜明的创作转变为生存性色彩浓厚的创作。虽然无论从思想到内容还是从形式到精神，中国新时期先锋文学创作均未达到圆熟境界，将其放进世界文学界其本身所值得炫耀的地方也实在不多，但是作为一种探索性的文学创作，它并不像一些西方文学批评家所批评的那样缺乏思想，就其中蕴涵的中国优秀传统文化而言，我们能看到其有着巨大的生命力。我们一定要深入审视其诞生的中西结合的文化前提，公正评价其解放思想开元创新的主要内容，冷静分析其"焦虑本质"的精神实质，客观对待其"人性徘徊"的创作特点，深刻理解其"张扬人性"、深化现代启蒙思想的时代价值，也要批评其自诞生之际就表现出来的"先锋为要"、"作茧自缚"的思维局限。

中国新时期先锋文学作为中国新时期开元创新的文学创作，引领了时代文学发展，也必将创造中国文学未来美好图景。本书就是以中国新时期文学界影响较大、争议较大的先锋文学创作作为研究对象，采用文献发生法，以时代创新的马克思主义哲学观点，特别是人学哲学理论最新研究成果为思想基点，结合先锋文学创作历史文本——"诞生及其流变本文"，分析其对于旧文学创作的历史革新，对于新文学创作的精神引领，以及其自身的形式局限；挖掘其本体进步特点，批判其本体不足特征。

新时期先锋文学已经经历了 30 年的曲折发展，今天我们站在新的历史高度，对其进行具有反思性质的本体论考察，期待能够对这一领域的研究产生积极作用。

前　言
启蒙主义的现代性追求暨存在
主义的精神焦虑

——新时期先锋文学主旋律

　　启蒙主义和现代性都是西方哲学概念，而且都指涉另一个西方哲学概念——存在主义。

　　在当代马克思主义研究的视域里，现代性指的是同传统相对，以底层人的解放为核心进行不断深入的社会革命。从文艺复兴开始，人类社会开始进入反对封建神学统治、以人的自由解放为核心的现代历史发展阶段。启蒙主义指的是同传统专制思想相对的自由、平等、博爱等进步主义思想。启蒙主义的目标在于促进人的思想自立、自由解放。在英国资产阶级革命、法国大革命获得成功之后，德国思想家康德分析总结了启蒙运动，在德国掀起哲学革命。马克思正是在启蒙主义与现代性追求兴盛发达的社会历史与思想变革前提下，提出了科学社会主义学说。

　　20世纪，世界上最有影响力的学说有三个，马克思主义、弗洛伊德主义、存在主义。在马克思物质决定精神的理论鼓励下，弗洛伊德以精神分析方式深刻研究了人性。精神分析学说，在西方影响极其深刻广泛，20世纪80年代开始在我国流行开来。存在主义是 20 世纪后半期兴起的一种哲学思潮，以海德格尔、萨特为代表。海德格尔接受胡塞尔的现象学观念，继续了胡塞尔关于欧洲人文主义科学危机的思考。不同于胡塞尔以及后来德里达的"现象发生学"思考，海德格尔走上了关于"存在"的思考道路，写作《存在与时间》，在对时间与存在的辩证思考中，提出破除"逻各斯中心主义"思维传统的诗意存在生活观。但是，熟谙黑格尔、尼采哲学精神的海德格尔并没有改变启蒙主义与现代性的人的自由解放思想道路，其源于存在主义思考的诗意生活观正是面对西方思想现实窘境提出的走向自由解放的切实思索。20 世纪后半叶，西方世界仿佛进入存在主义时代。受其影响，我国学界于改革开放之后也涌起了存在主义思潮。

张清华曾指出中国新时期先锋文学是从启蒙主义走向了存在主义，为我们认识中国新时期先锋文学提供了一种思路。然而，这是一个"正确"的错觉。说其正确，因为这样一种描述体现了现代思维发展的历史进程，20 世纪 90 年代中国新时期先锋文学写作出现的"从启蒙主义到存在主义"转向的后现代主义精神端倪也发生迅疾的历史性变化。重新反思这段文学历史，拨开云雾，我们能够发现，新时期正是中华民族传统文化复兴、当代先进文化建构的重要历史时期，关于存在的思考，具体的说关于存在的马克思主义思考，才是中国新时期先锋文学的核心内容。其原因大致如下：

第一，中国新时期先锋文学孕育于人权遭受严重破坏的"文化大革命"时期，诞生与发展于人权开始获得恢复的新时期。但是，无论是"文化大革命"中的先锋思考，还是新时期的先锋批判总体上呈现出一种"存在的焦虑"。新时期，中国人一直生活在如胡塞尔与海德格尔等人所说的西方曾出现的

"人文科学危机"时代。因此，从实质上看，中国新时期先锋文学一直处于存在的焦虑之中，而未能真正摆脱窘境。

第二，新时期先锋文学获得了一定的话语权。不同于"文化大革命"以及"文化大革命"之前，新时期的中国文学创作获得了自己的艺术话语权。但是，得到话语权的中国新时期先锋文学并没有真正找到中国人的精神出路。如同中国经济发展一样，20世纪80年代后半期到90年代初，先锋文学也处于小心翼翼的反思探索阶段。20世纪90年代中后期开始，中国经济深入改革、扩大开放，中国先锋文学也走上同国外对话，引进西方现代创作思想、手法技巧的道路。进入21世纪，中国发展模式不断完善，中国先锋文学也在不断完善。但是从开始到现在，正如中国经济一直处于探索之中，中国先锋文学也一直处于存在主义的焦虑之中。

第三，中国新时期先锋文学创作内容丰富、形式不一，尤其是已经使文学降临民间。现代性的宗旨是底层人获得解放，启蒙主义的追求是自由、平等。存在主义是孕育于黑格尔、尼采等人哲学之中的后形而上学理论，但是其中并不缺乏形而上学即本体论的思考与追求。从海德格尔关于存在主义的系统阐释中，我们看到存在主义主要焦虑并孕育解放、自由、平等的精神方向。中国新时期先锋文学不自觉地走上这样的精神道路，走上现代性愿望与启蒙理想双重精神追求的文字书写。所以，我们用存在主义的焦虑来对新时期先锋文学精神实质进行概括才是比较准确的。

"文化大革命"结束，中国跨入改革开放的现代历史语境，中国先锋文学开始书写这样的变化，同时以理想性的艺术否定方式批判商品经济、工业化、信息化给人们生存生活带来的新问题，以及全球化发展给人们带来的全新感叹。

　　总之，在我们看来，中国新时期先锋文学发端于对"文化大革命"灾难的哀鸣，成型于对"文化大革命"社会图景的描摹及其所带来的精神伤痕的舔舐、抚慰，以及对美好未来生活的自由向往，进而步入一种对"大一统"思维方式的文化批判，转而走上对较为脱离社会的个人心理、身体感觉变化的深度发掘，后来又走上把握变化发展着的社会现实生活中人的思想情感变化的道路，摆脱个人化写作思维倾向之后又逐渐走上对社会现实生活的描摹与批判……总体来看，中国新时期先锋文学融现代性思索、启蒙追求、存在焦虑于一体，并以"存在的焦虑"的马克思主义形式呈现在世人面前，它并不是没有终极理想的从启蒙主义转向存在主义的简单的后现代主义性质过渡。

第一编

中国新时期先锋文学
创作的本质

关于新时期先锋文学的本质，当下中国理论界很少作完整性讨论。本编主要讨论中国新时期先锋文学的出现及其现代性特点、本体意蕴，旨在抛砖引玉，争取引起学界更多的关注，从而加强对中国新时期先锋文学的研究。

第一章

"超验之思"转变为"体验之思"

——现实主义文学退场与先锋文学亮相的哲学文化研究

中国文学进入新时期之后，在作品的内容和风格方面，表现出诸多针对现实主义文学的反动特征——先锋性。文学创作由原来的对真理世界的热烈追求，逐步走向不再单纯追求绝对且永恒不变的意义世界；作家不再以人文精神导师的面孔出来说话；作品不再拘泥于固有的现实主义宏大叙事的写法与结构文本不变的现实主义方式……中国新时期文坛发生了明显而巨大的变化——社会主义现实主义文学开始退场，先锋文学开始亮相。社会主义现实主义文学的退场与先锋文学的亮相，长期以来，一直是中国文艺理论界广泛关注、热烈讨论的热点问题之一。广大文艺理论工作者，通过不同角度，在多个层面，对这个问题展开了一系列卓有成效的论证，为我们认识这一文学创作变迁，了解新时期文学发展，提供了很大帮助。但是，由于这些研究大多局限于从文化思潮的角度，对社会主义现实主义文学与先锋文学创作进行艺术策略、写作手段研究，而不是对主宰社会主义现实主义文学和先锋文学截然不同的哲学文化本质展开深入的剖析，因此很难对这一文学变革的出现作出更加透彻的解说。对一段特殊时期的较为特殊的文学创作现象的归纳，如果仅停留在文化思潮与艺术策略这一层面上，显然是不够的。人们渴望从更深的层面，从哲学文化变革以及创作主体所持哲学文化思维的转变等方面理解中国新时期文学所发生的变化，从而实现对中国文学变革的准确把握，进而实现对文学创作规律的深入认识。本书试图在这方面作些尝试性挖掘，意在抛砖引玉，希望能为中国新时期文学评论带来些许新的气息。我们认为，新时期中国文坛，先锋文学的亮相与社会主义现实主义文学的退场几乎同时发生。究其原因，并不是作家对现实主义的有意躲避和对西方现代、后现代文化的盲目追求，实际上是作家在创作意识上，一次有意地由落后的"超验"哲学文化思维向进步的"体验"哲学文化思维的转变；是作家对旧有的落后哲学文化思维范式的否定，以及对现代先进哲学文化精神的弘扬；是中国知识分子自觉追求现代进步哲学文化，并希望以之作为中国文学创作本体追求的一次具体显现。下面，我们首先对"超验之思"与"体验之思"的内涵与特征进行辨析。在对"超验思维"的规定性哲学文化思维本质以及"体验思维"的非规定性哲学文化思维本质进行揭示之后，再对新中国成立之初的社会主义现实主义文学与新时期先锋文学的内在哲学文化思维规定性进行探究，揭示社会主义现实主义文学的"超验思维"特征和先锋文学的"体验思维"特征，进而指出社会主义现实主义文学的退场与先锋文学的亮相，实际上是中国知识分子追求现代进步哲学文化，并希望以之作为中国文学创作本体追求的一次具体显现。现实主义文学的退场与先锋文学的亮相实质是中国作家由"超验之思"转变到"体验之思"的结果，这一转变在一定程度上标志着中国文学的巨大进步。

第一节 "超验之思"与"体验之思"界说

"超验之思"与"体验之思"都是人作为主体把握外部世界的思维方式。但在文化上,它们又有着截然不同的内在规定性。

"超验之思",顾名思义,在文化上指超越经验世界的思维方式。作为思维最为主要的样式之一,这种思维方式的出现有深刻的现实历史文化背景:人类的实践活动不仅具有现实性,而且具有理想性;不仅具有局限性,而且具有无限的精神指向性。基于人类实践本性的理论思维总是渴求在最深刻的层面上或最彻底的意义上把握世界、解释世界和确认人在世界中的地位与价值。理论思维的这种渴求导致了"超验"思维方式的诞生。"超验"思维方式以追求"超验"的存在为目标,在现实生活中表现为追求现象背后的本质,经验背后的本原,特殊背后的普遍。"超验"思维方式是人类追求作为世界统一性的终极存在、作为知识统一性的终极解释与作为意义统一性的终极价值即人类特有的"终极关怀"的产物。"超验"的思维方式就是形而上学的思维方式。这种思维方式严格遵循至上性的原则,具有非绝对真理不取的特征。它是一种关于"概念的概念"、"逻辑的逻辑"的思维,包含要求思维主体不需辩解,唯有认同的态度倾向。在这种思维模式中,思维主体只能按照约定好了的原则在一种规定性中把握世界。在本质上,"超验"的思维方式是一种规定性的思维方式。这种思维方式具有自我辩解只能在"关于逻辑的逻辑"、"关于概念的概念"中进行的先在的规定性。自我精神只能在那种预设了的文化规定中游移,不可越雷池一步。思维主体自我精神受着逻辑与概念的牵制，实际上这种思维是一种异己的他者本位思维，而非自我主体能动的自在思维，遭受这种思维控制的人一定呈现出一种异化了的思维状态。从另一方面看，由于这种思维是一种形而上学的思维，因此它可以为理性插上一双跨越现实到达理想境界的翅膀。因此，这种思维方式在追问世界的本原，探究未来真理中是必不可少的。在哲学文化反思中，在社会人生理想的探寻中，它有权力说舍我其谁！这一点可以在西方 19 世纪与中国现代文学阶段中的现实主义文学创作中得到证明。但是，如果单纯地将其作为观察评判现实中运动着的此岸世界之存在，则会产生非常不利的一面。这一点在新中国成立到"文化大革命"结束这段时期的中国社会主义现实主义文学创作中表现得最为明显。任何一种思维都是一种面对社会、历史、人生等事物的态度，而态度本身是文化观念的反映。因此，可以说一种思维本身是一种文化的产物，起码可以说一种思维方式与一种文化相对应。作为一种思维方式，"超验思维"实际是近代西方理性至上思维的产物。后文为了揭示社会主义现实主义文学创作的本质，我们将进一步证明这一事实。

体验，指"内在于人的身体并改变人的身体存在形态的经验"①。这便决定了"体验之思"与"超验之思"不同。"超验之思"是一种超越经验世界的思维方式，"超验之思"以思维规定存在，终究是为了控制、宰制存在。"体验之思"以内在于身体并改变人的身体存在形态的经验为自己的观照对象，决定"体验之思"不具有"超验之思"的先在规定性质。前文也已经指出，人类的实践活动不仅具有现实性，而且具有理想性；

① 孙利天：《21 世纪的哲学：体验的时代》，《长白学刊》2001 年第 2 期。

不仅具有局限性，而且具有无限的指向性。基于人类实践本性的理论思维，总是渴求在最深刻的层次上或最彻底的意义上把握世界、解释世界和确认人在世界中的地位与价值。因此，虽然"体验之思"以现实为精神皈依，但是在本质上是具备"超验之思"的本体终极关怀因素的。与"超验之思"相比，"体验之思"只是摒弃了"超验之思"的唯终极关怀是尊的片面性罢了。恩格斯说，人的思维是至上与非至上的辩证统一，按它的本性、使命、可能和历史的终极目的来说，是至上的与无限的；按它的个别实现和每次现实来说，又是非至上的和有限的。"体验之思"属于"至上之思"与"非至上之思"的统一。体验是内在于身体并改变人的身体存在形态的经验，因此"体验之思"是以思维主体自我经验为思维的前提条件的，而非单纯地以某种理论作为思维的前提。也就是说，"体验之思"是突出思维主体自我的，具有对自我而非对理论完全体认倾向，是以思维主体为本位的思维方式，而非以他者为本位的思维方式。"体验之思"是在对思维主体自我经验充分肯定的基础之上形成的。这便决定了这种思维方式主张在张扬人的主体个性中观照自我，实质上这种思维范式也有利于在自我个性的张扬中观照自我。在此意义上，可以说"体验之思"是思维主体理性与非理性本质在现实意义上的一次统一。作为一种进步的思维方式，"体验之思"为理性安上了现实的轮子，为理性找到了休养生息、安身立命的寓所，使理性变成了可以真正改变现实的精神之花。这一点，从中国新时期文学创作的鲜明的"人本"特征——尊重人性、尊重人的情感与体验的特征中可以看出。作为一种具有非规定性特点的思维方式，"体验之思"是西方现代、后现代文化的产物。后文为了揭示新时期先锋文学的哲学文化本质，我们将进一步证明这一事实。

第二节 新中国成立之初的社会主义现实主义文学:"超验思维"的产物

以现实主义理论称雄于世界文坛的卢卡契认为,"文学艺术的内容来自对客观现实的反映,但这种反映又是对客观现实的超越"[1]。他还认为,"总体性"应该成为现实主义文学的总原则,同时还确立了"总体性"的适应范围。"卢卡契不仅认为人类历史上的整个现实主义文学是一个总体,而且认为每一个现实主义大师,每一部现实主义名著也是一个总体;不仅认为现实主义艺术作品的真实性是一个总体,而且认为现实主义作家塑造的每一个典型也是一个总体;甚至每一个典型的细节也可以说是一个总体。"[2] 从卢卡契对文学的理解中,我们能够看到现实主义文学在总体上是一种被严格规定限制了的文学,即具有典型的思维规定性质的文学。现实主义起源于 16 世纪文艺复兴时期对中世纪宗教的批判。追问现实主义文学的历史,我们会发现,现实主义文学的诞生与近代西方文化的出现处在同一时期。在某种程度上可以说现实主义文学本身就是近代西方文化的一个构成部分,现实主义就是最初的近代西方文化精神的具体显现,更进一步也可以说最初的现实主义文学是近代西方哲学文化思维的产物。众所周知,近代西方文化起源于对中世纪基督教经院神学的反抗。其最为主要的特征是,高扬人类理性认识论,强调人类思维至上的性质,宣扬理性的巨大认识功能,逐步走向理

---

[1] 朱立元:《当代西方文艺理论》,华东师范大学出版社 1997 年版,第 179 页。
[2] 朱立元:《现代西方美学史》,上海文艺出版社 1996 年版,第 725 页。

性中心主义。近代西方哲学文化的集大成者黑格尔在康德用理性解构基督教神学的基础上,又用理性勾勒了控制和主宰人类存在的终极世界精神——"绝对精神"图谱,就是典型的例证。受理性至上思维影响深刻的现实主义文学创作方法曾经在文学史上有过一定的贡献。例如,在19世纪的欧洲,伴随着宗教话语权力的丧失,诞生了许多现实主义文学名作,如司汤达的《红与黑》等。这些现实主义作家由于历史发展的现实需要大多把表现社会变革中的时代精神趋向作为自己文学创作的主要内容。由于现实主义本身具有独特的总体性特征,可以帮助作家使要表现的作品主题得到充分发挥。因此,在一定意义上可以说,社会变革剧烈的特殊历史时期,那些以重大时代精神作为表现对象的现实主义文学作品,能够对推动时代变革,指示时代革命的路径,促进社会的变化,发挥巨大的作用。这一点在我国的文学创作中也有所体现。早在现代文学时期,中国广大有识之士为了实现对封建思想的深刻批判,为了追求光明的未来理想世界,引入了现实主义创作方法,广大中国作家创作出许多现实主义文学作品,如巴金的《家》、鲁迅的《阿Q正传》等。这些作品从总体上,对当时中国变革着的社会现实给予了高度的概括,对变革时代的广大中国人认清自己的生存境况提供了帮助。但是,由于现实主义创作方法本身深深地受到一种具有一定文化规定性的思维方式——"超验思维"的影响,这种文学自从诞生之日起就表现出一种自身难以克服的缺点,即由于理性思维至上品格的规定,这种文学往往表现出一种特有的强势话语姿态。在文学创作中表现为追求永恒的确定性,往往以确定性社会真理为创作的终极目的,并且整个创作都围绕这一目的展开。在外国文学创作中表现为,19世纪的现实主义文学作品由于专注追逐社会理性，使文学创作中原本丰富的人道主义思想丧失了应有的活力，致使许多作品缺乏跨越时代的永恒之美。例如《红与黑》的作者由于专注对主人公于连悲惨命运的书写以及对他积极向上攀爬精神的讴歌，而忽视了对他利用爱情的卑鄙行为的批判以及对受害人德·雷纳尔夫人的同情，致使作品缺乏一种永恒的生命之美。中国现代文学中一些现实主义文学作品也是这样。例如巴金的《家》，由于作者一味批判觉新的懦弱，却没有从觉新的"爱的奉献的人生中"挖掘其"类人"的一面，致使作品表现出对中国传统文化认知的一种偏执倾向。从上面的分析中我们可以看到，如果说现实主义的积极作用，即可以鞭辟人里地实现对社会、历史、文化等的一定的认识，是由它本身固有的近代西方哲学文化品质所规定的那种具有理性至上特征的"超验思维"本质造成的，那么现实主义文学所表现出的缺点——认识上的偏执实际也是"超验思维"本质造成的。理性本身并无过错，但是一旦至上性的社会理性成为决定人的行为的唯一准则，思维便会不自觉地受到一种先在的概念性的东西，即规定性的控制。这一点在新中国成立之初的社会主义现实主义文学创作中有鲜明的体现。在现代文学时期，中国广大有识之士为了实现对封建思想的深刻批判，为了追求光明的未来理想世界，引入了现实主义创作方法。在新中国成立之初，由于当时特定的社会文化环境，即为了实现对旧有封建思想以及新兴民族资产阶级剥削思想的清理，为了在中国迅速树立起进步科学的社会主义理想，社会主义现实主义文学成为当时中国文学创作几近唯一的选择。这样一来，那种西方近代社会出现的具有一定文化规定性的思维方式——"超验之思"，便如中国现代文学中的部分现实主义创作一样，不可避免地要对中国当代文学创作产生一定的消极影响。这种影响主要表现在：新中国成立之初，为了实现对社会主义的完整表达，中国广大文学工作者紧紧围绕社会主义社会政治现实的变化进行创作，人物是被政治现实规定了的人物，事件是被政治现实规定了的事件，主题是确定了的歌颂社会主义新中国的主题……在这种创作中，由于"非文学精神"成为主导中国文学创作的核心思想。因此，在某种程度上可以说，社会主义现实主义文学不但没有摆脱原有的现实主义文学的局限性，还强化了现实主义文学从诞生之日起就具备的那种落后的哲学文化思维品质——社会理性至上。具体表现在：新中国的社会主义现实主义文学作为一种有前提规定的文学，毫不掩饰自己严格的文体规范——在人物塑造方面，追求塑造高度概括的典型人物形象，直至发展为追求塑造"高、大、全"式的人物形象；在环境描写方面，主张提供与社会历史、时代命运息息相关的大环境，直至发展为把政治运动作为作品的唯一背景和环境；一般情况下，作品还要求有一个明确而重大的时代主题，作品的内容要紧紧围绕这个主题——社会主义建设；在写法上，这种文学严格地书写着规范化的集体利益至上的理性语言，严格遵循客观的写作原则——"社会主义化"创作原则。我们看到，这是一种严重发挥了现实主义文学创作的"总体性"原则的文学，在创作思维上，高度张扬了思维的前提规定性。作家几乎在一种脱离自身的思维规定中写作，而不是在切身的体验与自由的思想中工作。其结果只能创作出一种他者本位的文学，即充当政治传声筒的文学。从文化学的角度我们可以看到，这种社会主义现实主义文学之所以在新中国能够迅速生根成长，最主要的原因是当时主宰中国社会的那种落后的哲学文化思维，即中国传统农业文化影响下诞生的"依附性思维"与当时引进的落后文化思维模式——近代西方哲学文化影响下诞生的具有严格社会理性（理想）规定性的"超验思维"的对接。新中国成立之初，中国社会处于非常复杂的哲学文化状态中，社会主义文化没有充分建立起来，民族资本主义文化有一定的发展。但是我们可以肯定地说，当时在中国最为强大的仍然是落后的封建农业文化。在今天看来，致使社会主义现实主义文学诞生并迅猛发展的哲学文化思维态度是那种落后的农业文化思维态度，即依附性思维态度；支配主宰社会主义现实主义文学创作的是那种具有社会理性至上性质，即具有"超验"特征的西方近代哲学文化思维即"超验之思"。可以这样说，是这两种落后文化思维态度的结合，孕育了中国社会主义现实主义文学。

第三节　中国新时期的先锋文学：
"体验思维"的硕果

先锋文学又称先锋派，作为一个文学范畴，在中国文艺评论界，指"文化大革命"结束之后中国文坛上出现的，与新中国成立之初社会主义现实主义文学创作不同的，具备先锋性质（现代、后现代性质）的文学。它大致包括朦胧诗、意识流小说、先锋小说、新写实小说、新历史小说、新状态文学（包括新市民小说、新都市小说、女性写作等）、后先锋小说等诸多文学样式。这种文学创作直到今天还以不同的样式延续着。1997 年，诗人张清华在他所著的《中国当代先锋文学思潮论》一书中，对"先锋"两个字作了这样的解释："在内涵特征上，它主要有两个层面，一是思想上的异质性,它表现在对既成的权力叙事和主题话语的某种叛逆性上;二是艺术上的前卫性,它表现在对已有文体规范和表达模式的破坏性和变异性上。而且这种变异性还往往是以较为'激进'和集中的方式进行的。"① 复旦大学陈思和教授在他主编的《中国当代文学史教程》一书中对于先锋精神作了这样的说明:"所谓先锋精神,意味着以前卫的姿态探索存在的可能性以及与之相关的艺术的可能性。"② 从张清华与陈思和等人对先锋文学的归纳中,我们看到,先锋文学与新中国成立之初的社会主义现实主义文学相比,无论在精神指向上,还是在艺术特征上,都具有一定的独特品格。先锋文学的先锋性表现为,"它以不避极端的态度对文学的共鸣状态形成强烈的冲击"③,即对主流文学样式的彻底反动。在中国,这种反动主要表现为对社会主义现实主义文学样式的反叛与颠覆。笔者以为,先锋文学对社会主义现实主义文学的反动,主要表现为对一种落后的文化遗留下来的思维态度的反对,这种反对实际建立在对西方现代文化和后现代文化认同的基础上。

先锋文学的理论力量来源一直被广大评论者所关注。中国新时期先锋文学五彩斑斓,绝非某种单纯的理论的产物。从 20 世纪 80 年代初开始,伴随中国改革开放涌入中国的西方现代心理主义、现象学、存在主义、解释学、形式主义、结构主义、符号学理论、解构主义、女权主义、新历史主义

---

① 张清华:《中国当代先锋文学思潮论》,江苏文艺出版社 1997 年版,第 2 页。

② 陈思和:《中国当代文学史教程》,复旦大学出版社 1999 年版,第 291、297 页。

③ 同上。

等理论，甚至西方马克思主义理论中的否定主义理论等，都可以说是它的文化精神来源。先锋文学的出现是中国改革开放大量引进西方现代、后现代哲学文化的产物，也是中国哲学文化自身发展的产物。早在"新文化运动"时期，中国社会就传进了西方现代哲学文化。西方现代文化最主要的特征就是对理性权威的反动。19世纪下半叶，叔本华、尼采等西方哲学文化大师开始宣传非理性主义，20世纪初，柏格森、弗洛伊德、荣格等哲学文化大师揭示了个人的意识、情欲、本能等心理因素对人的决定作用。这种文化在中国民主革命阶段，对中国的解放曾经发挥过重大作用。中国现代文学中如郁达夫、徐志摩、沈从文等文学大师的创作中都不乏这种进步的现代西方文化精神——把人从社会理性本位中解放出来的思想，直到今天他们创造的那些诸如《沉沦》、《再别康桥》、《边城》等经典文本依旧被人们喜爱。这种文化在新中国成立之后，由于时断时续的左倾文化建设路线的影响，一直到"文化大革命"结束之前都没有被发扬光大。

"文化大革命"结束之后，中国广大知识分子在精神上获得高度自由与解放之后，开始了对现代、后现代西方进步哲学文化不自觉的传播。在文学创作方面表现为，改革开放之初，现代主义创作思潮风起云涌，王蒙、残雪等人的现代主义小说，顾城、舒婷等人的朦胧诗，备受大众青睐；进入20世纪80年代中后期，伴随诸多后现代主义文化思潮的涌动，中国文学创作由精神到写法发生更加巨大的变化。先锋小说、新写实小说、新历史小说、新状态文学、后先锋小说等诸多新颖别致的文学样式相继出现，社会主义现实主义文学开始退场，先锋文学开始亮相。中国新时期先锋文学的亮相主要表现为：第一，文学作品中的主要人物不再局限于具备崇高品质的英雄人物。作家将自己的笔触伸向普通百姓，平凡而普通的民众成为许多作品中的主人公。这些人物身上不再闪着崇高亮丽的光芒，神圣的影子在他们身上已经不复存在，他们有值得人歌颂的品德，也有值得人反思唾弃的缺点，是活生生的现实生活中的人。他们追求精神上的崇高，更追求现实的物质与感官的享受，在他们身上我们看到了现实世界的可亲与可爱。第二，文学作品中的主要事件不再局限于重大事件，特别是不再局限于重大的政治事件，转向更多的关注普通百姓日常生活。在作品中，平凡人的平凡事被大量描写，个人的爱、性与趣成为作家不再回避的主题，关于爱、性与趣的描写也堂而皇之地走进作品世界。作品描写的事件很少再有确定的共鸣的精神指向性，作者仿佛放弃了在故事中要告诉读者点儿什么的想法，作品中很少有理性的话语介入，作品的主题完全依赖作者的体验式叙述来传递，作品本身仿佛就是作家的切身体验。第三，在文体方面，原来比较稳固的文学文体发生了变化，多文体融合的趋势开始出现。有的论者高呼新时期文学出现了非文体化的趋势。多文体融合已经成为作家的自觉选择，作家在创作中不再刻意追究自己写作的是小说、散文，还是诗歌。出现了如小说语句一样的诗歌句子，例如诗人昌耀的诗《内陆高迥》里出现了一行由八个单句组成的其长无比的诗。也出现了如诗一样的小说，例如孙甘露的小说"《我是少年酒坛子》中的许多段落，分行排列，都是很不错的诗歌"①。更为明显的是开始出现追问什么是小说的小说，例如马原的小说《虚构》。在

---

① 陈思和：《中国当代文学史教程》，复旦大学出版社1999年版，第291、297页。

散文创作方面，余秋雨散文集《文化苦旅》的出现结束了现代散文不能写重大题材的历史。作家学者化与学者创作文学作品也不再是新鲜事。第四，与作品描写的对象及其文体风格发生变化相伴随，文学作品的语言也发生巨大变化。在作品中，直接歌颂、评价、议论性质的语言减少了，白描与客观叙述话语大量出现；一向为作家忌讳的、消解崇高的"解构性"语言随处可见；关于文学是什么、小说是什么等的元文学语言也大量出现……文学变成了作家内心体验的世界。先锋文学的亮相意味着，作家开始以自己的体验为本位进行文学创作，一种高度个人化本位的、追求多元观念共存发展的具有西方现代、后现代哲学文化特征的思维模式——"体验思维"开始进军并逐渐主宰中国文坛。我们看到，这种思维模式使文学更加走向活生生的人的内心世界，文学更加人学化了。实际上这种文化思维已经开启了中国文学现代化的大门，中国文学开始与传统落后的农业文化的依附性思维与西方近代社会理性至上思维告别，走上以人为本的、尊重人的个性与情感的"体验思维"之路。

中国社会进入新时期，社会主义现实主义文学开始退场，先锋文学开始亮相。这一巨大变化，实质是中国文学进步的标志。其根本原因是新时期广大作家对中国进步文化政策的自觉实践；是中国知识分子对进步的西方现代、后现代哲学文化理论的自觉接受与传播；是中国作家的创作思维由"超验之思"向"体验之思"的转变。社会主义现实主义文学是中国落后的传统农业文化思维——依附性文化思维与西方近代那种主张理性至上、具有"超验"特征的文化思维对接的结果；先锋文学是中国知识分子对落后的农业文化思维——依附性文化思维与西方近代社会理性至上思维——

"超验思维"进行扬弃,并与西方现代、后现代哲学文化那种主张人性至上、具有"体验"特征的文化思维对接的结果。

社会主义现实主义文学向先锋文学的转变,使中国文学创作逐步摆脱了"超验思维"的控制而逐步走向"体验思维"。这一转向实质是中国社会哲学文化的大转变,是中国新时期文化进步的鲜明标志。源于现实的"体验"中的思考——"体验之思",比超越于现实之外的"超验"中的思考——"超验之思"更接近人类生活,也就更近于真理。新时期中国文学创作由原来的以"超验之思"为原则转变为以"体验之思"为指导,实质是中国知识分子在中国文化建设上的一次自觉地对进步哲学文化的选择,是中国知识分子追求现代、后现代进步哲学文化思想,并希望以现代、后现代进步哲学文化意识作为中国文学创作本体追求的一次具体体现。主导文学创作的哲学文化思维由"超验之思"转到"体验之思",文学的文本世界就更加接近于生活世界,文学也就更接近于真实,而真实是文学的最基本追求。因此,文学也就更接近于自身,从而也就使文学创作有可能真正走上自主的道路。

第二章

文学与文化的交相辩证发展

——中国当代先锋文学现代性

中国当代先锋文学是中国进步的知识分子在新中国成立后自觉发出的第一声属于作家自己的文学呐喊，这一呐喊不仅吼出了他们心中长久以来一直抑制着的热烈的情感，道出了他们心中长久以来一直被压抑着的人文情愫，也喊出了中国现代文学创作的新纪元。"正是现代性使时代引以为自豪且形成了自我意识。"① 在当下，如果在前人先进研究成果的基础上，把中国当代先锋文学放进中国现代文学发展的历程，放进中国现代历史变迁的过程，放入它应有的"现代性"历史文化语境中，也就是说，如果以"现代性"为视角，将中国当代先锋文学放入中国现代性生成与发展的精神视阈，分别对其历史起点、现实支点、创作主题、变革实质及其时代意义与进步影响进行比较深入的分析，对于人们进一步深入了解它的创作情况，无疑将是一种有益的尝试。下面，我们便来进行这样一种

---

① ［德］于尔根·哈贝马斯：《尼采：后现代性的开端》，汪民安译，转引自汪民安、陈永国、马海良主编的《后现代性的哲学话语——从福柯到赛义德》，浙江人民出版社 2000 年版，第 346 页。

思想实验。

第一节　中国当代先锋文学的现代性历史起点：现代性文化的引进、传播与中国现代性历史语境的生成、曲折演进

中国当代先锋文学创作五彩斑斓、琳琅满目，因为它拥有悠远的历史渊源。正如中国当代社会的发展一样，中国当代先锋文学的出现也是有其深远的历史根源的。从根本上说，它的出现是中国百年民主革命的结果，是中国人在遭受西方殖民侵略之后，由自发接受到自觉选择西方现代文明发展路径，引进西方的现代文化并在中国本土自觉发展的结果。

中华民族拥有五千年传统农业文明的历史。然而，在19世纪中期，面对西方现代文明的侵略，显得空前的脆弱。从鸦片战争到甲午战争，中国人或者说中国的传统农业文明被彻底打败了。如果说鸦片战争标志了西方对东方的胜利，那么，甲午战争标志的就是现代文明对传统文明的胜利。经历了战争的失败，中国的一些有识之士，开始反思自己的民族文化，反思中国的传统文明，在这种反思之中，逐渐由自发的对现代文明的接受，转变为自觉地走上现代文明发展的道路。如果说李鸿章等人的"师夷长技以制夷"做法代表了对现代文明的自发接受，孙中山等人提出的"三民主义"与进行的资产阶级民主革命则代表中国人自觉选择了现代文明发展道路。辛亥革命是中国人自觉于本土建设现代文明的开始，尽管这一建设过程并不顺利，其间还夹杂着同封建复辟势力的斗争、反对军阀割据的斗争、同侵略者日本帝国主义的斗争、国共之间争取国家政权的斗争、新中国反对封建主义与资本主义的斗争，以及

"文化大革命"这样的历史运动，但是，中国百年来反对殖民主义、反对封建主义的民主革命中形成的科学、民主、自由、进步等现代思想并没有也不会从根本上被破坏，那是中国人用无尽的鲜血换来的，正是这符合时代发展的现代进步思想构成了中国当代先锋文学的历史前提。中国当代先锋文学就是在这种自觉地对现代文明的选择中诞生的。"黑夜给了我黑色的眼睛，我却用它寻找光明。"这可以作为中国人民对现代文明百年求索的生动写照。

新中国成立前，中国就已经有了近一百年的"现代化"历史。新时期到来之前的一段漫长历史时期，是现代性文化引进、传播、在中国本土曲折发展并形成中国独特的现代性历史语境的时期。它也是中国当代先锋文学现代性的历史起点。光彩夺目、亮丽多姿、激荡摇曳的中国当代先锋文学在时间上虽然诞生于"文化大革命"的动乱时期，在更为遥远的根源上，却可以视为中国人一百多年来现代文明选择的结果。因此，我们研究中国当代先锋文学不应忽视对这一历史起点的考察。

第二节　中国当代先锋文学的现代性支点：中国现代性文化语境的复归与拓进

"现代性态度是在启蒙运动中形成的。"[1] 中国当代先锋文学最为典型的特征就是思想启蒙。因此，中国当代先锋文学最初表现为对"文化大革命"的文化专制主义的愤慨与不满，后来遂以"不避极端的态度"表达自己思想启蒙的创作追求。从反映论上说，它表征了中国当代社会的历史转向，即现代性

---

[1]　陈嘉明等：《现代性与后现代性》，人民出版社2001年版，第3页。

语境的历史复归与拓进这一事实；从本原论上说，是中国当代社会的现代性语境的历史复归与拓进为它创造了条件、提供了保障。没有走向改革开放的中国，没有新时期中国当代社会的现代性语境的复归与拓进，就不会有"文学化"的中国当代先锋文学的繁盛。同改革开放政策一样，中国当代先锋文学孕育于"文化大革命"，兴起于"文化大革命"结束这一独特的历史情境。同世界其他文学现象相比，它的出现及繁盛发展，不但有自己独特的现代性历史起点，也离不开孕育自己的独特历史文化语境与现实物质条件。

"文化大革命"的结束与中国新时期改革开放的深入发展，构成了中国当代先锋文学崛起与繁盛的现实物质条件。随着"文化大革命"的结束，中国文坛出现了带有伤痕、反思色彩的新诗歌、新小说、新散文，在这些新文学中，包含着朦胧诗这样的先锋文体样式。改革开放的深入发展，中国文坛出现了先锋小说、先锋戏剧、新潮电影、新写实小说、新历史小说、新状态文学（新体验文学、新都市文学、新市民文学、女性写作等）以及后先锋文学等诸多具有先锋性质的文体样式。纵观这些文体样式的出现，我们会发现，每一种文学写作背后都有相应的现实生活的变化。中国当代先锋文学的繁盛，与中国新时期现代性文化语境的复归及其急速拓进是分不开的，与中国社会对现代文明的全面皈依是分不开的。在某种程度上，我们还可以说，中国当代先锋文学以自己独特的方式参与了中国社会对现代文明的皈依。例如：它在高扬人的主体性的同时，不忘对人的整体特性的时代反思；在倡导西方现代文明样式的同时，不忘对中国古代优秀传统的回忆；在欣喜于当下繁盛局面时，不忘对未来发展道路的省思。

"文学来源于生活，又高于生活"，这是人们对文学与生活的关系所作的经典概括。在本质上"文学是一种语言艺术，是话语蕴藉中的审美艺术形态"①。但是，当我们面对中国当代先锋文学的时候，我们仿佛看到，文学本身就是生活，生活与文学已没有什么区分；有什么样的生活观就有什么样的文学，相反，有什么样的文学观就有什么样的生活；文学是生活的反映，也构成生活本身；生活是文学的源泉，也成为文学观念的宿营地。中国当代先锋文学是现代性文化语境的复归与拓进的结果，也成为中国现代性文化语境的复归与拓进本身；没有现代性文化语境的复归与拓进，不可能有它的繁盛局面，相反，没有它的繁盛，真正的现代性文化语境的复归与拓进也不可能顺利实现。

第三节　中国当代先锋文学的现代性主题：文学的"文学"转向

中国当代先锋文学花样繁多，但是，在创作上都具有思想前卫、不畏桎梏的特点。打破桎梏、力求前卫等还一度成为其创作的主要追求。朦胧诗那在细雨中呼喊的声音、先锋小说那解构一切既定观念的态度、后先锋小说那真实与惊异并举的范式……至今仍清晰地印在我们的脑际。在这些样式与激进个性化追求的背后潜蕴的是文学主题转换的时代呼唤。

历史上，文学曾经什么都是过：言志的载体、为艺术而艺术的在者、政治的号角、生活的符号……在文学不再作为政治的号角而存在的新时期，在广大中国当代文学工作者还迷惘于文学的存在本性之际，先锋文学仿佛一记重炮，炸响在略显空

---

① 童庆炳主编：《文学理论教程》，高等教育出版社2004年版，第76页。

旷的中国文坛；在人们还在追问文学应该怎样进行创作的时候，在人们还在追问文学在本质上究竟应该是什么的时候，先锋文学以自己的实际行动，昭示了文学的本质——文学不是生活的符号，不是政治的号角，不是为艺术而艺术的在者，也不是简单的言志载体，文学是前卫、是打破思想桎梏，是人的现实追求的本真表达与再现，就是文学创作本身，是人本身自由自在的一种活动……一句话，文学就是"文学"。

　　中国当代先锋文学创作特征突出、思想旗帜鲜明，但是，归根结底，它追求的是中国当代文学的"文学化"。无论是对文学内容的深度开掘，还是对文学形式的淋漓发挥与尽致演绎，不管其做得怎样，最终它所体现的都是将文学进行到底的远大创作理想与推进中国现代文学"文学化"的现实创作追求。在一个人逐渐按照人的样子生活的年代，文学一定会按照文学的样子自由地存在。所以，这里所说的文学"文学化"，并非是对"文学"概念的简单的重复，它表明人们对文学空前的自觉。马原对文学创作原问题的思考、格非对文学创作题材的选择、残雪对"文学感觉"的追求、苏童对文学故事的朴素描绘……都充分体现了文学创作的自由本性，充分体现了文学的解放，充分体现了文学的"文学化"，充分体现了文学正在回归自身与文学创作正在本体化。正是在此意义上，我们说中国当代先锋文学在本质层面上实现了中国当代文学创作的"文学"转向，并将文学的"文学"转向视为它的现代性主题。

第四节　中国当代先锋文学的现代性变革实质:传统文明向现代文明转变

　　在文学创作现实支点、现实主题发生变化的同时，文学创作的内在观念必然发生变化。文学创作内在观念的变化，直接决定文学样式的现实变换；文学样式的现实变化，也反映了文学创作内在观念的改变。同已有的中国文学创作样式相比，中国当代先锋文学在形式上发生了巨大变化，这种变化不仅仅是简单的文学形式变化，它标志着文学创作观念的深刻转变。

中国当代先锋文学诞生于现代文明历史生成的语境，发展于新时期现代文明语境的复归与拓展，是中国人对现代文明选择的结果，是新时期中国对现代文明语境复归与拓展的反映。因此，它在根本上体现的是现代文明精神。现代文明同传统文明的区别在于，现代文明以个体的人的发展为本体，面对传统集体本体的现实发展模式，现代文明持反叛态度。现代文明主张从现实的个人出发，即从纯粹的现实中的人的感受出发思考问题，剥离一切附加在人身上的外在思想负累；同传统文明注重外在的效应与反响不同，现代文明注重内在的感受。与之相应，中国当代先锋文学注重对当代中国人内在本性的自觉表达，力求在这种自觉表达中建构现代文明崭新的人文图景，力求在对现代文明的丰富中实现对现代性的历史建构。在这种内在的约束下，先锋文学不自觉地实现着文学创作上的一种现代性变革。

中国当代先锋文学的亮相与社会主义现实主义文学的退场同步发生，这一文学现象标志着中国文学创作进入了一个崭新的历史时期，笔者将其称为中国文学由传统"超验思维"创作进入到现代性"体验思维"创作阶段，详见拙作《"超验之思"权变到"体验之思"——社会主义现实主义文学退场与先锋文学亮相的哲学文化阐释》[《内蒙古民族大学学报》（社会科学版）2006 年第 1 期]。同以往的写作不同，中国当代先锋文学创作的思维逻辑发生了巨大的变化。如果说社会主义现实主义文学创作在本质上还属于中国传统农业文明与西方现代文明融合的产物，其中还闪烁着中国传统文明的光芒；中国当代先锋文学则可以看做纯粹的现代文明本体化身，是中国人自觉并比较完整地投入到自己民族现代文明建设中的结果与表征，浑身上下闪耀的都是现代文明的光芒。通过这两种文明之间的比较就可以获得对先锋文学的清晰的理解。

第五节　中国当代先锋文学之于中国文学现代化、文化现代化、民族现代化的时代意义与进步影响

任何一种文学创作都是创作主体——人的观念的表达。在这一定的观念之中，蕴涵着作者对于现实生活世界的理解、对于时代本质的认识、对于崭新生活的向往。中国当代先锋文学形式新颖、特征鲜明，其中具有变革文学观念的艺术倾向，也具有变革时代精神的价值取向。

"中国当下的先锋文学，已基本上成功地逃离了往日喧闹的生存氛围，并逐步回归到作家个体的艺术生命之中。"[①] 如同已经成为历史的中国现代文学创作一样，中国当代先锋文学参与了对传统落后文化思想观念的痛斥，参与了对传统落后文学创作理念的批评，参与了民族文化现代化建设。在对传统落后文化思想观念的反叛中，蕴涵着现代性新观念；在对传统落后文学创作模式的颠覆中，蕴涵着新颖的进步的创作理念；在对民族现代化的参与中，丰富着现代性思想。

---

① 洪治刚：《无边的迁徙：先锋文学的精神主题》，《文艺研究》2000 年第6 期。

　　中国当代先锋文学是中国人走向现代文明社会的精神表达，也是现代文明在中国获得比较充分发展的表征。其崇高人文理想、远大价值追求，对于中国当代文学的现代化、中国文化的现代化、中华民族的现代化均发挥了重大的促进作用。其现实影响的深刻与深远性已经显露出来，当下中国人不再妄谈复古，也不再虚论西化，正在脚踏实地地走自己民族建设的现代发展之路，自觉地创造、描绘着明天世界现代文明的崭新图谱，就是最好的明证。

　　"现代性以前所未有的方式，把我们抛离了所有类型的社会秩序的轨道，从而形成了其生活形态。"① 中国当代先锋文学自发地以积极的姿态参与了中国现代性文化的建设，在新时代背景下实现了文学的人学使命，昭示了中国文学发展的正确方向。以现代性为视角，可以看到，西方现代性文化的引进、传播与中国现代性历史语境的生成、曲折演进，构成了中国当代先锋文学的历史起点，中国现代性文化语境的复归与拓进是中国当代先锋文学的现实支点。中国当代先锋文学实现的是文学的"文学化"转向，体现的是传统文明向现代文明的转变，它自己已经构成现代文明的本体内容，成为现代文明重要的组成部分。

---

　　① ［英］安东尼·吉登斯：《现代性的后果》，田禾译、黄平校，译林出版社 2000 年版，第 4 页。

第三章

存在的焦虑与人性的徘徊

——中国新时期先锋文学的本体意蕴

虽然无论从思想到内容还是从形式到精神，中国新时期先锋文学创作均未达到圆熟境界，将其放进全球化的世界文学之林，其本身值得骄傲的地方还并不是很多。但是，作为一种具有民族自治性特点的文学探索，它是新中国成立之后作家们首次以本体（存在）关怀的态度进行的创作，同以往的社会主义文学创作相比，表现出前所未有的个性化（人性化）。下面，我们通过对先锋文学的思想前提、主要内容、精神特点、思维局限、现实意义等方面的考察，揭示其本体意蕴。

第一节　先锋文学思想前提：华夏文明传统及西方现代思维

作为新生事物，具有先锋性质的文学创作自诞生之日便引发文艺理论界广泛的关注。1981 年，徐敬亚在《崛起的诗群》一文中较早地使用了"先锋"一词①，中国新时期先锋文学开

---

① 张清华：《中国当代先锋文学思潮论》，江苏文艺出版社 1997 年版，第 2 页。

始被命名。

20世纪60年代到70年代的"文化大革命"运动，使亿万中国人遭受巨大的精神苦难，中华民族传统文化的破坏非常严重。哲学家黑格尔曾经说过，米涅瓦的猫头鹰在黄昏来临的时候就会起飞。"文化大革命"给中国人带来了无尽的精神之苦，也激发起中国有识之士心灵深处对拯救这个古老民族的渴望。"文化大革命"结束之后，伴随政治改革不断深入，中国文坛迅速出现了伤痕文学、反思文学与文化寻根文学，先锋文学就蕴涵其中。

中国新时期先锋文学缘起于对"文化大革命"的批判与反思。这是一种人性的批判与反思。其最初表现为一种自发的艰难的生存与生活之思，正如顾城的诗中所写，"黑夜给了我黑色的眼睛，我却用它寻找光明"。正是这种蕴藏在人灵魂深处的力量拉开了中国新时期文学的序幕，催生了20世纪70年代末到90年代末朦胧诗、后朦胧诗、实验小说、实验戏剧、女性写作、新状态文学、城市文学、后先锋小说等诸多文体样式，形成了波澜壮阔的先锋文学图景。

先锋文学诞生在"文化大革命"的废墟上。但是，先锋文学并不是一种没有思想前提的创作。表面上看，支撑中国先锋文学创作最主要的精神要素是20世纪初开始引入我国并迅速传播开来的源自西方世界的自由、平等、博爱、解放等具有启蒙特点的人文精神理念，也因此，学界比较一致地把新时期称作中国历史上继"新文化运动"之后出现的第二个现代文化发展时期。但是，这一时期与"新文化运动"时期存在巨大差异，如果把"新文化运动"看做一场以西方新文化对抗中国旧文化的活动，那么，"文化大革命"后的新时期先锋文学创作则可以看做中华民族在近百年历史发展基础上，重新打量现代中国文明发展之路的重要事件。

"文化大革命"既不符合西方现代启蒙思想精神，也有悖于中国传统进步文化理念。对"文化大革命"的批判反思，是对符合人性的生存与生活的想象，也是对中华古老文明精神传统的恢复与对源自西方的世界现代发展传统的继承。对"文化大革命"的反思与批判构成先锋文学的现实前提，继承世界现代发展传统、承袭古老民族文明也构成了先锋文学思想前提。中国新时期先锋文学内容丰富，思想复杂，其中不仅蕴涵着开拓进取、不畏艰难、勇于创新的西方现代人文精神，而且以中国古代文学创作中就盛行的"心性"考察为主要内容，紧紧围绕"人性"观念的树立这一主题。无论是早期的朦胧诗、意识流小说、现代主义戏剧，还是后来的后朦胧诗、实验小说、实验戏剧（小剧场运动），特别是 20 世纪 90 年代之后出现的新状态小说、新体验小说、新市民小说、后先锋小说等文体实践活动，均鲜明地体现了这些特点。

第二节 先锋文学的主要内容：解放思想及开元创新

"文化大革命"结束，中国社会进入改革开放的新时代。伴随着现代主义、后现代主义文化思潮源源不断地涌入，中国学人对本民族文化传统以及新中国成立之后文化实践的反思和批评不断深入。中国文学创作出现崭新变化，超验性较强的社会主义现实主义文学开始退场，体验特征鲜明的先锋文学创作逐渐形成规模，并构成中国新时期文学创作的主旋律。直至今天，这股创作思潮依旧涛声响亮、节奏明快。无论在描写百姓平凡生活的叙事中，还是在歌颂中国社会主义事业的宏大主题叙事中，都能听到其鲜明的节奏与高亢的声调。

中国新时期先锋文学是自发地出现的，也自发地表现为对新中国成立一直到"文化大革命"形成的政治经济文化等社会宏大主题叙事的放逐。这种选择是对新中国成立一直到"文化大革命"形成的政治、经济、文化等社会话语不信任与不赞同的表现，也是"文化大革命"后广大中国作家对自己民族国家社会秩序重建使命的自觉。这种精神与思想上的确定性直接导致一种新的文学创作理念的崛起，用孙绍振的话说就是"新的美学原则在崛起"①。因此，新时期先锋文学在整体上表现为对社会主义现实主义"超验"创作方式的放逐。社会主义现实主义文学是一种以典型为最主要特点，具有精神超越性——乌托邦意味浓厚的"超验"创作。这种创作模式缘起于古希腊文明，彰显于西方资本主义革命时代，在历史上曾经为传播现代资产阶级革命理念——自由、平等、民主等思想发挥过重要作用。20世纪开始在俄国广泛流行，在俄国进行社会主义革命时期，对于宣传人的解放理念发挥过重要作用。我国在新民主主义革命过程中，就已经广泛使用这种模式，它在宣传共产主义理念、促进社会主义革命中曾发挥过重要作用。新中国成立后，更是几乎成为唯一的创作方式。但是，这种创作方式却因其脱离现实生活的超验性特点，逐渐变成一股反动的精神力量，成为阻挡中国人民走向自由平等解放道路上的绊脚石。在与现代西方各国进步文化的广泛交流中，在对中国传统文化先进因子的深刻发掘中，新时期先锋文学自觉地避开了这种写作窠臼，使写作民间化，促使写作回到反映广大民

---

① 杨至今、刘新风：《新时期文坛风云录》，吉林人民出版社1999年版，第96页。

众素朴生存与生活追求的道路上。

"文学的文本世界就更加接近于生活世界，文学也就更加接近于真实。"① 伴随着对具有超验思想束缚性质的本原性精神探寻写作的放逐，蕴涵思想解放、具有开元创新特点的中国新时期先锋文学，把自己的叙述视点转移到社会边缘事件与百姓现实生存生活，以记载个体生存生活为重点的体验性创作开始崛起，描写百姓现实生存生活状态的写作兴盛起来。新时期先锋文学从叙事方式到题材内容再到主题精神令人耳目一新，最主要的原因就是破除了单一的政治思想束缚，摆脱了社会主义现实主义创作那种超验的创作倾向，走向了真实自然与自由活泼。

从总体上看，中国新时期先锋文学题材广泛，主题不一，但倾斜于对百姓生存生活的关注，倾斜于对百姓心声的抒发，倾斜于对新中国成立初期以及"文化大革命"中毁掉的中国现代精神重铸，表现为解放思想、开元创新。

第三节　先锋文学的局限:作茧自缚

新时期先锋文学创作直接改变了传统的文学创作状态，引领着中国文学当下的发展，为中国文学今后的发展提供着正确的思想启迪与精神指引，逐渐成为中国文学创作的主要形态。作为"文化大革命"后中国文学创作的主要潮流，中国新时期先锋文学为中国人民带来了巨大思想启迪与崭新的艺术享

---

① 焦明甲:《"超验思维"权变到"体验思维"——中国当代社会主义现实主义文学的退场与先锋文学的亮相》,《内蒙古民族大学学报》(社会科学版) 2006年第1期。

受。但是，作为一种摸着石头过河的文学写作，新时期先锋文学在形式（写作技法）追求、内容选择、精神关注等方面也表现出一定的局限性。

在形式方面，新时期先锋文学率性而为，不断创新，甚至为形式而形式（例如实验小说），一度步入形而上学的创作境地。一方面，先锋文学为破除社会主义现实主义文学模式桎梏作出了巨大贡献；另一方面也在不断求新的陌生化追求中将自己孤立起来，使其几乎掉进形式主义泥淖不能自拔，例如马原等人的实验小说。

在内容方面，中国新时期先锋文学追求叙述远离政治、经济、文化主流话语的社会边缘故事，主张在非典型憧憬中构筑新的百姓素朴生活形态文学图景，但是，文学是人学，必须以相对完整形态的人为主要描写对象。马克思曾经在《关于费尔巴哈的提纲》中指出："人的本质不是单个人所固有的抽象物，在其现实性上，它是一切社会关系的总和。"① 也就是说，人是社会的存在，是政治的、经济的、文化的存在，是社会交往关系的存在。因此，完全偏离政治、经济、文化变革主流的边缘叙事，必然会因为远离社会与人本身变得如古之神仙画廊缥缈镂空，不得久远。中国新时期先锋文学创作中的实验小说以及后来出现的新状态小说、新历史小说、新写实等文学样式昙花一现的原因就在这里。

从精神关照方面看，新时期先锋文学主要关注的不是民族本位、意识形态本位的精神理念，而是从这些民族与时代的潜意识中摆脱出来，转而关注对人来说最为根本的事物，套用哲学的话语就是关照"存在"——人与现实生活本身。同时，

---

① 《马克思恩格斯选集》第 1 卷，人民出版社 1995 年版，第 56 页。

受西方存在主义与后现代主义哲学的影响，中国新时期先锋文学追求解构既定的社会意识与伦理观念，在文学创作方面标新立异，演绎出诸如女性主义写作、意识流小说等诸多有追求无结果的文学创作。但是，在精神方面不但没有表现出比较进步与稳固的意识形态性，反而有落进了游移化与相对化的陷阱，重复西方后现代主义写作错误的倾向。这样一来，必然表现出一种思想上的软弱无力。文学是人学，任何具有"为艺术而艺术"倾向的文学必然会陷入一种个人的无聊的精神自慰。历史进入新世纪，先锋文学开始退潮与此有密切关系。

第四节　先锋文学的意义：坚持现代方向及推动时代发展

中国新时期先锋文学是古今中外融合创新的结果，是新时期中国文学界面向世界发出的第一声中华民族文学呐喊，是新世纪中国文学创作发展的重要前提。对这样一种文学，不能简单地把它视为中国新时期文学创作中兴起的一个小小思潮，更不能同那些一贯坚持"他者"思维的外国文学批评家一样，将其看做简单甚至低下之思。

中国新时期先锋文学具有一定的局限性，但也具有开元创新的特点，其巨大的时代意义不容忽视。新时期先锋文学创作色彩丰富、样式不一，以边缘叙事为己任，追求自由，以人的解放特别是人的"存在"关怀，即"人性"为主要内容，蕴涵着对中国传统文化的反思，汇聚着西方近现代以来的进步思潮，破除了新中国成立之后逐渐形成的思想文化桎梏，开创了今天中国文学创作的繁荣局面。如果追问中国新时期先锋文学的时代价值，有一点必须突出强调，中国先锋文学是新的政治经济条件下，西方现代观念与中华民族传统人性观念的融合创新。在先锋文学放逐压抑损害人性的观念与重构进步解放人性观念的背后，隐藏着对西方现代自由、平等、博爱、解放等启蒙思想的弘扬，隐藏着对中国传统天人合一观念的现代转化。先锋文学与西方现代文学创作在精神深处交流，与中国传统观念在思想深处对话，既顺应了世界文学发展大趋势，也繁荣了新时代中华民族文学花园。

中国新时期先锋文学所涉及的题材多样，主题广泛。在题材方面，有写底层百姓生活的新写实小说，有描绘国企改革发展的改革文学……在主题方面，有专门以女性存在为着眼点的女性小说，有专门解构宏大历史精神的后朦胧诗……既有对现代西方文化精神的引进传播与发展，也有对中国古代文明理念的反思与弘扬。作为中国现代发展历史上一个影响较大的文化事件，中国新时期先锋文学不是简单的复古也不是崇洋媚外，而是中国人结合自己生存生活的具体情况而发出的中国人的现代精神之吼，是中国人直视自己的生存生活实际，直视自己的"存在"，建构属于中国人自己的精神家园的活动。无论从话语方式还是精神追求方面看，都可以称之为中国古代智慧与西方现代文明融合在一起的当代文化创新。

时下，世界历史进入全球化时代，我国也进入民族文化综合创新的历史转折时期，中华民族未来的发展需要有自己的文学创作。新时期先锋文学必将成为中国文化史上一段难以磨灭的壮丽篇章。

第四章

中国新时期先锋文学
主要精神特点

"文学中的喜怒哀乐，归根结底表现着人性的欲求；而优秀的作品总是能够深刻地揭示人性的困境、人性的欲求和僵化的社会规制的矛盾，伸张个人的权力，要求给人的自由发展以更大的空间。"[①] 中国新时期先锋文学表现了新的历史时期人们的精神欲求，揭示了人性欲求与僵化社会体制之间的矛盾，反映了当下历史与社会困境，表达了人们追求自由发展的愿望与心声。中国新时期先锋文学主要表现出对"文化大革命"政治压抑人性的焦虑（20 世纪 70 年代）、对商品经济的冲击以及传统人文伦理破坏的焦虑（20 世纪 80 年代）、对商业主义个人伦理观的确立（20 世纪 90 年代）、对生存状态与生活环境的焦虑（新世纪）。作为人类历史发展变化的知更鸟，中国新时期文学工作者的焦虑，本质上是先天下之忧而忧的文人之忧——主体自我意识之忧（政治与思想获得解放）、人文精神与社会伦理之忧（市场发展与人心变化）、生存情况

---

① 章培恒、骆玉明：《关于中国文学史的思考》，《新华文摘》1996 年第 8 期。

之忧（环境与生活状态的改变）。人，真正意义上的人，何时才能无忧无虑地生活在中国大地，成了中国新时期先锋文学潜在的精神诉求。

第一节　中国新时期先锋文学的存在忧虑

中国新时期先锋文学延续了五四新文学传统，同新中国成立之初文学创作主要关注社会整体变革，以及着重塑造社会主义新人——工农兵形象不同，主要关注社会转型期间百姓精神状态与生存、生活状态。从文学就是人学角度讲，新时期先锋文学既关注现实生活世界中活生生的生存、生活着的"小我"，也关注环抱这个小我的"大我"——自然与人文环境的变化，同时，开始思考那个"大我"，即我们说的人类的本性——"类我"。改革开放给中国带来巨大变化，人们生活水平有很大提高，但远未实现人人幸福的社会目标，底层百姓仍然困扰于衣、食、住、行、医疗、卫生、工作等现实问题，还没有从被动的物质与精神世界中解放出来，还没有成为完整意义上的人，忽而天使、忽而魔鬼，忽而坚强、忽而怯懦，面对现实各种生存压力，美好人格不能确立，表现为徘徊多变，矛盾重重。改革的语境使文学走向独立，逐渐回归审美自治的创作道路，百花齐放，总体呈现出对获得精神独立之后人们的存在状态的关怀。作家各抒己见，对百姓的生存处境、生活环境、精神变化都进行深度报道，使文学走出狭隘政治语境，走向存在论。"文"与"哲"正在汇通，"诗"与"思"展翅同飞。文学走出狭隘的政治话语，走出狭隘的民族语境，走向批判，走向反思，走向话语独立，走向精神成熟，走向对人民生活、人类命运的切实关切，走向现实生活世界。中国先锋文学诞生在文化开放的语境，也表征了这样一个语境。先锋文学作家在开放语境下，大力创作叙事文学（包括小说与影视剧），而且大写叙述诗歌。中国历史从上到下已经进入客观现实生活时代。社会各个阶层，均在马克思提倡的实践思维中你来我往。一个真正的全民为了自己过上幸福生活而奋斗的时代正在来临。在外来文化冲击下，中国传统伦理正在逐渐衰落，西方伦理观念在中国也没有树立起来。20 世纪 90 年代，文学理论界率先发出的"人文精神正在丧失的声音"指的也许正是这样一个事实。在文学里面，20 世纪 90 年代叙述诗歌、城市文学里面找不到值得人们信仰的观念。在中国，受商品经济大潮的冲击，唯一的信仰也许就是不再信仰。

历史进入 21 世纪，这样的逻辑并没有什么大的变化。文学颓废了？有人不禁惊呼。此际，西方世界文学也出现危机。耶鲁大学布鲁姆教授等著名学人提出回归经典的号召。德里达也主张创作应该回归莎士比亚伟大人文传统。东西方同样遭受着信仰危机。如同福柯所言，当神没了，人也没了。改革开放之后的中国，海边沙滩上那个大写的人字在商品经济潮水的冲刷下，没了踪影？这已经成为当下文学一个最主要的精神问题，甚或已经成为当下中国文学的内在精神主题。历史进入新世纪，先锋文学不再呐喊，而是开始了默默思索，但绝没有销声匿迹，就像我们离不开对现实的沉思，文学离不开先锋者的反省，一定还会有新的先锋创作涌现出来。

第二节　中国新时期先锋文学实现了
文学本质的转换

中国新时期先锋文学因为在内容上走向现实生活世界，走向除去理想的生存生活之思，甚至走向个体心灵感觉的发掘，走向一种对人所必须共同面对的某些事物的本质的"类"的精神发现。"内容即形式"，按照黑格尔辩证法来思考，我们可以这样说，中国新时期文学在先锋文学带动下，走上了人文科学的道路。从中国新时期先锋文学身上，我们能够看到，文学正在走向科学化，走向"可爱而又可信"。王国维曾经说学问中可爱者不可信，可信者不可爱。实际因为可爱的学问一向以玄学为底色，以理想为特征，以道德仁义为内容，多出于创作者的"主观气质"。而偏离于"客观知识"的新时期先锋文学改变了文学的内容，在促进文学科学化的同时，使文学走向一种类似科学的学问，走向可信而又可爱的解说，这一点从周国平的散文、韩寒的小说中都能看出。历史上我们的文学因为被政治绑架而犯过巨大错误，新时期，中国走向改革开放，走上以人为本、不拘泥于历史、不拘泥于意识形态的发展道路，中国作家获得精神自由，中国文学获得本体自立。因此，揭示生活真理成为中国新时期先锋文学的最主要任务；在精神上有所发现，成为中国新时期先锋文学成功的最主要标志。文学正在成为切切实实的生活发现文本，文学不再是简单地为了个人或者集体的利益抒情，也不再是简单地讲故事让人消遣，更不再是仅仅提供一篇辞藻美丽的文字让人们欣赏。内在的精神蕴涵，或者内在的本质性精神发现本身成为文学的硬核。尽管这是一个尊重异质性存在的时代，但是，莎士比亚开创的伟大现代人文传统不仅在西方，而且在我们当代的中国文学界正在更加受到重视。正因为文学走向对现实生活本质规律的揭示，走向科学化，由简单的主观情绪表达走向客观知识发现，存在的焦虑便表现为一种科学实践的焦虑，人性的徘徊便表现为一种正当实践的思考。这样一个觉醒了的文学表征着这样一个觉醒了的民族。

第三节　中国新世纪先锋文学对传统
伦理的破除

中国新时期先锋文学的伦理观主要表现在文本中体现的自然观与社会观、生命观与生活观、文学观与文体观等，它们于深层次关涉价值与意义等哲学问题。

在古希腊，伦理关涉风俗、习惯、性格，即人的生活的规范；在中国古代，伦理既与道德有关，也关涉人的生活规范与秩序问题。自从苏格拉底开始，西方哲学下降到人间。苏格拉底说，知识就是美德，从此使哲学从关注宇宙转向关注人心。古希腊德尔菲神庙的铭文"认识你自己"、"适可而止"，启示后代为人立法。也可以说从那时起，哲学作为人文科学开始形成，哲学走上了伦理学道路。对伦理的关注，尤其是哲学的伦理化，使宗教兴盛发达，逐渐湮没了人文知识发展的科学精神。对宗教的改革使科学意识复兴，所以，西方人文科学逐渐重新走上真理道路。中国新世纪是继续向西方学习的历史时期，中华民族不断改革开放，学习一切积极进步的人类文明成果，中国古典传统文化也开始复兴，并逐渐科学化。先锋文学伦理已经发生很多变化，在先锋文学作品中已经见不到沈从文向往的简单明快的"边城伦理"，也见不到郭沫若热情奔放的"自由伦理"，鲁迅、茅盾、巴金等人的"革命伦理"也开始退场。此外，新时期先锋文学也远离革命英雄主义，一种相对自由自在而又平和的人性伦理正在形成，当然，其中仍然不乏对官僚主义以及生活腐化等现象的批判。

第四节　全球化时代文化产业化视界中的
中国先锋文学

伴随着改革开放的中国逐渐走向现代化，走向城市化，中国人的生活不再拘泥于民族文化而走向国际化，中国新时期文学的伦理观愈发真理化。中国新时期先锋文学已经在新世纪彻底转变为一种"自治"意义上的文学，尤其在市场经济深度发展、文化产业化不断发展的历史语境下，更呈现出一定的审美自律特点。接受群体自身发生变化，创作者学养与人生经历、价值信念发生转换，文学也走上自我负责的发展道路，受众的喜爱成为文学的一个精神指向标。文学开始了漂泊，开始自谋生路，不再专注政治意志甚至不再兜售作家美学，不再惹人瞩目，逐渐成为人们精神生活的补充品，而非灵魂洗涤剂。文学降临民间，成为信息时代我说你说大家说的一说，一个"后文学"时代正在来临，一个原来备受瞩目的精神事物，正在悄悄"隐退江湖"。文学逐渐成为信息时代众多"信息元"中的一个，文学逐渐成为文化产业的一部分，仅仅是一部分。文学的队伍虽然在壮大，但是伴随各路神仙登场，文学的缪斯正在隐退。伴随市场经济发展，文化产业时代降临中国，文学的产业化势头迅猛。由国际传媒资本公司控股发展，在充足资金与跨国性有效传播体系管理下，文学可能走向更加辉煌。好的作品影音化、网络化、国际化。文人走出国门，走向国际，走向世界经济舞台已经不再是梦想。但是，在这个艺术明星、体育明星、军事明星、经济明星、政治明星、慈善明星……各类明星闪亮登场的时代，文学不能再独领风骚。

全球化时代，原来囿于民族、国家范围来进行文学创作、传播等狭隘理念逐渐被冲淡。单纯的文学创作，单纯的文化生产，甚至单纯的精神生活都在这样一个全球化时代被否定，被取消。西方人伦理念、东方生存智慧一起烛照人的灵魂。这样一个时代，东西方经济、文化生活正在走向一体，地域、国别逐渐被冲淡。在中国，中国人的诗歌不比外国人的诗歌更受人喜爱；在外国，中国的诗歌也会受到喜欢。

第五节 独特社会意识形态语境下的独特社会意识形态主张

文学在创造某种社会意识形态，同时，也充分地体现某种社会意识形态。在社会意识形态上，中国新时期先锋文学比较充分地体现出社会主义本质。虽然是在开放的市场经济条件下诞生的文学，但是，新时期先锋文学不同于简单商业化文学，不同于资本主义文学，不能也不会简单以盈利为目的，就像中国发展文化产业离不开对文化事业建设的思考。社会主义不同于资本主义，其最大的吸引力即精神魅力在于让人们实现共同富裕，每个人都是社会的主人，人民服务社会，社会服务人民，人民与社会是一体的。资本主义是讲自由竞争的，人人自由也人人平等，人人争取利益最大化，与社会主义相比，缺乏公共意识。社会主义的人有主人公意识，资本主义的人虽有大写的人的意识，但归根结底是为了自己。西方马克思主义者阿多诺等人发现资本主义有一个庞大的文化工业战略，这一战略是以谋求利益为准则。社会主义一直致力于文化的事业性发展，即使发展文化产业也是作为文化事业的补充，而不可能以文化产业代替文化事业，所以更会注重文化的精神魅力，注重文化的内涵性发展。

中国新时期先锋文学在本质上是社会主义的，又深受西方哲学文化影响。所以，中国新时期先锋文学非常复杂。而且它在某些方面还不够完善，如影视文学仍比较落后。新的时代对中国先锋文学提出高要求，困难重重的中国新时期先锋文学，也面临巨大机遇与广阔发展空间。西方资本主义的文学可以作为中国文学的有力补充，但是在根本上不可取代中国文学，尤其中国先锋文学。我们有理由相信在全球化时代中国先锋文学一定大有所为。

全球化时代文学的功能也正在发生变化。从商业化语境的个体本位角度讲，文学创作的终极目标是盈利。但是，即使是这个时代，从终极社会意义讲，文学最终无意识地在为社会提供审美产品，表征审美变化，表征民族诉求、人类愿望。这个时代文学逐渐沦为资本附庸，但是，仍然也必将永远保持一定的自身独立性。在物质生活水平不断提高，人们逐渐追求高级精神享受的今天，文学大有可为。人们在衣食住行得到满足之后精神消费将渐渐成为时尚，高雅的先锋文学一定更加繁荣昌盛。

第六节　新个体主义伦理观与中国新时期先锋文学

全球化导致中国社会受到资本主义价值观的影响。当一些人受到强大的利益诱惑的时候，一种新的价值观，即美国女哲学家爱因兰德提出的"新个体主义伦理观"逐渐在他们心中生根。中国新时期先锋文学，从20世纪80年代开始兴盛的时候考虑国家民族的发展，90年代已经开始转向个体关怀，新世纪逐渐走向对现实政治文化环境提出严厉控诉。这次控诉是艰难生活在中国当下政治文化夹缝中的作家发出的一种叹息。社会主义意识形态相比之下，虽然可爱，但并不可信。新时期中国文学，不再简单地高呼人文精神危机，出现一种普遍的怀疑，流露出一种无力的哀怨之情。文学离不开政治，按美国新马克思主义文学理论家詹姆逊所言，文学表征社会发展，表征政治进步，文学所遇到的重大精神难题，同样源于这个时代有待解决的政治难题。爱因兰德主张的新个体主义伦理学存在一定问题，那种以资本主义为基石的社会发展模式有待推敲。我们不能因噎废食，即不能因为社会主义意识形态不以个人自由为本体就否定社会主义，也不能因为资本主义导致危机就小视资本在社会发展中的重大作用。中国改革开放获得成功，归根结底因为走上社会主义意识与资本主义意识相调和的发展建设之路，弱化非此即彼的思想倾向。手段是资本主义的，方向是社会主义的。我们的文学艺术创作没有跟上这个政治主题，文学批评没有跟上这个思路。所以，当下文学批评思想在弱化，文学创作精神在颓唐。

第七节　结语

继续革命（意识形态方面）、建设发展（现实需要方面）、统一祖国（历史遗留问题）等诸多事物共同构成新中国成立以来的社会主题，经历"文化大革命"等一系列社会磨难的中国人民认识到社会主义建设不是一蹴而就的事情。因此，中国新时期坚持现代性的精神，以现代化为本体方向，致力于使人民过上现代物质生活与精神生活。新时期，中国虽然还没有完成祖国统一大业，却逐渐将社会发展主题从革命转变为建设。同时，为了促进建设，不断深入社会改革，已经转变以政治意识形态的分别为主的社会发展模式，大力与资本主义意识形态进行对话，在坚持社会主义意识形态的同时，着力促进人民精神生活现代化。中国社会开始解放人本身，解放生产力，将由原来的集体本位发展观转变为以个人为本位的发展理念。中国社会逐渐走上以人的普遍解放为发展追求与民族国家建设发展相结合，个人发展为本位而又不忘集体共同富裕的辩证发展道路。在这个过程中，作为社会变化表征的文学，以自己的方式进行了中国人民对于民族大义的文化书写、对于个人解放的精神颂扬、对于自由资本主义模式的批判、对于传统社会主义局限性的揭露、对于祖国统一的向往、对于民族崛起的憧憬、对于腐败现象的愤怒、对于封建伦理思想的再批评、对于西方优秀传统文化以及中国优秀传统文化的肯定。中国社会文化是多元的，又是辩证统一的。在中国，作家是愤怒的也是平和的，作品是尖锐的批评也是合理的建议，文学是人文的向往也是科学的精神指示。

新时期是中国历史上一个特殊的历史时期，在这个历史阶段，为了发展经济，摆脱贫穷，中国不断围绕经济发展进行社会改革，不断融入全球一体化的世界经济发展大潮。但是，新中国的祖国统一大业还没有完成，因此，中华民族在改革开放的同时不得不保持鲜明的民族特性，文化呈现较为明显的民族主义特色。中国的文学反映了这样的精神脉动，表征了这样的社会发展，呈现出精神多样化、主题多元化、价值普世化与民族化并存。同时，市场经济的大发展，导致资本主义意识勃兴，社会主义意识淡化，意识形态多样并存，甚至混乱不堪。中国新时期先锋文学记录了这一历史时期人们心灵的脉动，记录了这一历史时期社会的发展变化，也启迪了人们对人性的认识，为人们提供了精神慰藉。

中国新时期文学从一种"空洞的社会主义意志论"回归现实生活世界本质论，从浪漫主义、理想主义转变为现实主义、实用主义，由直接性追求公平正义转变为尊重现实存在情况，从实际出发，理性审视社会发展，按规律进行社会主义建设。科学社会主义或者说科学主义在中国逐渐取得应有的本体论地位，人们在以科学理性的眼光审视一切既定存在。前马克思哲学的黑格尔思想，后马克思哲学的胡塞尔沉思、海德格尔发现、德里达坚持以及弗洛伊德想象等外来意识，以及中国古代易学传统以及儒、道、释智慧都给新时代中国人带来巨大精神启示。在新时期，伴随着马克思主义理论研究逐渐深入，中国人逐渐认识到我们的社会要以人为本，以中华民族的强大为追求，而不能拘泥于意识形态之争。意识形态祛魅成为新时期最为耀眼的精神之光，也构成新时期先锋文学的理论基础。

第二编
新时期先锋诗歌

　　中国新时期先锋诗歌的创作与中国社会发展、文化语境变迁密切相连。依照美国当代著名后现代主义文学理论家詹姆逊"文学是对社会的表征"的观点来看，中国新时期先锋诗歌反映了中国社会语境的历史转换，表征了中国人内心情绪情感变化。从逻辑精神变化上看，中国新时期诗歌创作明显具有先锋特质的大致包括20世纪80年代初期的朦胧诗、80年代中后期的后朦胧诗，90年代的"叙述诗"以及新世纪的成熟理性文化批评诗。

第一章

20世纪80年代初期朦胧诗

"黑夜给了我黑色的眼睛，我却用它寻找光明。"顾城的这首小诗（《一代人》）如今已经家喻户晓。大家都很熟悉20世纪80年代的朦胧诗，也都知道是朦胧诗人拉开了新时期文学创作的大序幕。作为在"文化大革命"中长大，遭受"文化大革命"的残酷精神压抑，极其痛恨"文化大革命"的"一代人"——"朦胧诗人"内心充满了对自由解放的渴望以及对符合人性的美好精神事物的热烈追求。在政治话语依然居于垄断地位的时候，他们把这种渴望与追求化作或悲伤或凄婉的无奈而愤怒的生命诉求，以象征、比喻、通感等委婉语言表达方式书写出来，开创了一种独特而崭新的诗体，被章明等习惯"文化大革命"话语的读者斥为令人气愤的"朦胧"，"朦胧诗"也由此得名。朦胧诗出现已有三十年之久，新世纪的今天，重新阅读朦胧诗代表人物的作品，追问朦胧诗出现的思想文化前提，总结朦胧诗诞生的社会历史背景，概括朦胧诗创作的精神主题及其思想内容，反思朦胧诗的主要形式及其特点……在回顾其创作的同时深化对其整体性的认识，即对朦胧诗进行比较深入的本体论性质阐释，便成为不可回避的课题。朦胧诗是"文化大革命"之中，中国诗人吹响的第一声政治解放的精神号角。

在这声号角中，蕴涵着西方现代启蒙精神，也蕴涵着中华民族自古以来一向怀揣的生命自由诉求。从语言形式上看，朦胧诗彰显了中华民族汉诗的含蓄与蕴藉之美，也比较充分地体现了现代自由诗韵。下面，我们便怀着一种新世纪的历史责任感，争取以一种具有现代性色彩、比较开阔的中西比较诗学的视野对其进行本体论的再解读。首先，我们将重新解读几位有代表性的朦胧诗人的创作及其独特现代精神；然后，我们将通过对朦胧诗的社会历史语境反思、文化前提批判、时代内容总结、艺术特点归纳，比较深入地理解这样一种创作的本体特点。

第一节　朦胧诗："启蒙主义精神"的回归
与"汉诗传统"的再次辉煌演绎

朦胧诗给我们留下的印象非常深刻，其启蒙意识、现代形式一直受到人们的赞赏。历史进入新世纪，当我们再次回顾朦胧诗创作，能够发现那是一个特殊的历史语境下出现的特别文体，其精神内涵极其丰富。

一　朦胧诗诞生的社会政治历史前提

"存在的就是合理的。"朦胧诗作为文学界的一个历史事件，不能脱离历史而存在。朦胧诗离不开现代民主运动与中国民主的历史发展。下面，我们就来回顾一下朦胧诗诞生的社会历史前提。

中华民国的建立以及"新文化运动"的开展就是以颠覆皇权，使民众获得自由权利为本体内涵的一种民本运动。这样的思想在早期自由诗人郭沫若的诗集《女神》里面有所体现，在后来徐志摩、李金发等人的诗歌中也有所体现。新中国的"文化大革命"破坏了民主、自由，引发人们对民主、自由以及美好人性的恢复的渴望。食指的《相信未来》与《热爱生命》，顾城的《一代人》、《感觉》，舒婷的《致橡树》、《船》，杨炼的《太阳》、《大雁塔》，均是这样的作品。

朦胧诗是对"文化大革命"的一种情绪情感反动，是恢复中国人的民主主义革命精神，实质是中国文学在新的历史时期——共产党领导中国人民建设社会主义的伟大文化语境下追求文艺自治的开始。在朦胧诗里面我们看到了社会底层人被压抑的声音，看到了中国新民主主义革命成果被"文化大革命"所破坏，看到人民争取重新获得自由民主的强烈精神诉求，正是这些诗歌以及这种强烈的精神愿望加速了"文化大革命"的结束，加速了新中国民主进程的发展，促进了中国新时期社会发展模式转变以及当代中国人自由解放命运的变革。新中国成立之后的政治发展状况，尤其"文化大革命"时期的政治是朦胧诗进行艺术否定的直接对象；新中国成立之后的文艺发展状况，尤其"文化大革命"的"样板戏"则成为朦胧诗在艺术形式上的颠覆对象。

早在民主革命时期，一些作家就试图以文学自治姿态进行文学创作。"皮之不存，毛将焉附"，在民族不独立、政权不统一、人权无保障的社会，追求文学自治只能成为天方夜谭式的笑话。是新时期朦胧诗拉开了中国文学一直没有实现的艺术梦想——审美自治的精神序幕。

二　朦胧诗出现的文化前提及其文化续写

"合理的一定是存在的。"朦胧诗离不开包括马克思主义在内的西方现代民主思想文化在中国的广泛传播，从本质上看，它是中国人不断追求生命自由文化传统的结晶。下面，我们分析一下朦胧诗诞生的具体文化前提。

1. **朦胧诗蕴涵着西方现代民主、自由文化精神诉求**

朦胧诗里面充满了底层人渴望获得自由、解放的情感，与"新文化运动"倡导的新文学精神、新民主主义革命时期大力书写的自由民主情感大致相通。如果说"新文化运动"时期鲁迅、胡适等人倡导的新文学是对落后的封建社会政治制度与旧文化的严肃批判，新民主主义革命时期茅盾、巴金、老舍、郭沫若等人的创作高歌人性自由，那么，新时期朦胧诗就是对"文化大革命"集权专制政治行为的血泪控诉、对美好启蒙理念的热烈向往与对落后民族文化传统的坚决反叛。

苏联模式的社会主义文化建设道路的推行，极大地破坏了中国各阶层的团结友爱，破坏了民主氛围在中国的养成。文学直接为工农兵服务、为政治服务口号的提出与严格执行，使文学创作沦为政治传声筒，极大地毁坏了文学再现社会、表现普通人心声的特点，尤其是进入"文化大革命"时期，文学不能自主，作家不能听从心灵呼喊进行自由创作，社会哀鸿遍野。正因如此，朦胧诗成为时代破晓的晨鸡，而备受瞩目。

2. **朦胧诗蕴涵着中国传统文化之生命自由、解放意识**

中华民族是个有着悠久历史文化传统的民族。自从传说中的伏羲演八卦、夏商时期出现《易》，特别是周文王将八卦推演为含纳"六十四卦"的《周易》，中国人就迈入"文化生活历史"。老子深得《易经》精华，写作《道德经》开创道家文化；孔子详读《易经》，开创儒家文化，使中国进入主体自我意识觉醒的文化良性发展建设时期。随着佛教文化传入中国，在儒家、道家进步文化基础上，诞生更加阔大高深的中国禅。正是这些先进文化思想，使得中华民族一直以强大姿态出现在世界历史之中。

新中国成立之后，模仿苏联走上民族主义特点明显的社会主义建设道路。这一时期，除了马克思主义文化影响巨大以外，建设社会主义的文化资源就剩下中国传统王权思想。孔孟开创的儒家文化、老庄开创的道家文化，以及从印度传入中国的佛家文化，均被打入"旧文化"，沦为必须清除的对象。"文化大革命"时期，中国上下红旗飘飘，"将革命进行到底"的声音不绝于耳。中国传统的先进文化精神，遭到空前的破坏。

尽管如此，熟读中国书籍、中国诗歌长大的部分中国人，仍然在"文化大革命"时期，残酷文化高压政策下写作发表如尼采所说的（王国维赞同的）用鲜血写就的真正文学作品——"朦胧诗"，拉开中国新时期文学创作的序幕。中国新时期朦胧诗与新中国成立前李金发、徐志摩、废名等人的诗歌创作风格比较接近，传承了古代文学神韵，并具备现代民主精神。但又与那些诗歌创作不同，它是中国人在新中国成立后，第一次以中国社会发展实际为前提，融合古今进步文化的思想，并对不合理社会文化进行反叛与批判的诗歌创作。民主与自由、自在与不断成长构成它的精神基础。

三　朦胧诗的创作与形式特点

1. 创作情况

朦胧诗蕴涵着西方现代民主智慧，也包含中国传统文化所作过的积极思考，同历史上的"新文化运动"一样，是以人类进步文化为基础的民族文化创新与发展。主要朦胧诗人有黄翔、食指、北岛、芒克、多多、江河、根子、杨炼、顾城、舒婷等。朦胧诗是用自己的话语、自己的形式创作，缘起于对"文化大革命"的愤怒，表达对美好人生的热烈向往，抒发自我情感，走向审美自治。从主要内容看，虽然是受到压抑之后的呼喊，但不同民主革命时期的所谓审美自治文学，是"王天下之势力已定"、国内政权统一之后的第一次自由的民族文学创作。按照《易经》的卦象变化，是"师后比"的文化勃兴。朦胧诗拉开了中国文学自由讨论的精神大幕，从此，中国文学进入一个同世界其他民族同台竞技、密切交流的历史新时代。

2. 形式特点

20 世纪上半期是中国文化发生转换的重要历史时期。"米涅瓦的猫头鹰在黄昏来临时刻就会起飞"，这一时期正是中国人"驱逐鞑虏，恢复中华"，即实现统一中国伟业的重大历史时期，各种社会思潮此起彼伏，文学异常兴盛繁荣。西方超越性现代民主思想与艺术形式流行起来，中国传统文化精神与文学思想也并未断绝，这一时期出现了一些中西结合的新文体，如新格律诗。

新中国成立后，在文学艺术方面，秉承 1942 年《延安文艺座谈会上的讲话》精神，提出"文艺为政治服务、为工农兵服务"的口号。这样就使文艺沦为服务政治的工具，泯灭了文艺独特精神，也大大阻碍了文学的现代性进程。新中国的文艺政策阻断了向西方学习借鉴之路，阻断了文艺的个人化精神之源，阻断了文艺的自主创新。相对服务政治、表现工农兵形象与生活的诗歌创作，朦胧诗的创作具有明显的个人性特征，抒发个人情怀、表达个人想法，而且其中不仅可见西方诗歌直抒胸臆的特点，也包含委婉曲折表达作者情感之倾向。这种特征最早在中国现代徐志摩、李金发、冯文炳等人的诗歌中就比较明显。新月诗派、象征诗派是中国现代文学中两朵耀眼的奇葩。新月诗派强调以中国格律诗形式改造白话诗歌，象征诗派在白话诗创作中与其说引入西方象征手法，不如说恢复中国传统诗作含蓄蕴藉的比喻、象征等技法。从诗歌形式上看，朦胧诗不同于新月诗派的"理性限制情感"与"十四行"要求，也不同于象征诗派的单纯个体内心情感的表达与再现，又不像白话文写作初期以白话放纵不羁地写诗。其形式自由而不散漫，主题集中，具有传统诗歌的话语蕴藉特点，广泛运用对比、排比、象征、比喻等手法，朦胧但不虚幻，婉转而有落脚点。孔子曾言"诗可以兴、可以观、可以群、可以怨"。朦胧诗歌不同于简单直白的白话诗，也不同于"文化大革命"结束初期的"伤痕小说"，而是集兴、观、群、怨于一身，能经得起历史考验的精神事物。

3. 意识实质

西方历史进入文艺复兴之后，文学观也发生很大变化，逐渐摆脱柏拉图开创的以理性为中心概念的模仿论思维道路，走上同理性相对、以感性为核心的"美"的创作思维道路。西方文学，尤其20世纪的文学，受德国叔本华、尼采等人哲学影响。中国很多作家也进一步走上重视作家感悟体验与精神意志之境。王国维在接受西洋美学思想之洗礼，尤其是接受叔本华、尼采哲学影响后，于20世纪初期（创作于1908—1909年）出版的《人间词话》，是其以崭新的眼光对中国旧文学所作的评论，对中国现代文论与文学创作产生很大影响。郑振铎等人在民国时期成立文学研究会，以本体论为思维视界研究文学，扬弃诗歌与文章分体研究传统。

朦胧诗包括"文化大革命"中的地下诗歌、"文化大革命"结束前后的理想主义创作、20世纪80年代初期的文化反思诗歌。"文化大革命"中，地下诗人开始走上有别于政治创作的审美自治道路，实质是恢复"新文化运动"时期开创的文学创作精神，使文学回归文学意识形态创作的精神道路。朦胧诗以"文化大革命"为批判对象，题材广泛，大多涉及各种意识的思考，每首诗都充满深刻强烈的历史文化及美学批判意味。朦胧诗是西方现代象征主义更是中国传统蕴藉诗学理念的演绎。"文化大革命"虽然肆虐，但是中国人从未麻木，从一开始就不断地挣扎着摆脱"文化大革命"带来的精神枷锁。诗人是最敏感的，早在"文化大革命"初期，就出现食指的《相信未来》；在"文化大革命"之中，朦胧诗人以自己独特的精神触角感受并揭露社会的黑暗，如顾城的《一代人》；舒婷的《致橡树》则在新时期率先表达了人们对美好爱情的神圣向往，抒发了有别于社会主流意识形态的个体意识感受。

第二节　顾城的诗歌创作

顾城 1956 年出生，受家庭影响，6 岁的时候就开始写诗。他属于新中国出生的第一代。因为时代原因，12 岁辍学放猪。1968 年 9 月，刚刚 13 岁的他，便以成熟的心态写出《星月的来由》、《烟囱》等诗。读这些诗能够发现，诗人不但写出了自己对世界的思索，也表达了对美好事物、精神自由的向往。

烟囱

烟囱犹如平地耸立起来的巨人，

望着布满灯火的大地，

不断地吸着烟卷，

思索着一种谁也不知道的事情。

星月的来由

树枝想去撕裂天空，

却只戳成了几个微小的窟窿，

它透出了天外的光亮，

人们把它叫做月亮和星星。

1968 年 9 月

顾城 16 岁的时候，以一颗纯真的心写了《无名的小花》，歌颂了野花的独特美丽，也抒发了无人欣赏的寂寞。

无名的小花

野花，
星星，点点，
像遗失的纽扣，
撒在路边。

它没有秋菊
卷曲的金发，
也没有牡丹
娇艳的容颜，
它只有微小的花，
和瘦弱的枝叶，
把淡淡的芬芳
溶进美好的春天。

我的诗，
象无名的小花，
随着季节的风雨，
悄悄地开放在
寂寞的人间……

1971 年 6 月

　　比较幸运的是，顾城 1973 年开始学习画画。1974 年回京在街道做木工。1976 年，"文化大革命"结束。1977 年他重新开始写作，1979 年写下《结束》、《摄》、《故址》等，略带忧伤地高歌"文化大革命"结束，记录了历史的哀伤，书写了时代风云的迅疾变幻，也表达了对"荒芜"的忧伤。

结束

一瞬间——
崩坍停止了，
江边高垒着巨人的头颅。

戴孝的帆船，
缓缓走过，
展开了暗黄的尸布。

多少秀美的绿树，
被痛苦扭弯了身躯，
在把勇士哭抚。

砍缺的月亮，
被上帝藏进浓雾，
一切已经结束。

1979 年 5 月

摄

阳光

在天上一闪，
又被乌云埋掩。

暴雨冲洗着，
我灵魂的底片。

1979 年 6 月

一代人

黑夜给了我黑色的眼睛，
我却用它寻找光明。

1979 年 7 月

故址

雨，播撒着呻吟，
天象中了煤气，
小路布满泥泞，
那高矮不一的树木，
垂下了暗绿的披风。
再没有谁离去，
也没有谁来临。
锈蚀的圆门倾斜着，
露出一片青草。

1979 年 8 月

1980 年，单位解体，顾城开始在漂游中写诗。也许是他原本就心灵纯净，也许是诗歌使他的心灵得到净化，已经成年的顾城，诗语没有发生太多变化，仍然葆有童心。《远和近》

笔触轻灵，极具韵味。

远和近

你

一会看我

一会看云

我觉得

你看我时很远

你看云时很近

1980 年 6 月

此后，顾城的精神世界一直没有太多变化。他，不世故，诗语不矫揉造作。但是，因为"文化大革命"给他们这一代的心灵带来创伤，他始终在寻求爱，甚至可以说迷失在爱里，不想自拔，也从未自拔。20 世纪 80 年代末期，已经很成功的他，依旧犹疑着，写着满带忧伤的句子，如《实话》：

实话

陶瓶说，我价值一千把铁锤

铁锤说，我打碎了一百个陶瓶

匠人说，我做了一千把铁锤

伟人说，我杀了一百个匠人

铁锤说，我还打死了一个伟人

陶瓶说，我现在就装着那个伟人的骨灰

1989 年 11 月

　　20世纪90年代，已经结婚生子的顾城，到新西兰激流岛，过远离人世的桃源生活，依旧保持原来的童稚之心，写下《鸡春卷》、《陶》。

鸡春卷

棉被盖在毯子下
　　不冷　老篝火
新床单　一样凉的青土
　　我心里悲伤
　　　　像死亡
照亮集市上一个个摊位

云临万物　真有你吗
　　滂沱大雨仍通过我
像是通过一道深深的峡谷
泉水微笑只因自身的甘美
（鸡没了，变成春卷了）
　　　　　　　　1990年6月

陶

小孩　这里有一片烟
　　　一个树叶
一个长鼻子的故事
你可以呆会
　　　不要钱
没人说你
管你的人都在外边

他们喝汽水去了

　　笑就笑

鸟会在你头上叫出画来

　　　　　　1991 年 2 月（摆摊小记）

　　顾城 1993 年 10 月自杀，死时年仅 37 岁。今天看来，其死属于其精神逻辑的必然。他以一颗孩童的纯真的心，开始写诗、画画，纯真的诗与画将其限制在了社会之外。他的诗歌是对时代的摹写，其纯洁哀怨是愤怒，是批判。综观其诗歌创作，其歌声从他自己的理想国或者说自己的童话王国——一个孩子的精神国度发出，震撼了时代，震撼了“大人”。他不属于这个世界，所以，就早早地离开了，带着人们对他那至高的纯洁的精神的赞美回归了“故土”。

第三节　海子的诗歌创作

　　海子原名查海生，生于 1964 年，在农村长大。1979 年 15 岁时考入北京大学法律系，1982 年开始写诗，1983 年自北大毕业后分配至中国政法大学哲学教研室工作。1989 年 3 月 26 日在山海关卧轨自杀，死时年仅 25 岁。他比顾城小几岁，在“文化大革命”中长大，心灵纯粹，向往光明美好，其作品《面朝大海，春暖花开》、《麦地》等脍炙人口。

面朝大海，春暖花开

从明天起，做一个幸福的人

喂马，劈柴，周游世界

从明天起，关心粮食和蔬菜

我有一所房子，面朝大海，春暖花开

从明天起，和每一个亲人通信
告诉他们我的幸福
那幸福的闪电告诉我的
我将告诉每一个人

给每一条河每一座山取一个温暖的名字
陌生人，我也为你祝福
愿你有一个灿烂的前程
愿你有情人终成眷属
愿你在尘世获得幸福
我只愿面朝大海，春暖花开

麦地

别人看见你
觉得你温暖　美丽
我则站在你痛苦质问的中心
被你灼伤
我站在太阳　痛苦的芒上
麦地
神秘的质问者啊
当我痛苦地站在你的面前
你不能说我一无所有
你不能说我两手空空

海子与顾城一样，是一个纯真的人，是一个精神远离现实纷繁复杂世界的人，是一个来自其他世界的纯净者。他的死也是其人生逻辑的必然。综观其诗歌，感情奔放，温暖光明，同时，无不流露出对"存在"的焦虑。他甘做时代的耶稣，天帝的使者，播散希望之光，点亮理想明灯。

第四节 舒婷的诗歌创作

舒婷原名龚佩瑜，1952 年出生，"文化大革命"期间去闽西插队，1972 年回厦门当工人，1979 年开始发表诗歌作品，1980 年到福建省文联工作，从事专业写作，著有诗集《双桅船》、《会唱歌的鸢尾花》、《始祖鸟》，散文集《心烟》、《秋天的情绪》、《硬骨凌霄》、《露珠里的"诗想"》、《舒婷文集》（3 卷）、《真水无香》等，是真正在"文化大革命"中长大的一代。与顾城、海子不同，舒婷经历丰富，不单单追求表达个人意愿与想象，其作品社会内容丰富，能够把精神的小我融入社会的大我，注重对大我——人性的书写，将个人的存在与他人、国家有机结合。代表性作品如《致橡树》、《双桅船》、《祖国啊，我亲爱的祖国》等，精神积极向上，引领时代，高歌历史与未来，气势磅礴，饱含历史理性、人文理想。

致橡树

我如果爱你——
绝不像攀援的凌霄花，
借你的高枝炫耀自己
我如果爱你——
绝不学痴情的鸟儿，
为绿荫重复单调的歌曲；

也不止像泉源，
常年送来清凉的慰藉；
也不止像险峰，
增加你的高度，
衬托你的威仪。
甚至日光。
甚至春雨。
不，这些都还不够！
我必须是你近旁的一株木棉，
做为树的形象和你站在一起。
根，紧握在地下，
叶，相触在云里。
每一阵风过，
我们都互相致意，
但没有人
听懂我们的言语。
你有你的铜枝铁干，
像刀，像剑，
也像戟，
我有我的红硕花朵，
像沉重的叹息，
又像英勇的火炬，
我们分担寒潮、风雷、霹雳；
我们共享雾霭流岚、虹霓，
仿佛永远分离，
却又终身相依，
这才是伟大的爱情，

坚贞就在这里：

不仅爱你伟岸的身躯，

也爱你坚持的位置，脚下的土地。

祖国啊，我亲爱的祖国

我是你河边上破旧的老水车

数百年来纺着疲惫的歌

我是你额上熏黑的矿灯

照你在历史的隧洞里蜗行摸索

我是干瘪的稻穗，是失修的路基

是淤滩上的驳船

把纤绳深深

勒进你的肩膊

　　——祖国啊！

我是贫困

我是悲哀

我是你祖祖辈辈

痛苦的希望啊

是"飞天"袖间

千百年来未落到地面的花朵

　　——祖国啊

我是你簇新的理想

刚从神话的蛛网里挣脱

我是你雪被下古莲的胚芽

我是你挂着眼泪的笑窝

我是新刷出的雪白的起跑线

是绯红的黎明

正在喷薄
　　——祖国啊
我是你十亿分之一
是你九百六十万平方的总和
你以伤痕累累的乳房
喂养了
迷惘的我，深思的我，沸腾的我
那就从我的血肉之躯上
去取得
你的富饶，你的荣光，你的自由
　　——祖国啊
我亲爱的祖国

　　综观舒婷作品，意向明确，象征性突出，时刻保持开放心胸，既能够抒发个体追求，又能与时代主旋律密切结合，同顾城、海子的"小我"诗歌创作相比，属于较大的超我精神抒写。

第五节　北岛的诗歌创作

　　北岛原名赵振开，1949年生于当时的北平（即北京），与共和国同龄，毕业于北京四中，1969年当建筑工人，后做过翻译，并短期在《新观察》杂志做过编辑，1970年开始写作，1978年与芒克等人创办《今天》杂志，1989年移居国外。他在世界上多个国家进行创作，寻找机会朗读自己的诗歌。他的诗歌，鞭辟入里，对社会与时代、生活本质作着巨大精神发现。代表作有《生活》、《回答》、《宣告》等。

生活

网。

回答

卑鄙是卑鄙者的通行证，
高尚是高尚者的墓志铭，
看吧，在那镀金的天空中，
飘满了死者弯曲的倒影。

冰川纪过去了，
为什么到处都是冰凌？
好望角发现了，
为什么死海里千帆相竞？

我来到这个世界上，
只带着纸、绳索和身影，
为了在审判前，
宣读那些被判决的声音。

告诉你吧，世界
我——不——相——信！
纵使你脚下有一千名挑战者，
那就把我算作第一千零一名。

我不相信天是蓝的，
我不相信雷的回声，

我不相信梦是假的，
我不相信死无报应。

如果海洋注定要决堤，
就让所有的苦水都注入我心中，
如果陆地注定要上升，
就让人类重新选择生存的峰顶。

新的转机和闪闪星斗，
正在缀满没有遮拦的天空。
那是五千年的象形文字，
那是未来人们凝视的眼睛。

宣告

也许最后的时刻到了
我没有留下遗嘱
只留下笔，给我的母亲
我并不是英雄
在没有英雄的年代里，
我只想做一个人。

宁静的地平线
分开了生者和死者的行列
我只能选择天空
决不跪在地上
以显出刽子手们的高大
好阻挡自由的风

从星星的弹孔里

将流出血红的黎明

无题

永远如此

火，是冬天的中心

当树林燃烧

只有那不肯围拢的石头

狂吠不已

挂在鹿角上的钟停了

生活是一次机会

仅仅一次

谁校对时间

谁就会突然老去

作为一个时代的智者与艺术能人，北岛以批判目光审视中国，审视人生，审视时代状况。其诗的魅力在于反叛，在于挣脱枷锁的叛逆，充满理想的想象，贯注着英雄的气概，鲜明地表达了自己的"怀疑"。

第六节　食指的诗歌创作

食指本名郭路生，生于 1948 年，自幼深受马雅可夫斯基、普希金、莱蒙托夫等人诗歌的影响。1967 年，19 岁的郭路生拜访了当时的"走资派"、"黑帮分子"何其芳，自此他经常向何其芳请教。食指20岁时写的名作《相信未来》、《鱼儿三部曲》、《这是四点零八分的北京》等以手抄本的形式在社会上广为流传。

相信未来

当蜘蛛网无情地查封了我的炉台
当灰烬的余烟叹息着贫困的悲哀
我依然固执地铺平失望的灰烬
用美丽的雪花写下：相信未来

当我的紫葡萄化为深秋的露水
当我的鲜花依偎在别人的情怀
我依然固执地用凝霜的枯藤
在凄凉的大地上写下：相信未来

我要用手指那涌向天边的排浪
我要用手掌那托住太阳的大海
摇曳着曙光那枝温暖漂亮的笔杆
用孩子的笔体写下：相信未来

我之所以坚定地相信未来
是我相信未来人们的眼睛
她有拨开历史风尘的睫毛
她有看透岁月篇章的瞳孔

不管人们对于我们腐烂的皮肉
那些迷途的惆怅、失败的苦痛

是寄予感动的热泪、深切的同情
还是给以轻蔑的微笑、辛辣的嘲讽

我坚信人们对于我们的脊骨
那无数次的探索、迷途、失败和成功
一定会给予热情、客观、公正的评定
是的，我焦急地等待着他们的评定

朋友，坚定地相信未来吧
相信不屈不挠的努力
相信战胜死亡的年轻
相信未来、热爱生命

1968 年　北京

寒风

我来自北方的荒山野林，
和严冬一起在人世降临。
可能因为我粗野又寒冷，
人间对我是一腔的仇恨。

为博得人们的好感和亲近，
我慷慨地散落了所有的白银，
并一路狂奔着跑向村舍，
向人们送去丰收的喜讯。

而我却因此成了乞丐，
四处流落，无处栖身。

有一次我试着闯入人家，
却被一把推出窗门。

紧闭的门窗外，人们听任我
在饥饿的晕旋中哀号呻吟。
我终于明白了，在这地球上，
比我冷得多的，是人们的心。
1969 年夏

　　食指的诗歌充满激情，新时期到来，他仍然保持风骨坚持创作。如 1989 年写的《向青春告别》，"别了，青春/那通宵达旦的狂饮"，"别了，青春/那争论时喷吐的烟云"，"别了，青春/那骄阳下、暴雨中的我们"，"七分的聪明被用于圆滑的处世/终于导致名利奸污了童贞/挣到了舒适还觉得缺少了点什么/是因为丧失了灵魂，别了，青春"。步入中年，他仍然坚持理想，如 1991 年于第三福利院作的《归宿》中写道："埋葬弱者灵魂的坟墓，绝对不是我的归宿。"他的诗歌在"文化大革命"期间以手抄本形式流行，影响了一代年轻人。

第二章

20世纪80年代后半期的
后朦胧诗

后朦胧诗创作又称后新诗潮创作，其出现与作家独特生活履历以及学养有关，主要表现为对朦胧诗写作的精神反动，其中蕴涵着对独立自主个体自我意识的精神高歌。

第一节　20世纪80年代后半期后朦胧诗：
社会语境新变与对启蒙主义的反叛

后朦胧诗的出现是商品经济不断深入发展的结果，是个人主体自我意识不断觉醒的表现，它标志中国社会发展的巨大进步。

一　后朦胧诗的出现

20世纪80年代后半期，伴随历史走向改革开放，出现反对"政治意识形态"的朦胧呼喊、主张超越文化反思创作。80年代中期，中国诗歌界出现反对一切传统意识形态（除了政治中心主义意识形态，还包括现代审美自治意识形态）的第三代诗歌创作——后朦胧诗。第三代诗人是读着朦胧诗长大的，很多人还曾经模仿朦胧诗进行诗歌创作，走上诗歌创作道路。在深重的文化反思与批评语境下尤其受到西方后现代"解构论"思想影响，这些青年诗人开始以怀疑批判与否定一切的目光进行文学创作，以"新文化运动先锋"打破一切旧文化的勇气，进行全面颠覆性的诗歌创作。无论从主题思想还是内容形式上，后朦胧诗都堪称决绝。

后朦胧诗不再以大写的人为本体，转而以日常生活中的我与我们为本原与始基进行思索，以平民化为视角。不再以宏观的抽象的较为空洞的人的概念作为精神支点，而以活生生的个体，尤其是"我"的体验感受作为精神思考出发点与归宿。如韩东的《有关大雁塔》："有关大雁塔/我们又能知道些什么/有很多人从远方赶来/为了爬上去/做一次英雄/也有的还来做第二次/或者更多/那些不得意的人们/那些发福的人们/统统爬上去/做一做英雄/然后下来/走进这条大街/转眼不见了/也有有种的往下跳/在台阶上开一朵红花/那就真的成了英雄/当代英雄/有关大雁塔/我们又能知道些什么/我们爬上去/看看四周的风景/然后再下来。"

20世纪80年代初期兴起的朦胧诗创作，渐渐淹没于后朦胧诗的喧嚣与热闹之中。后朦胧诗诞生于对朦胧诗的反思，更将自己的精神触角直接指向"深度文化诗歌创作"。文化诗歌亦称文化反思诗歌，在"新文化运动"前后中国曾经出现过类似诗作。"文化大革命"结束，中国上下有识之士不断思考中华民族伟大复兴的道路，再次出现文化反省的局面。诗歌创作界出现以中国传统文化为主要题材的"文化诗歌"，主要作品包括诗人杨炼的长诗《大雁塔》、《敦煌》等。这些诗歌在无形中传递着一定的意识形态，引起了那些在"文化大革命"

后成长起来、接触后现代主义思潮的文学青年的直接反对，如诗人韩东，直接针对朦胧诗人杨炼的文化创作《大雁塔》写作另一首《大雁塔》。从事后朦胧诗创作的主要诗人包括韩东、于坚、徐敬亚、默默、多多、万夏、杨黎、马松、杨克、何小竹、赵野、潇潇、王明韵等。这些人没有朦胧诗人的曲折经历，"文化大革命"的独特成长环境，使他们养成藐视一切权威的性格，张扬个性大胆率真、敢作敢为成为其主要优秀品质。所以，在接受具有反叛倾向的西方后现代主义思想之后，他们在朦胧诗人的地下哀鸣与以比喻、象征等手法书写自己的"美好向往"之后，以决绝姿态开创新传统的精神面目出现。后朦胧诗歌的理论与实践，很快诱发从"我"出发来审视一切的诗歌创作。随后，出现个人化写作，在诗歌领域出现以描摹个人内心感受为主的体验性创作，包括海子等曾经写过朦胧诗的诗人也加入其中，使其汇成为声势浩大的"诗界革命"。历史进入 20 世纪 90 年代，诗歌创作走上综合性文化反思与创新，出现摆脱解构、摆脱个人化道路，尤其是 90 年代末期出现了以关注社会历史变迁以及人们精神状态内在变化的新现实主义诗歌。

后朦胧诗的出现与西方后现代主义思潮传入中国密切相关。20 世纪下半叶，西方世界文化发生很大变化，后现代主义作为主要社会思潮开始涌现。面对奥斯维辛现象，西方先进知识分子开始思考现代主义实质及其弊端，海德格尔沿着胡塞尔思路提出存在主义理论；德里达沿着胡塞尔思路提出解构主义理论。同时，罗兰·巴特、列维·斯特劳斯、德勒兹、福柯等理论家也纷纷从不同角度透视现代主义实质及其影响，逻各斯中心主义的现代主义思维遭受历史上从未有过的精神质询。"文化大革命"使中国文化濒临崩溃，"文化大革命"中成长起来的一代人没有深厚的国学功底，更缺乏西方现代主义思想的浸润，他们成为一批没有"精神信仰"的人。"文化大革命"结束，"社会主义意识形态"遭受质疑，尤其是西方反对现代主义意识形态固化的后现代主义思想传入，越发促进国人对"苏联方式的社会主义意识形态"，中国传统文化及早年传入中国的现代主义思想的反叛与超越之情。

20世纪80年代中后期，以天之骄子——大学毕业生以及开明知识分子为主要力量的"有识之士"，把西方后现代主义作为战斗号角，在文学界开始了新一轮"文化革命"——反文化的文学创作。一场打碎崇高、击破伟大、削平深度——以非文化作为文化建设根本追求的有别于传统政治意识形态的"平民主义文化运动"开始在中国大地风起云涌。西方某些文学理论家，如德国顾彬等人提出中国当代没有文学的观点，是因为他们认为，"文化大革命"及其之前的中国当代文学受制社会主义政治而丧失审美能力，"文化大革命"之后文学因为走向反对西方现代主义以及中国传统文化而缺乏审美思考。但我们认为，正是这样的一种文化追求，使新时期中国独特民族语境特点的社会主义文学创作成为可能，周国平、季羡林等人的创作就是如此。

此外，后朦胧诗的出现与中国改革开放的深入进行有关。面对"文化大革命"遗留下来的落后政治、经济、文化状况，以邓小平为核心的党中央领导中国人民开始进行全方位改革开放，一个崭新的经济、政治、文化环境日益形成。文学界开始百花齐放，诗人以自己敏锐的精神触角，感受着关注个人生存发展的市场经济社会文化，感受着外来后现代主义解构思潮的先进（1985年美国新马克思主义文论家弗雷德里克·詹姆逊将后现代主义概念引入中国），并尝试以决绝的精神态度进行超越一切意识形态的诗歌创作，反对文化意识形态的写实主义与个人化创作开始勃兴。

二　后朦胧诗的特点

后朦胧诗对启蒙主义的审美意识形态的反叛主要表现为以下两点。

（一）对"审美政治意识形态化"的历史反思

翻开中国当代文学史，从新中国成立一直到"文化大革命"结束，诗歌创作始终为政治化所困扰。政治化导致诗歌丧失对现实的批评，导致诗歌走上否定艺术自治的意识形态创作。对诗歌意识形态化的历史反思，是诗歌创作者与批评者的重大文化贡献。使诗歌走上诗歌本来应该走的道路，是第三代诗人的根本性创作追求。从后现代主义诗歌开始，中国文学创作的审美意识开始走向非文化，走向民间，走向日常生活批判，走向对当下政治与经济生活的不满——渐渐再次走向底层人的内心哀鸣与愤怒——如新世纪自杀的年轻诗人梧桐树、余地等人的创作。

（二）打翻旧文化、创立新文化的革命"民主主义"精神勇气

作为"文化大革命"后的第一批大学生，第三代诗人接受了比较全面系统的大学教育，与昌耀、顾城等追求极致主义的民主主义者，有着共同的民族心愿——热烈期待民主的到来，并愿意为之付出自己的一切，包括生命。不同于朦胧诗的柔弱哀伤、痛苦反思与愤怒而又无力地抒发作者审美向往，打翻一切旧文化、创立新文化成为后朦胧诗人最根本的精神追求。

后朦胧诗诞生在自我意识觉醒的社会历史条件下，个体本身在催促个人自我意识形成，号召一种不同于集体主义的个体主义，使体验感觉回归个体，为个体独立吹奏号角。无论从内容、形式还是精神追求方面，后朦胧诗都较充分地体现个人解放思想情怀，与朦胧诗人海子、顾城一样，后朦胧诗人向往纯真的人的社会与人的生活。从朦胧诗与后朦胧诗在内容、主题、题材、形式等方面的对比，能够看出，如果说朦胧诗体现的是现代主义性质的社会焦虑（集权化社会的精神焦虑）。后朦胧诗则包蕴后现代主义的人的精神焦虑（商品经济文化语境的精神焦虑）[①]。

第二节　韩东的后朦胧诗创作：边缘崛起

韩东，1961 年出生于南京，1982 年大学毕业，被分配至西安某大学教书，讲授马列哲学。这一期间写作了《有关大雁塔》等诗。1984 年调回南京，仍在大学教书。1985 年组织"他们文学社"，和于坚、丁当等创办民间刊物《他们》。曾主编《他们》第 1—5 期，被认为是"第三代诗歌"的最主要的代表，形成了对第三代诗人产生重要影响的他们诗群。他们诗群的诗人认为"诗到语言为止"，强调口语写作的重要性，他们的作品对中国现代诗歌的发展产生了积极作用。自 20 世纪 90 年代起，韩东将主要精力用于小说写作。1993 年辞职。1998 年和朱文等发起题为"断裂"的文学行为。

---

① 王光明：《后新诗潮及其批评反思》，《新华文摘》1999 年第 8 期；龙泉明：《后新诗潮的艺术实验及其价值》，《天津社会科学》1999 年第 3 期。

有关大雁塔

有关大雁塔

我们又能知道些什么

有很多人从远方赶来

为了爬上去

做一次英雄

也有的还来做第二次

或者更多

那些不得意的人们

那些发福的人们

统统爬上去

做一做英雄

然后下来

走进这条大街

转眼不见了

也有有种的往下跳

在台阶上开一朵红花

那就真的成了英雄

当代英雄

有关大雁塔

我们又能知道些什么

我们爬上去

看看四周的风景

然后再下来

《诗刊》（2000 年第 8 期）

　　韩东开启的后朦胧诗创作，反对宏大的精神叙事，主张文学回归现实生活世界，上承《诗经》，下启20世纪90年代的问题叙述，以及新世纪的全球化文化批评。20世纪90年代，他的主要精力转向写小说，但仍然创作着诗歌，总体精神依然很"渺小"，大多围绕自己进行私人化社会写作，题材多半是商品经济语境下的共同现象，虽然里面更多了些社会问题意识。例如《抚摸》、《来自大连的电话》、《你见过大海》。

抚摸

我们互相抚摸着度过了一夜

我们没有做爱，没有互相抵达

只是抚摸着，至少有三十遍吧？

熟悉的是你的那件衣裳

一遍一遍地抚摸着一件衣裳

真的，它比皮肤更令我感动

我的进攻并不那么坚决

你的拒绝也一样

情欲在抚摸中慢慢地产生

在抚摸中平息

就象老年的爱，它的热烈无人理解

我们没有互相抵达

衣服象年龄一样隔在我们中间

在影子的床上渐渐起皱

又被我温热的手最后熨平

（1995.7.5）

来自大连的电话

一个来自大连的电话，她也不是
我昔日的情人。没有目的。电话
仅在叙述自己的号码。一个女人
让我回忆起三年前流行的一种容貌

刚刚结婚，在飘满油漆味儿的新房
正适应和那些庄严的家具在一起
（包括一部亲自选购的电话）
也许只是出于好奇（象年轻的母猫）
她在摆弄丈夫财产的同时，偶尔
拨通了给我的电话？

大连古老的海浪是否在她的窗前？
是否有一块当年的礁石仍在坚持
感人的形象？多年以后——不会太久
如果仍有那来自中年的电话，她一定
学会了生活。三十年后
只有波涛，在我的右耳
我甚至听不见她粗重的母兽的呼吸

（1993.12.15）

你见过大海

你见过大海
你想象过
大海
你想象过大海

然后见到它

就是这样

你见过了大海

并想象过它

可你不是

一个水手

就是这样

你想象过大海

你见过大海

也许你还喜欢大海

顶多是这样

你见过大海

你也想象过大海

你不情愿

让海水给淹死

就是这样

人人都这样

　　韩东诗歌最主要的特点是突出"我"的感受，甚至很多诗歌均在为自己寻找精神坐标。从其诗歌中，能够见到自我的迷茫，以及觉醒后的孤独寂寞与怅然若失，甚至能够见到虚无主义的影子，那种萨特说的存在的虚无感。例如《在桥上》、《沉默者》、《冬天的荒唐景色》。

在桥上

你将我领到一座桥上

我们看见架在同一条河流上的另一座桥

当我们沿着河岸来到它的上面
看见我们刚才俯身其上的拱桥
和我们在那里的时候完全不同
有两个完全不同于我们的身影
伏在栏杆上，一个在看粼粼的水波
一个在闷热中点燃了一支烟
与我们神秘地交换位置
当你俯身于河水的镜子
我划着火柴，作为回答
我们是陌生人的补语
亲密者的多义词
只有河上的两座桥在构造上
完全相同

(1995. 7. 12)

沉默者

我在沉闷的生活里不说话
我在欢快的生活里不说话
我有沉重的上腭和巨大的下腭
象荒芜的高地上原始的石缝
即便是家的季节里，唇齿间
也不生长绿叶的言辞
我嘴部顽固的石锁，圆石上泛着青光
或许就是两片石磨间的相互消磨
象反刍动物从母亲那里带来
我就象马的石象咀嚼沉默
白墙的阴影是我寂寞难咽的草料

那蒙面哭泣的妇人是沉默者年迈的母亲——
她把他从唠叨中诞生出来——自觉受了伤害
好吧，就让房间里充斥我口哨般的喝汤声

冬天的荒唐景色

这是冬天荒唐的景色　　这是中国的罗马大街
太阳的钥匙圈还别在腰上　　霞光已打开了白天的门

这是炭条画出的树枝　　被再一次烧成了炭条
这是雪地赠与的白纸　　还是画上雪地

瞧，汽车在表达个性　　商店在拍卖自己
梧桐播撒黄叶，一个杨村人　　日夜思念着巴黎

垃圾上升起狼烟　　大厦雾霭般飘移
而人与兽，在争夺　　本属于兽的毛皮

这是南方的北方寒冬　　这是毛巾变硬的室内
这并不是电脑病毒的冬眠期　　不过是思之花萎缩的几日

多么冷静

多么冷静
我有时也为之悲伤不已
一个人的远离
另一个的死
离开我们的两种方式
破坏我们感情生活的圆满性，一些

相对而言的歧途

是他们理解的归宿

只是，他们的名字遗落在我们中间

象这个春天必然的降临

（1996. 3. 24）

　　历史证明，独立自我意识只有在争取从黑暗中走向光明的独特时刻才有意义，并不能成为人之生活的本体。韩东的诗歌创作再次证明，我们并不是不需要神话，人之生存的根本在于过着与动物不同的精神生活，虚假的崇高会给我们带来巨大的伤害，然而没有崇高的日子也不好过。

第三节　后朦胧诗人翟永明

　　被欧阳江河称为"东方最美丽的女人"的翟永明是第三代诗人的主要代表，因为距离"文化大革命"比较远，其成长的黄金岁月、人格的形成之际，正是西方世界以个人自由解放为主要精神取向，后现代主义思潮在中国大地备受欢迎的年代。所以，其创作回避了"文化大革命"，投入后现代主义的思想潮流，以直接抒发属于远离社会主流意识形态的自我感受为主——仅仅属于人而不是某种社会的人的感受，例如《渴望》、《独白》、《生命》。

渴望

今晚所有的光只为你照亮

今晚你是一小块殖民地

久久停留，忧郁从你身体内

渗出，带着细腻的水滴

月亮像一团光洁芬芳的肉体
酣睡，发出诱人的气息
两个白昼夹着一个夜晚
在它们之间，你黑色眼圈
保持着欣喜

怎样的喧嚣堆积成我的身体
无法安慰，感到有某种物体将形成
梦中的墙壁发黑
使你看见三角形泛滥的影子
全身每个毛孔都张开
不可捉摸的意义
星星在夜空毫无人性地闪耀
而你的眼睛装满
来自远古的悲哀和快意

带着心满意足的创痛
你优美的注视中，有着恶魔的力量
使这一刻，成为无法抹掉的记忆

独白

我，一个狂想，充满深渊的魅力
偶然被你诞生。泥土和天空
二者合一，你把我叫作女人
并强化了我的身体

我是软得像水的白色羽毛体
你把我捧在手上，我就容纳这个世界
穿着肉体凡胎，在阳光下
我是如此眩目，是你难以置信

我是最温柔最懂事的女人
看穿一切却愿分担一切
渴望一个冬天，一个巨大的黑夜
以心为界，我想握住你的手
但在你的面前我的姿态就是一种惨败

当你走时，我的痛苦
要把我的心从口中呕出
用爱杀死你，这是谁的禁忌？
太阳为全世界升起！我只为了你
以最仇恨的柔情蜜意贯注你全身
从脚至顶，我有我的方式

一片呼救声，灵魂也能伸出手？
大海作为我的血液就能把我
高举到落日脚下，有谁记得我？
但我所记得的，绝不仅仅是一生

生命

你要尽量保持平静
一阵呕吐似的情节
把它的弧形光悬在空中

而我一无所求

身体波澜般起伏
仿佛抵抗整个世界的侵入
把它交给你
这样富有危机的生命、不肯放松的生命
对每天的屠杀视而不见
可怕地从哪一颗星球移来？
液体在陆地放纵，不肯消失
什么样的气流吸进了天空？
这样膨胀的礼物，这么小的宇宙
驻扎着阴沉的力量
一切正在消失，一切透明
但我最秘密的血液被公开
是谁威胁我？
比黑夜更有力地总结人们
在我身体内隐藏着的永恒之物？

热烘烘的夜飞翔着泪珠
毫无人性的器皿使空气变冷
死亡盖着我
死亡也经不起贯穿一切的疼痛
但不要打搅那张毫无生气的脸
又害怕，又着迷，而房间正在变黑
白昼曾是我身上的一部分，现在被取走
橙红灯在我头顶向我凝视
它正凝视这世上最恐怖的内容

翟永明的诗歌创作属于断裂的后朦胧诗，虽然其语言具有一定的朦胧诗特点，其话语已经转为小的社会的私人性。20世纪90年代之后，她进一步以描述方式书写属于自己的、作为一个小女人的独特的生活及其细节体验。以"细节打败观念"为其最主要的精神方式，她继承与延续着后朦胧的精神传统——反对远离自我的社会精神抒写——也成为知识分子叙述诗歌主要代表，如组诗《闻香识舞》。

闻香识舞 1

有意或　无意
她把风抖开　她的蝶衣
香烟的香
把一曲舞尽

既有美臀　何不一舞至死
她的腿　胸　她的三围
脸和污水
酣畅至淋漓　都在争论
"灯光，它无法辨别"

深处的睡眠和满地的滚动
有酒精味

闻香识舞 2

在人群中　她的身体蜷缩

除了你的心　我认识你
除了你的魔液　我依赖你
除了你的体香　我滋养你

这就是脾气：全身挺直时
我的皮肤映照全场的真理
我飞翔　肉眼望不进
我的舞　吸干周围的尘土

闻香识舞 3

舞伴　一个黑衣男孩
四肢美妙着地
当我旋转　转成一根柱
另有一人在旁说话：
这情景熟悉

我为熟悉而舞　也为陌生
熟悉的香引我上天堂
陌生的香　随污水洒下

闻香识舞 4

舞蹈在体内生长
你看不见
我舞　它出现
它出现　我消失不在

舞蹈者平静 而舞
运动 手和腿
举起又放下 头甩动

烈性的舞 和
软性的舞 都与它
有关

闻香识舞 5

暗香 在衣领间浮动
你拖起我 不着地
十二舞徒在舞 难道灿烂
不再割伤我？

漫长的动作束缚我
漫长 令我跳跃

上升的我 要借助你的发
四季的骨骼 借你的歌
我的心 竟娶了你

闻香识舞 6

我告诉她：在弹片
点燃我的眼睛之前
舞拥有我

我拥有少女香

溢出体液的背　制作香
特别是我摸索前行
盲　使舞绝对

又使舞循环到神经　大脑
绝对到　她肋骨

闻香识舞7
木樨香　董香
一派的香　走过

我看见她的头　在冒
我看见她的腹　在飘
我看见她的步履　在渗出

所有你们闻不到的
是她走过的香
所有我看到的　她关节的扭
是她内部的完整

我为香而哭
她为舞而凝固
懂得了　另一种血液

闻香识舞8
金黄的爪子　你来了
斑斓起舞　在梦中

从夏天到秋天　我舞
把千金散尽

哭泣的舞　奔入你
闻到你的香　我哭泣
所有的游戏　没有不散
我的舞　有舞尽之时？

闻香识舞 9

手脚乃镣铐　一个悲哀
拴住我
你我的水珠　在共同的舞中
滑落　温柔如云

一个儿子　或女儿
风中出生的蝶蛹
他　或　她　的香
是心和手的
肯定的香

1998.9.9

　　刚刚降生的孩童的第一声啼哭意味着他们来到这个世界需要弄明白许多事情，除了社会、政治之外，还有他自己。一个坚持了这种"天命"的人便会成为诗人或者哲人。翟永明的诗歌主要写自己作为女人的事情，主要写女人的社会焦虑，写女人的存在感受。她是个体写作的一个代表，其诗作拓展了中国新时期文学的向度，如《一个迷途的女人》。

一个迷途的女人

你是

一个迷途的女人

生来就如此 生来就

合体 相称 无依无靠

厌倦了生活你是

一个迷途的女人于你无损

人们一动不动而你

四处漂零

做你想做的事

在夜里梦游

发出一种受苦的声音

你是

一个迷途的女人

豆蔻年华 男人们为此覆没

而你 总不相信

一些谎言将使你痛哭

哭得足够伤心

迷人的冬天你婚姻失败

像个完成者去找老朋友

或者大同小异 你是

一个迷途的女人

于你无损

从20世纪80年代后半期开始，中国政治与文化愈加开放，中国文学走向审美自治，在这样语境下出现的后朦胧诗视点主要集中在作者自我内心感受的书写上。后朦胧诗人多半是80年代大学毕业，有着相对良好的知识结构，形成了相对稳定的价值取向，但是，因为是与历史割裂的一代，因为是直接面对改革洪流并被裹挟在其中的一代，使他们有一种被抛弃的感觉，一种与生俱来的孤独寂寞甚至荒诞虚无，这样的情感构成了后朦胧诗人诗歌创作最主要的精神色彩。

第三章

20世纪90年代的文化叙述诗

历史进入20世纪90年代，中国社会逐渐从商品经济向市场经济转变，文化语境也发生较大变化，诗歌创作中出现一种空前的精神焦虑。过去的人文精神正在失效，中国文学界与文论界开始担心中国人"失语"，即找不到属于自己的精神话语。实际上，90年代中国文学界确实找不到明确的方向，社会文化从以政治为中心转变为以经济为中心之后，文学就开始迷茫。作为一种曾经依附政治话语的社会意识形态话语，在摆脱政治话语取得成功（朦胧诗与后朦胧诗创作取得业绩）之后，文学便开始迷失前进的方向。这个时代，文化产业意识还不够强，诗人徘徊在社会责任意识与市场经济文化之间。于是，出现诗人试图介入市场经济文化的主客体间性叙述写作。

第一节　20世纪90年代的"叙述诗"：现实生活世界的描述与主客间性

食指作为最后一个浪漫主义诗人，1968年写下充满精神愤怒的《这是四点零八分的北京》。北岛1970年写下《宣告》，指出"从星星的弹孔里，将流出血红的黎明"，开启新的时代追求："在没有英雄的年代里，我只想做一个人。"朦胧诗人的创作激励了后来者的政治斗志。后朦胧诗以大无畏的革命精神反对朦胧诗中蕴涵的崇高、使命、贵族化，以及其赖以存在的意象化创作倾向，"解构性"地以"口语化"进行创作，拉开中国又一次新诗创作的大幕。后朦胧诗之后，中国新诗在20世纪90年代走上叙述化道路，其中蕴涵深刻的生活本质认识，仿佛从本体论写作转向了"认识论"精神思考，后朦胧诗奠定的摆脱使命、摆脱崇高、摆脱纯粹的自我本位主义道路，得以充分实践。

后朦胧诗是一种革命性的诗歌，以崭新的文化建设姿态进一步走出革命文学思维桎梏，走出唯美主义精神窠臼。后朦胧诗人开启了诗歌回归现实生活世界的思想道路，诗人走出社会崇高、个人自由至上等唯美主义精神藩篱，走向普通社会认知与真理发现而不是简单的捍卫真理的思维道路，也就是学术界一直讨论的由德里达等人开创的破除逻各斯中心主义的后现代主义认知道路。原因是，20世纪90年代，中国改革开放不断深入，社会经济形态由集体主义、国家主义至上，走向市场主义、商品主义，社会主体意识形态也开始从"主体意志论"走向"现实务实主义"。在革命理想主义诗歌经历"非政治意识形态追求"的反叛，唯美主义遭到"语言论"质疑、扬弃之后，也就是当具有革命性的反"传统话语"的后朦胧诗创作形成规模之后，在中国诗坛出现了反映现实生活世界变化或者反映变化了的现实生活世界的诗歌创作。这些诗歌以叙述为主，具有鲜明的"现时性"特征，不再充当时代的指路明灯，也不再高扬批判旗帜。90年代，小说就是我说，诗歌就是我歌。不同的诗人以不同笔触，或者站在社会变革激流中心，或者站在主流世界边缘，以娓娓道来的笔触抒发自我精神世界的应有内容——商品经济时代的社会感觉与人生体验。

在我们看来，20世纪90年代诗歌，于新中国成立之后第一次走上"小说化"道路——以诗歌语言进行"叙述"的叙述诗大面积出现，诗人开始注意自己或者崇尚或者反对的意识形态的基础——现实生活世界的变化，从理想主义的简单的自我吁求或者精神呼唤，走向对社会变化的历史表征。但是，我们也不能因此就说90年代诗歌没有灵魂。这些诗歌继承朦胧诗与后朦胧诗从主体自我出发进行思考与实验的传统，规避了传统政治意识形态及其对文学审美意识的干扰，所以，表现出个人化倾向，具有鲜明的底层人、微个体性写作特征。此外，以朦胧诗与后朦胧诗为前提的90年代诗歌显示出更加阔大的精神背景，仿佛在整体上进行一种深度文化反思，开始审视中西方的人类精神遗产，拉开中国方式的人类精神批判大幕。

20世纪90年代中国的社会变革是急剧的，让人们有些难以适从。90年代中期甚至出现人文精神大讨论，有些知名学者指出中国的人文精神正在丧失，呼吁恢复人文精神写作。从某种角度看，这是人们对真善美的怀恋与执著情绪的反映。然而"青山遮不住，毕竟东流去"。那种历史理想追求，虽山高水长，但对普通人来说，只可向往，却永不能及。在我们看来，那样一种人文精神讨论，也许可以视为是中国从"新文化运动"开始，百年来"强力社会意志意识形态写作"在深度文化祛魅精神语境下的再一次垂死挣扎，同"新文化运动"时期有人高呼将孔教定为国教一样不合时宜。相对于高高"供起"，人们更需要将"诗神"彻底请下神坛，更需要一种切实的现实哺育，需要聆听现实生活世界的本质，而不是简单而不顾现实处境地追求某种逻各斯中心主义性质特点的"内心向往"。

　　同新中国成立前的诗歌创作以及朦胧诗创作的理想主义
（无论是个人理想主义还是社会理想主义）倾向不同，20 世纪
90 年代诗歌除了注意对社会现实的批判之外，更注意对现实
社会本质的发掘。这样一来，诗歌逐渐走上"主体与现实的
'间性'真理发掘"——"先进精神发现"思想轨道，并以此
区别于前此一切诗歌创作，而且这种诗风一直延续到 21 世纪。

　　同朦胧诗与后朦胧诗的热闹景观相比，伴随商品经济的发
展，文学的精神园地不断萎缩。20 世纪 90 年代，中国诗坛多
少有些沉寂。但是，从创作情况看，也取得了一定成就。从事
这类创作的绝大多数人是 60 年代出生，也有 70 年代出生的。
他们的知识文化结构相对新中国成立前出生的诗人有很大不
同，相对于共和国同龄的朦胧诗创作者也有很大不同，在一定
程度上可以说是后朦胧诗创作的延续。臧棣、西川、阿吾、桑
克、西渡、徐江、于坚等"60 后"是主力，其中一些人既是
后朦胧诗人的主要代表，也是 90 年代叙述诗歌的主力军。同
时，我们能看到，黄礼孩、木朵、凌越等"70 后"诗人在奋
勇直前、疯狂进行这样一种叙述，几乎成为这种诗歌创作的精
神符号。

　　20 世纪 90 年代从事这种诗歌创作最成功的还有一些老诗
人。如 1998 年《作家》杂志第 11 期发表了叶延斌的组诗
《现代的现实》、李占学的组诗《南行记》。其中叶延斌《寂寞
之岛》、《诗人们》、《陌生的房子》均表现了商品经济时代诗
人的真实心境。诗人是社会多余人形象？是这个世界自作多情
的人？叶延斌的《诗人与鱼》、李占学的《乌衣巷》再现了这
个时代人们被迫都市化而失去与自然共同呼吸的机会，显得备
受桎梏。如《诗人与鱼》中写道："餐馆是什么？/餐馆就是
说——/这儿距离自由很远/这儿距离钞票很近"；"鱼缸是什

么？/鱼缸就是说/——这儿距离欢乐很远/这儿距离刀俎很近"。《乌衣巷》结尾写道："解说女把我的遐思借走/从乌衣巷里出来/几乎不认识今日天下。"

不同于后朦胧诗，他们的创作中文化意象密集，流露出深厚的才情。这是一个表现自我意识的时代，也是一个深度抒发自我情感的时代（但不是纯粹唯美的）。诗人昌耀写于1996年的《夜眼无眠》深刻地再现了其强烈的时代感受："形销骨立，坚韧的负重者，一个人头马，孤零零，咀嚼着回忆，将音乐渗透灵魂，不知瞑目，不知措手足。当其感受天地之大，已同时感受天地之小，心有所寄，而不能将自己归于哪怕一瞬的长逝。"（《作家》1997年第1期）其情之真，意之切，溢于言表。不同于他，新潮诗人更多地以叙述方式表达自己的精神发现，而不是精神感受。

"如果一个诗人不是在解构中使用汉语，他就无法逃脱这个封闭的隐喻系统。"在诗人于坚看来，一个社会越专制，隐喻功能就越发达，"不可能想象在一个隐喻作为日常语言方式的社会里会出现像惠特曼那样的诗人"。① 诗人必须做到语言自觉，否则难以做到自觉于社会，更谈不上写出符合时代节拍的好诗。20世纪90年代，先锋诗人继续行走在语言自觉的思想大道上，逃避象征、意象等隐喻编织的传统之网，创作"非同以往"的诗歌，表现出空前的个人化语言书写，同80年代后期比较，已经不是简单的追求语言的独立，其中蕴涵深度的历史责任，甚至充满哀婉与悲怆。如于坚《哀滇池》（《作家》1998年第3期）结尾部分，"我们哀悼一个又一个王朝的终结/我们出席一个又一个君王的葬礼/我们仇恨战争

———————————
① 于坚：《从隐喻后退———一种作为方法的诗歌》，《作家》1997年第3期。

我们逮捕杀人犯　我们恐惧死亡/歌队长　你何尝为一个湖泊的死唱过哀歌？/法官啊　你何尝在意过一个谋杀天空的凶手？/人们啊　你是否恐惧过大地的逝世？""诗歌啊/当容器已经先于你毁灭/你的声音由谁来倾听？/你的不朽由谁来兑现？""诗人啊/你可以改造语言　幻想花朵　获得渴望的荣辱！/但你如何能左右一个湖泊之王的命运/使它世袭神位　登堂入室！/你噤声吧　虚伪的作者/当大地在受难　神垂死　你的赞美诗/只是死神的乐团！""回家吧　天黑了　有人的声音从空心菜和咸肉那边传来/我醒来在一个新城的夜晚　一群穿游泳衣的青年/从身边鱼贯而过　犹如改变了旧习惯的鱼/上了陆地　他们大笑着　干燥的新一代/从这个荒诞不经的中年人身边绕过　皱了皱鼻头　钻进了一家电影院"。诗人是在为一个时代写悼词。马克思曾经说过，"自然是人的无机身体"。当美丽的滇池遭受破坏，诗人的心在流血，在痛苦地抽搐，然而，诗人就是诗人，诗人是无力改变现实的。面对麻木的人群，诗人在结尾处"不得不"以自嘲的口吻叙述人们的不理不睬。这首诗写作于1997年，从中能够看出，先锋诗歌已经不再追求简单的个人化，而是在实现其个人化口号的宏伟目标——使诗歌回归社会现实生活、回归对社会问题的发现。

《作家》1997年第6期发表了女诗人林白的几首新作，几首诗具有鲜明的女性意识色彩，一看就是一个女人在低吟，在书写自己的世界，简单而明快，所用意象如"天空"、"琴弦"、"玫瑰"、"青草"、"大海"、"乳房"均鲜明活泼，有的干脆直接坦荡地以对女性感受的艺术白描书写其真实的爱情生活与精神世界。如《无题》，"我的乳房如此娇小/包含着寂静/犹如月光下无边的玫瑰/穿过你的手掌/比绝望更深刻/比寂静更寂静/比玫瑰更艳丽/比流水更久长"，传递着一种与传统异样的属于人性的温暖而温柔的光芒。

向往诗歌平民主义化的撒娇派主要诗人默默20世纪90年代已经开始很从容地涵纳社会变革精神与历史理性的个人化表达，如其1993年写的诗歌《内心》，"想是个古人/看最亮的月亮/吃最鲜的鱼/啃最香的鸡/读春天的雨/一个人保持肃穆/与天空对话，炊烟和午睡/灯火阑珊，同烛光一起摇曳/对朋友说不完飘渺的心事/一个普普通通的愿望也是海市蜃楼/咳，在撒旦脸型般庞大的宾馆里/我想我的海市蜃楼/翘着二郎腿/打深山小溪的节拍/变换花开花落的坐姿"（《作家》1998年第8期）。但是，我们能看到，在这从容中亦充满异想，充满对所置身社会的深度批判。

诗人小海曾说："一个诗人，我想大多数时间里都在和自己的焦虑对坐。"① 90年代先锋诗人主要焦虑什么？焦虑始于问题。90年代中国先锋诗歌创作题材众多，主题丰富，主要表现为诗人主体自我意识的书写，但这已经不是简单的写"我"，而是通过"我"的感受在写"人"，在写与他们密切联系在一起的社会，写他们的"发现"，写社会的现实问题。20世纪90年代，先锋诗人以平和的语调，不张扬的笔触，书写了自己对社会问题的焦虑，虽不轰轰烈烈，但却值得肯定。

第二节　20世纪90年代诗人西川的叙述诗歌创作

西川1963年生于江苏省徐州市，大学时代开始写诗，曾与朋友创办民间诗歌刊物《倾向》，参与过民间诗歌刊物《现

---

① 小海：《诗到语言为止吗?》，《作家》1998年第9期。

代汉诗》的编辑工作。1985 年毕业于北京大学英文系，2002
年美国艾奥瓦大学访问学者。西川的身份是知识分子。因此，
他倡导公共知识分子精神的社会写作。其诗歌意向文化性较
强，其诗歌创作明显不同于后朦胧诗，已经确立起明确的精神
方向，唯美与思想并重。

西川主要写自己对一些事物的感受，或者对一些司空见惯
的精神事物的主观见解，其作品有较明显的知识分子解读或者
发现本质的痕迹，展开的是对人性的真理性思考。他善于以形
象方式创作一个个精神意味丰富的主客体间性文本，通过这些
文本表达自己的思想。例如《午夜的钢琴曲》、《一个人老
了》，不是简单抒发自我感受，而是通过与人有密切精神关联
的事物阐释人性与人生的契机与对象。

午夜的钢琴曲

幸好我能感觉，幸好我能倾听
一支午夜的钢琴曲复活一种精神
一个人在阴影中朝我走近
一个没有身子的人不可能被阻挡
但他有本领擦亮灯盏和器具
令我羞愧地看到我双手污黑

睡眠之冰发出咔咔的断裂声
有一瞬间灼灼的杜鹃花开遍大地
一个人走近我，我来不及回避
就象我来不及回避我的青春
在午夜的钢琴曲中，我舔着
干裂的嘴唇，醒悟到生命的必然性

但一支午夜的钢琴曲犹如我
抓不住的幸福，为什么如此之久
我抓住什么，什么就变质？
我记忆犹新那许多喧闹的歌舞场景
而今夜的钢琴曲不为任何人伴奏
它神秘，忧伤，自言自语

窗外的大风息止了，必有一只鹰
飞近积雪的山峰，必有一只孔雀
受到梦幻的鼓动，在星光下开屏
而我像一株向日葵站在午夜的中央
自问谁将取走我笨重的生命
一个人走近我，我们似曾相识

我们脸对着脸，相互辨认
我听见有人在远方鼓掌
一支午夜的钢琴曲归于寂静
对了，是这样：一个人走近我
犹豫了片刻，随即欲言又止地
退回到他所从属的无边的阴影

1994

一个人老了

一个人老了，在目光和谈吐之间，
在黄瓜和茶叶之间，
像烟上升，像水下降。黑暗迫近。

在黑暗之间，白了头发，脱了牙齿。
像旧时代的一段逸闻，
像戏曲中的一个配角。一个人老了。

秋天的大幕沉重的落下!?
露水是凉的。音乐一意孤行。
他看到落伍的大雁、熄灭的火、
庸才、静止的机器、未完成的画像，
当青年恋人们走远，一个人老了，
飞鸟转移了视线。

他有了足够的经验评判善恶，
但是机会在减少，像沙子
滑下宽大的指缝，而门在闭合。
一个青年活在他身体之中；
他说话是灵魂附体，
他抓住的行人是稻草。

有人造屋，有人绣花，有人下赌。
生命的大风吹出世界的精神，
唯有老年人能看出这其中的摧毁。
一个人老了，徘徊于
昔日的大街。偶尔停步，
便有落叶飘来，要将他遮盖。

更多的声音挤进耳朵，
像他整个身躯将挤进一只小木盒；

那是一系列游戏的结束：
藏起成功，藏起失败。
在房梁上，在树洞里，他已藏好
张张纸条，写满爱情和痛苦。

要他收获已不可能
要他脱身已不可能

一个人老了，重返童年时光
然后像动物一样死亡。他的骨头
已足够坚硬，撑得起历史
让后人把不属于他的箴言刻上。

1991.4

除了上述创作，西川还有意识地将所遇到的景象结合传统精神意向作为自己言说情理的对象，在对其图画与音乐结合的描述中抒发自己强烈的感受。例如《十二只天鹅》、《暮色》、《在哈尔盖仰望星空》、《上帝的村庄》、《把羊群赶下大海》等。

十二只天鹅

那闪耀于湖面的十二只天鹅
没有阴影

那相互依恋的十二只天鹅
难于接近

十二只天鹅——十二件乐器——
当它们鸣叫

当它们挥舞银子般的翅膀
空气将它们庞大的身躯
托举

一个时代退避一旁，连同它的
讥诮

想一想，我与十二只天鹅
生活在同一座城市！

那闪耀于湖面的十二只天鹅
使人肉跳心惊

在水鸭子中间，它们保持着
纯洁的兽性

水是它们的田亩
泡沫是它们的宝石

一旦我们梦见那十二只天鹅
它们傲慢的颈项
便向水中弯曲

是什么使它们免于下沉？

是脚蹼吗？

凭着羽毛的占相
它们一次次找回丢失的护身符

湖水茫茫，天空高远：诗歌
是多余的

我多想看到九十九只天鹅
在月光里诞生！

必须化作一只天鹅，才能尾随在
它们身后——
靠星座导航

或者从荷花与水葫芦的叶子上
将黑夜吸吮

暮色

在一个幅员辽阔的国家
暮色也同样辽阔
灯一盏一盏地亮了
暮色像秋天一样蔓延

所有的人都闭上嘴
亡者呵，出现吧
因为暮色是一场梦——

沉默获得了纯洁

我又想起一些名字
每一个名字都标志着
一种与众不同的经历
它们构成天堂和地狱

而暮色在大地上蔓延
我伸出手，有人握住它
每当暮色降临便有人
轻轻叩响我的家门

在哈尔盖仰望星空

有一种神秘你无法驾驭
你只能充当旁观者的角色
听凭那神秘的力量
从遥远的地方发出信号
射出光来，穿透你的心
像今夜，在哈尔盖
在这个远离城市的荒凉的
地方，在这青藏高原上的
一个蚕豆般大小的火车站旁
我抬起头来眺望星空
这对河汉无声，鸟翼稀薄
青草向群星疯狂地生长
马群忘记了飞翔
风吹着空旷的夜也吹着我

风吹着未来也吹着过去
我成为某个人，某间
点着油灯的陋室
而这陋室冰凉的屋顶
被群星的亿万只脚踩成祭坛
我像一个领取圣餐的孩子
放大了胆子，但屏住呼吸

上帝的村庄

我需要一个上帝，半夜睡在
我的隔壁，梦见星光和大海
梦见伯利恒的玛利亚
在昏暗的油灯下宽衣

我需要一个上帝，比立法者摩西
更能自主，贪恋灯碗里的油
听得见我的祈祷
爱我们一家人：十二个好兄弟

坚不可摧的凤仙花开满村庄
狗吠声迎来一个喑哑的陌生人
所有的凤仙花在他脚旁跪下
他采摘了一朵，放进怀里

而我需要一个上帝从不远行
用他的固执昭示应有的封闭
他的光透过墙洞射到我的地板上

像是一枚金币我无法拾起

在雷电交加的夜晚，我需要
这冒烟的老人，父亲
走在我的前面，去给玉米
包扎伤口，去给黎明派一个卫士

他从不试图征服，用嗜血的太阳
焚烧罗马和拜占庭；而事实上
他推翻世界不费吹灰之力
他打造棺木为了让我们安息

把羊群赶下大海

请把羊群赶下大海，牧羊人，
请把世界留给石头——
黑夜的石头，在天空它们便是
璀璨的群星，你不会看见。

请把羊群赶下大海，牧羊人，
让大海从最底层掀起波澜。
海滨低地似乌云一般旷远，
剩下孤单的我们，在另一个世界面前。

凌厉的海风。你脸上的盐。
伟大的太阳在沉船的深渊。
灯塔走向大海，水上起了火焰
海岬以西河流的声音低缓。

告别昨天的一场大雨,
承受黑夜的压力、恐怖的摧残。
沉寂的树木接住波涛,
海岬以东汇合着我们两人的夏天

因为我站在道路的尽头发现
你是唯一可以走近的人;
我为你的羊群祝福:把它们赶下大海
我们相识在这一带荒凉的海岸。

在西川的诗歌创作中还有很大一部分是直接对一些我们熟悉的自然事物如月光、秋、雪、风、云、光等进行抒情写作,作者通过对这些文化气息十足的主客体间性对象进行图画与音乐的描述,调动读者的各种感官,让他们徜徉在童话世界,感受世界之美,体味时代变幻。

月光十四行

人在高楼上睡觉会梦见
一片月光下的葡萄园
会梦见自己身披一件大披风
摸到冰凉的葡萄架下

而风在吹着,月亮里
有哨声传来,那有时被称作
"黎明之路"的河流上纸船沉没
大雾飘过墓地般的葡萄园

而风在吹着，嗜血的枭鸟
围绕着葡萄园纵情歌唱
歌唱人类失传的安魂曲

这时你远离尘嚣，你拔出手枪
你梦见月光下的葡萄园
被一个身躯无情地压扁

秋天十四行

大地上的秋天，成熟的秋天
丝毫也不残暴，更多的是温暖
鸟儿坠落，天空还在飞行
沉甸甸的果实在把最后的时间计算

大地上每天失踪一个人
而星星暗地里成倍地增加
出于幻觉的太阳、出于幻觉的灯
成了活着的人们行路的指南

甚至悲伤也是美丽的，当泪水
流下面庞，当风把一片
孤独的树叶热情地吹响

然而在风中这些低矮的房屋
多么寂静：屋顶连成一片
预感到什么，就把什么承当

大雪十四行

人性收起它眩目的光芒
只有雪在城市的四周格外明亮
此刻使你免受风寒的城市
当已被吞没于雪野的空旷

沉默的雪，严禁你说出
这城市的名称和历史
它全部的秘密被你收藏心中
它全部的秘密将自行消亡

而你以沉默回应沉默——
在城市的四周，风摇曳着
松林上空的星斗：那永恒的火

从雪到火，其间多么黑暗！
飞行于黑暗的灵魂千万
悄悄返折大雪的家园

风（之一）

风终将吹来，启示命运
风的马、风的鹰，昨夜已在
我的梦中张挂了风铃
夏季疲倦于干渴，风终将吹来
有人已将蜡烛端出居室
有人已在娓娓低语，讲述天堂——

一阵风

一阵风将在人间吹起波澜！
把固执的雪莱吹得哗哗作响
把老鼠们吹得翩翩起舞
一阵风将闭力推开
鳏夫的房门，邀他登高望远
望见心花怒放的姑娘
走在风中

对于收藏岁月的孩子，风是
崇高的帮助：吹落父亲的帐木
母亲的信札，让他弯腰拾起——
风终将吹来，当夏季结束
我们这些穷人将啜饮
一杯清水，阅读一部描写风声的
书籍

云（之一）

云是妄想，是回忆，是绝望，是欢乐
是负伤的大地开放的百合
是神性的花园（飞鸟在那里筑巢）
是被遗忘的和平，天使们堆放的麦垛
是你情人的内衣，发着清香
是你未来的家宅（现在住着蝴蝶）
是虚无，提升我们灵魂的大手
是美丽，激励我们感官的祖国

穿过仄窄幽寂的走廊
你望见云城在上，大地辽阔
幸福使人喑哑，一个长发披垂的人
在云下放走灵魂；他是否理解
今天他不是生活中的一个？

在那历史的第一个下午，也有这样的云
洁白、温暖、被阳光照透
也有这样的云影诡秘地徘徊于
公社的马厩和酋长的头顶
你望见孔子的云、苏格拉底的云
而圣哲的遗言只有一句：
尽管人天生没有翅膀，但不要申诉
当云光移近，你最好保持沉默

光

我曾经俯身向月光下的花朵
我曾经穿行于地穴的黑暗
在一个意外的夜晚，我曾经目睹过
边防小镇的屋顶上青光一片

在一个意外的夏天，鸟雀之光
降落于山谷，松林之光降落于平原
取代诗歌的小麦好似我灵魂的光
它们清晰的运动却无人发现

制造光明的人坐在生活的此岸

比制造黑暗的人更加繁忙

他把灵魂的光打造成铁铲

他在冥冥中望见了彼岸的葡萄园

看哪，古老的城墙还在月光中伸展

无数闪光的河流汇合在天边

只是在我生命的三十年里

我爱过的人全都——消逝在我的面前

光溢出陆地就变作汪洋大海

我们的艺术在黑暗里抽芽

恰是对光明有所爱恋，就像

海妖们的歌唱，在篱笆那边

第三节　20世纪90年代"70后" 木朵的文化诗歌

木朵是"文化大革命"后成长起来的，没有亲身体会"文化大革命"的惊涛骇浪，也没有20世纪60年代出生的诗人的传统社会经历，精神世界比较单纯，文化成了他的精神王国的主要构成要素。因此，他的诗歌会把我们领进他的独特的虚构的文化世界，那里有故事，也有哲理。例如《暗器》、《老人的黑脸》、《火焰》、《五月的悲伤》。

暗器

我细听朽木中的声调

传来惊心的叫声
挨着幽暗的神色
一个夜里快如百年

水波上的人声鼎沸
他们究竟要去哪里
戴着绣花的头巾
嘴角一抹红印

古旧的城镇呀
象散落的铜钱
抬眼看看
过桥的人傍着晚霞归

要越过城镇的土地呀
你会看到
妩媚的女人
走在干净的草地上
草地上农村的景象
一变成凤凰
你要不要朝着妩媚去
夜风吹动她的声音
声音里藏着温情的皮肤

赶夜路的队伍
没有星光的指引
站在山坡上

看到了城市的灯火
那灯火中的面貌呀
我愿花费剩余的金币

房屋里包裹的心灵
被谁嗅出了气味
灵魂穿着黑鞋
转眼在水边
南方的水声里
孕育多少希冀
疲乏的眼睛落满水面
好心人一个个修剪

夜色里明亮的物体
都是一个躯壳
白色的躯壳里
不知你将盛放什么

水滴声传来
整个南方只有一人
你不要只把目光搁在地上
天接壤的地方
掀起一阵阵波浪

南方总是多情
混浊的河水也柔顺
象细腻的肌肤

爱着粗糙

粗糙的大米里

一对魂魄打滚

夜的边际

象光芒一样熄灭

谁会在水流中

有着液体的鲜血

你看不到万物的跳跃

一条街为所有人敞开

你只是一个小卒

贴着斑马线行走

生命变作一个运气

小心路上的车辆

黑发也会一夜掉尽

夜里飘浮着坚硬的暗器

空气也满是棱角

先是击打着外壳

然后在血液中筑起大坝

血管里的瀑布和激流

汹涌在心脏的四围

20世纪70年代出生的木朵是读着朦胧诗与后朦胧诗长大的，因此，其诗歌语言不但具有后朦胧诗解构、象征特点，而且充满朦胧诗的某种意识指向性。但是，给我们最清晰的感觉是他在写一种难以名状的感觉，那种属于其独特个体的较为独特的精神感觉。这种感觉是他的，也是其他人的，是这个时代人们内心深处诞生的那种主体正在接近客体，而主体与客体又无法真正融合的那种略带断裂感的"间性"。这种感觉在《暗器》中尤为明显。

老人的黑脸

垃圾中的蚂蚁

唱完歌

然后歇息在碎布上

那是舒服的大床呀

驼背的老人

在废纸中寻觅

黑亮的脸庞上

站立着细小的幸福

他也累乏了

坐在蚂蚁的旁边

一大一小

各有各的欢乐

城市的变化很快

只是硬币越来越自卑

你看那穿花裙的姑娘

沿着荫凉离去

鼻子上的脂粉

一片片掉落

老人窝坐在墙下
看到天上的积云
它们多象一群儿女
天上的儿女
多么纯洁，讨人欢喜
地上却只有蚂蚁
站在我的脚趾上眺望
看到我黑色的样子
泪水落个不停

《老人的黑脸》记述了一个拾荒老人，这个老人的脸是黑的。与蚂蚁一样，他有自己的幸福。但他也有自己的悲伤，关于时代的悲伤。天上的白云可以仰望，自己却深深地知道，必须与蚂蚁为伴。这则小诗写了市场经济下，社会底层人的欢乐与忧伤。

火焰

绝望的人看到了火焰
火焰是他的躯体
火身里走动的柴片
那是大火的骨骼
火焰熄灭了
躯体就不复存在

繁重的躯体化为灰烬
绝望的人才获得永生

穿越森林的人呀

回头看见另一些火光

火光下的人群

挤靠在一起

黎明来到的时刻

他们将踩在灰烬上

体验行走的快乐

那时血液沸腾

大地是他们新的躯壳

五月的悲伤

那个腰佩香草的人

早上在沅水

傍晚却在昆仑

水底的鱼虾看见

一个披头散发的人

饮木兰之坠露

山脚下吉祥的卜卦呀

你看那人在吃初开的菊花

南方所有的香草

比如江离、秋兰和申椒

还有去皮不死的木兰

拔心不死的宿莽

它们听到时光遮掩的人

在芬芳中双目流涕

即便他满身香气
却只能在河畔徘徊

他此刻正在咸池饮马
把缰绳系在扶桑之地
他侧耳倾听
美女在天堂的嬉戏
望舒和飞廉不敢做声
天门的雷神和雨师等待吩咐
都快要登上云霓了
他为何还留恋南方

从秦国带来珠宝的张仪
找到了沾着蜂蜜的舌头
上官大夫遇见了靳尚
令尹子兰傍晚去了司马子椒的府上
四个受贿的官员
最后在后宫找到郑袖
把头顶的天凿了一个窟窿
你看你看，玉器失去了颜色
兰花含羞落败

高冠长佩的人呀
让灵氛和巫咸再为你占卜
去国，还是听从彭咸的劝告
哎，你看荆湘的百姓
他们永不知情

生活多么艰难
最快的马也不愿离乡
凤凰不善媒妁之言
我空有芙蓉的衣裳
和腰间的玉佩

纵然滋兰九畹
树蕙百亩
他施肥的心思却没有
南方的倾盆大雨呀
洞庭起波澜
他祖居的家园
门庭荒芜
天上的云霞纳闷呀
路上的国民跟着嘲笑

只有五月的河水
象血液一样流淌
天堂倒映在她的怀里
昆仑停泊在一条船上
那个熟睡的彭咸呀
你可知今天的露水重
河水漫出堤岸
夹裹我的赤足

趁河神未醒
趁百姓忙于耕耘

趁芳草转身

趁楚国未亡

他一步就到了昆仑

昆仑的众神问他

他缓缓地说

南方的粽叶下

永远有糯米细白的呼喊

　　在木朵的诗歌中，随处可以见到一种忧伤，这种忧伤是时代赋予的。20世纪90年代，诗人只能再次沉潜社会内部，不再简单为社会变革高歌，不再以或委婉或愤怒的姿态向社会言说自己的喜悦与悲伤。市场经济条件下，诗者被抛在社会边缘。诗人，尤其未能在朦胧诗与后朦胧诗写作中成名的这些新生代诗人，只能摸索自己文学的道路。前面没有路，于是，他们以自己特有的方式叙述这个时代与这个世界，却在无意中以自己被边缘化的心高歌了时代精神的微妙变化，从而表征了社会理性精神的震颤。

第四章

21 世纪文化批评诗：成熟理性的精神探微

历史进入 21 世纪，中国人迎来更加广阔的全球化发展语境，先锋诗歌也表现为一种对"全球化"的描述与"文化批评"的精神探微。诗歌创作在经历 20 世纪 90 年代个人主义意识创新之后，走上一种精神探微式的文化批评道路，走向在熟知中高歌我们的当知。虽然是新时代，但是诗歌仍然走在尼采所说的鲜红的生命之血的绽放的创作之路上。

从 20 世纪 90 年代末期开始，诗歌便与小说一样，开始摆脱"个人化"的倾向，并走向以内容取胜的创作道路。在我们看来，新世纪诗歌并没有为了迎合某些人的口味而日趋大众化，即没有走上"审美的日常生活化"道路，沦落为日常文化的点缀。相反，它继续在朦胧诗打通的审美自治创作精神道路上前行，而且逐渐走向整全的审美自治，演变为一种略带哀伤与忧愁却日益成熟的饱含历史理性的社会审美撒播。

新世纪中国先锋诗歌，有点恢复经典的味道。但是，这种创作明显不是简单的经典回归，而是诗人们，尤其是一直处在中国新时期诗歌创作前沿的诗人，以自己在 20 世纪 80 年代中后期一直到 90 年代晚期，开创的中华民族崭新的"解构"语言，不断深入现实社会内部，揭示生活本真面目，批判错误与局限，书写时代理想与憧憬。类似西方文艺复兴时期的大哲，诗人们已经能够以成熟的心态，面向时代新问题，以民族特点非常明显的新颖诗歌艺术形式，高声呼喊出美妙的时代心声。

自20世纪80中期开始，新潮先锋诗人所追求的是破除一切文化约束，所以对包括朦胧诗在内的一切旧诗歌发出反动的口号。实际是在朦胧诗恢复审美自治的号角下，进一步走上文化革新道路，试图以决绝的姿态破除一切旧的文化负累，从而使文学走上崭新的真正意义上的"人"的道路。因此，创作大量价值相对主义、否定传统、反叛"文化"的诗歌。同此前的朦胧诗相比，这些后朦胧诗拒绝意象象征、躲避崇高伟大、逃离意境典型，走向口语化、平民化。

纵观新诗发展历史，胡适的《尝试集》曾经以社会现实为内容而打动人心，郭沫若的《女神》以蓬勃的个人情感感染世人，李金发以象征主义的意象化手法给白话诗歌带来新的气息，徐志摩将建筑美、绘画美、音乐美融入诗歌赢得人们称赞，戴望舒的诗歌以西方象征等艺术手段与中国传统意境结合获得美誉，20世纪40年代以来，革命诗歌以饱含激情的民族解放情怀，激动每个憧憬自由的国人的心魄。后朦胧诗的目的是什么？特点又怎样？今天看来，那并不是一种成熟的诗作。从其诞生起，人们就担心它的堕落，担心它的志大才疏。一直到20世纪90年代，"个人主义叙述"创作的繁荣才让人们看到了这样一种新诗的成功。

20世纪90年代末期中国市场经济愈加发达，社会变化愈加剧烈。先锋诗歌创作在注意抒发个人情感，表达个人性深刻感悟的同时，逐渐走向社会文化批判，指出市场经济给人们的生活、人与人之间的关系带来巨大的变化。如诗人雪松的

《雪吟》表达了一种新文化语境下无处安身的灵魂焦虑。"我是一朵落不下的雪在十二月的空中不停地随风飞舞/从山那边/一直到这边平原开始的地方/一路摇晃不停/与我的同类纠缠，争吵/我睁大眼睛，寻找一块石头/一棵树，一块再普通不过的地皮/抑或是行路人的火星——就在我将要稳住身体/开始降落的时候/又一阵，哪怕是最细微的风/再一次将我吹走。"（《时代文学》1999 年第 3 期）同样格调的还有郝永勃的《到医院去》。"到医院去/看到的伤痛，不是伤痛/听见的呻吟，不是呻吟/知道的死亡，也不是死亡/到医院去/孤零零地眩晕/检查、吃药、打针/像一个做错事的孩子/听候医生和护士，最后的确诊。"结尾是"到医院去/没有谁想陪伴/没有谁愿守候/除了，你年迈的母亲"。（《时代文学》1999 年第 3 期）商品社会是以冷冰冰的商品为关系基础的，所以人与人之间也冰冷起来。诗人们感觉到了，也就写作了那些看起来让我们感觉"冷冰冰"的诗。

新世纪先锋诗人延续了 20 世纪 90 年代末期的文化批判，也进一步揭示了全球化与市场经济条件下中国的变化。如青年诗人雷平阳的《亲人》："我只爱我寄宿的云南，因为其他省/我都不爱；我只爱云南的昭通市/因为其他市我都不爱；我只爱昭通市的土城乡/因为其他乡我都不爱……/我的爱狭隘、偏执，像针尖上的蜂蜜/假如有一天我再不能继续下去/会只爱我的亲人——这逐渐缩小的过程/耗尽了我的青春和悲悯。"（《新华文摘》2004 年第 14 期）很显然这是一种心灵自白式写实，诗人以白描手法勾勒出市场经济与全球化条件下中国人的心态。《乌鸦》："被一再地提及，能够以一点点黑色/藏下雷霆的，可以在停下来的流亡中/保持不同政见的……我们为什么对它/永远怀着警惕？真的很不幸/有些生命天生就不受欢迎，比如乌鸦/比如那些心中藏着乌鸦的人。"（《新华文摘》2004年第14期）乌鸦象征着杂音，表征意见与建议。这首小诗揭示了当下中国城市化伟大历史进程中，政治生活中仍然存在不平等现象，还有很多问题需要解决。雷平阳"希望看见一种以乡愁为核心的诗歌"，"它具有秋风与月亮的品质"。（《新华文摘》2004年第14期）可见，其批评性的下面，骨子里具有一种浪漫主义情怀。

　　21世纪中国在腾飞，中国诗人在社会边缘创作，也在社会边缘觉醒。青年江非就是这样的诗人。在他看来："诗歌就是'风、雅、颂'。就是对时代的介入、批判，以及对广阔的民生的记录、关注、承担；就是对个体生命、事物本身，以及客观存在的世界关系的个人阐释；就是对民族、祖国，以及更为恒久的自然事物和人类精神的壮烈歌唱。"（《新华文摘》2004年第14期）这样一种文体的自觉，一种"复古"的自觉，如果以于坚等人开创的解构话语视角来看，最容易落入"隐喻的圈套"，存在相当大的回归专制创作的危险。但我们不得不承认，这样的话语相当具有"诱惑力"——表现为一种具有浪漫主义精神气质的批判性文化书写或者文化批判式写作。这一点，在其《当他在风中》、《他们的活快完了》等诗作里面得到鲜明体现。如他在《当他在风中》的结尾处的概括性描述："我的父亲/他这一生，根本/就不像水变成冰那样/在一点一点地凝结/而是像石块变成沙子那样/在慢慢地，一点一点/散成了时光中的粉尘。"（《新华文摘》2004年第14期）有点哀婉，有点凄楚，也有点无奈的冰冷。《他们的活快完了》在描述完打工的木匠师傅们就要收工之后，进行了这样一段描写："一块木头，已经小得不能用了/师傅就抬手把它喂进了熬胶的火里/还有一块木头，已经用去了一大截/师兄就琢磨着它是否还能再打造一张饭桌/只有那个年轻的小伙子，他似乎/不大相信，这些木头就是他未来全部的生活/一个下午，他累了，打盹/靠在了一棵树上。还在内心里想/总有一天，啊，总有一天/生活啊生活，我要把你锯成一支/漂亮的枪托。"（《新华文摘》2004 年第 14 期）三个人相比较，师傅心境平和地工作，师兄充满干劲，师弟不甘自己的工作而幻想，暗喻着不同人面对同样事物时的不同心态。

　　同样的时代，不同的倾向。于坚在新世纪仍在写作，与以往一样，仍然以活生生的现实生活作为自己写作的对象，仍然坚持解构道路；与以往不同，他不再回避意象，不再惧怕象征，笔触变得轻盈，表达更加自如，说理更加从容，节奏更加明快。如《10 月 1 日去旧市场路上作》："脚底板有点硌/停下来/有些喜好钻空子的沙/乘昨日疲乏/灌进了鞋腔/它们想积累一个新沙漠/抖掉障碍/再上路就轻快多了/像撒哈拉天空的云/这个早晨没有雾/我和太阳都要去旧市场。"（《十月》2011 年第 4 期）青年诗人江非说："诗歌也应该是对各种关系的确认和求证。但努力的方向截然相反：它不是让各种关系更为明确、清晰，而是让它们更加模糊、错杂。这样，就要相信辩证法。就要用辩证法找到事物之间的矛盾，打开诗歌的通道，进而找到万物之间那种比数理定律更让人在感情上、精神上所乐于接受的和谐。"（《新华文摘》2004 年第 14 期）他对模糊的肯定与引发辩证思考的创作观和今天的于坚暗合。

　　从于坚的新世纪诗歌可见，中国新世纪诗歌正在创新中回归经典式的耐读，正是这样的品质构成了新的先锋性。新世纪，诗人不再追求简单地反叛旧文化传统以及解构的方式，同样将笔触伸向生活的方方面面，不同的是笔触开始圆融，广泛放飞想象，巧妙联想，大胆陡转，甚至如作论说文，首尾呼应，蜿蜒曲折，内容丰富，艺术性强。如张执浩的《落枕者说》、《神马》（《十月》2011 年第 4 期），杜爱民的《看雨》、《骆家坝》、《陌生人》，表征了时代变换，更加深层地反映了时人心态。《陌生人》结尾一段"黑夜让我与自己／形同路人／陌生的东西／在黑夜里更加陌生／我正与自己擦肩而过"（《十月》2011 年第 4 期），暗喻黑暗将给人带来无与伦比的灾难苦痛，表达了对永恒光明的希望与渴盼。青年诗人北野说："从一开始，我就不相信'诗到语言为止'。""'零度写作'的主张令我怀疑。""我主张：诗人合一。灵魂与肉体合一。诗意、美德、智慧、情感合一。"（《新华文摘》2004 年第 14 期）这是不是对后朦胧诗的彻底颠覆？假如拥有了这样的情怀一定不会在乎人间一切邪恶，一定能够发现人间一切美好。且看其《一群麻雀翻过高速公路》："一群麻雀翻过高速公路／你追我赶，好像有什么喜事叼在嘴上／迫不及待地哄抢着／我羡慕其中领头的那一只／它的嗓子最鼓，翅膀最硬／脑袋里的坏点子肯定也最多／但我最爱飞在末尾的那一只／瞧它多么依恋那个群体啊／拼着命要跟上自己的族类！／而我更爱，麻雀飞过的那片天空／它看着自己的灰孩子被人类仰望／辽阔的爱心里闪着悲悯的光。"（《新华文摘》2004 年第 14 期）之前于坚在《哀滇池》中憧憬的整全的人的图式在这首诗歌里得到更加清晰的表达。沿着这样的诗情，我们是不是已经能够预感到，以后较长一段时期内中国的诗歌将会是一种什么样子？

第三编
新时期小说的先锋创作

　　小说是通过讲故事的方式形象地传递着作者的内心感受，一直深受广大读者喜爱。中国社会进入新的历史时期之后，小说创作发生很大变化，20 世纪 80 年代与 90 年代、新世纪情况不一，作品色彩纷呈，思潮此起彼伏。

第一章

20世纪80年代上半期反思批判
与现代主义写作

20世纪70年代末期到80年代上半期，是中国政治经济改革的历史时期，也是中国小说创作在题材、主题、技法等方面全面变革的时期。这一时期的小说创作直接孕育了后来先锋小说以及新写实小说等80年代中晚期小说写作。

第一节　伤痕小说、反思小说、文化
寻根小说、改革小说

毛泽东逝世不久，"四人帮"被粉碎，"文化大革命"宣告结束，全国展开"关于真理标准问题"的大讨论，思想上开始拨乱反正，人们开始逐渐恢复主体自我意识，开始反思历史。伤痕小说、反思小说、文化寻根小说就是在这样的政治文化语境中出现的。从本质上说，伤痕小说、反思小说、文化寻根小说是在政治环境宽松，人们重新获得思想自由后的第一波反思活动。伤痕小说、反思小说、文化寻根小说是中国人在"反思中进行创作，在创作中进行反思"，是对马克思主义辩证法总体性批判精神的恢复，对后来的小说创作产生积极影响。众所周知，中华民族是一个极其重视历史的民族。忘记历史等于背叛。伤痕小说、反思小说、文化寻根小说将目光转向对"文化大革命"乃至新中国成立以来的历史的反思，转向发掘真理，转向精神批判，转向先进人文理性的重塑。

一　伤痕小说：对"文化大革命"灾难的泣血控诉

　　"文化大革命"结束后，小说领域第一声呼唤人权的呐喊出现在伤痕小说里。政治上与思想上拨乱反正引发文学界的精神应答。在小说创作中表现为，刘心武的《班主任》、卢新华《伤痕》等控诉"文化大革命"专制主义政治文化的短篇小说大量出现。

　　今天阅读《班主任》，最吸引我们的就是它揭示了"文化大革命"给中国人带来的巨大精神灾难。文章结尾，作者借张老师这一形象高呼"救救被'四人帮'坑害的孩子！"事实上，里面的主要人物石红、谢惠敏、张老师、宋宝琦无一不是受害者。在错乱的价值观引导下，宋宝琦变成"缺乏起码的政治觉悟，知识水平大约只相当初中一年级程度"，"别看有着一身蛮肉，实际上对任何一种正规的体育活动都不在行"，是需要转变改造的"小流氓"。"文化大革命"已经结束，但是，谢惠敏"还保持着'四人帮'揪出前形成的习惯——把那些热衷于传播'文艺消息'，什么又会有某个新电影上演啦，电台又播了个什么新歌呀这样的同学，看成是'沾染了资产阶级思想'"。本应该专心致志解决数学题的石红，却要写"号角诗"。张老师对"《牛虻》不能说成是黄书"也不知该怎么解释。

　　类似《班主任》的伤痕小说有很多。实际上伤痕小说是开创未来的文学创作，是恢复主体自我意识的文学创作，是向政治文化专制主义发出谴责的文学创作，是富于人本精神的文学创作。

二 反思小说：历史的哲学沉思

伤痕小说创作影响巨大，与其几乎同时，反思小说兴起。主体自我意识觉醒的作家，并没有停留对"文化大革命"伤痕的展示上，很快开始追寻造成这一苦难的历史动因，把目光投向1957年以来甚至是更早的历史阶段，对历史作纵深的精神思考。正如张炯所言，"以鲁彦周的《天云山传奇》、茹志鹃的《剪辑错了的故事》、高晓声的《李顺大造屋》、张一弓的《犯人李铜钟的故事》等中短篇小说为代表的一种新的创作浪潮，把批判的锋芒超越'文化大革命'，指向了建国以来反右扩大化、大跃进等一系列左倾错误"。[①] 这样一种变化，直接导致文学反思力度加大，所以人们把这些小说称为反思小说。

高晓生的《李顺大造屋》讲述李顺大立志要用"吃三年薄粥，买一头黄牛"的精神，造三间属于自己的房子。解放之后，翻身的李顺大"土改分到了田，却没有分到屋"。他只有"四步草屋"，"粗粗一码算，兄妹两人两个房（妹妹以后出嫁了就让儿子住），起坐、灶头各半间，养猪、养羊、堆柴也要一间，看来一家人家，至少至少要三间屋"。于是决定造三间属于自己的房屋。为了造屋，李顺大一家勤劳刻苦、忍饥挨饿，"一直到了一九五七年底，李顺大已经买回了三间青砖瓦屋的全部建筑材料"，妹妹才"以二十九岁的大姑娘嫁给邻村一个三十岁的老新郎"。办过妹妹的婚事，进了一九五八

---

① 张炯：《新时期文学格局》，陕西人民教育出版社1991年版，第47页。

年，李顺大这时候还缺些瓦木匠的工钱和买小菜费用，按理，再有一年问题就可解决。可是五八年"大跃进"，天下大同，建筑材料被集体用了。"从一九六二年到一九六五年，靠了'六十条'，靠了刘清同志特别照顾的饴糖，李顺大又积聚了差不多能造三间屋的钞票。但是他什么也没有买，他打定主张：要么不买，要买就一下子把材料买齐，马上造成屋，免得夜长梦多，再吃从前的亏。""文化大革命"来了，李顺大被斥责为"恶毒攻击社会主义"，遭受无妄之灾，盖房的理想再次破灭，一直到"文化大革命"结束后的一九七七年冬天，盖房子的理想还没有实现。

李顺大想盖房，吃苦耐劳的他历经近三十年却怎么也没盖起来。作家通过这样一个故事，记录了社会主义中国的发展历程，描述了社会底层人物随波逐流的悲惨命运。通读作品，能够发现，社会错误的根源不简单地在于"四人帮"。这样一种跨越性的历史反思，是中国文学深入历史内部，中国人精神走向彻底觉醒的表现。这种反思，引领后来的文学创作走向批判落后或者错误政治的新的审美之境，重塑了社会理性。

三　文化寻根：文化传统的再现

伤痕小说、反思小说创作引发人们对历史的反省，这种反省直接导致《棋王》、《爸爸爸》等深入的文化反思文学出现。主体自我意识觉醒之后，人们要想认识自我，就要去寻找一个相对阔大的精神坐标系。文化寻根文学是伤痕文学、反思文学的继续，为新时期的人们构筑了一个更加阔大的精神坐标系。

文化寻根不是新时期独有之物，翻开历史，汉朝初期，经历一些政治动乱之后，文化勃兴，人们也开始向春秋、战国时代追寻精神之根。我们熟知的文艺复兴，也是西方人在经历中世纪黑暗统治之后，向古希腊寻找远古精神之根。新时期的中国也在努力向传统文化中寻找民族精神之根，寻根文学应运而生。

韩少功的《爸爸爸》1985年发表在《人民文学》上。今天看来，作品中描写的是一个野蛮愚昧的蛮夷之地，人们心中落后文化观念根深蒂固。为什么？读了之后我们不禁会这样发问。原因就在于中国广大社会底层的很多角落实际是没有文化的，其文明形态就是野蛮落后，非人性，非理性。这样的作品，反映的是中国的某种实际，它无疑会提醒广大有识之士——中国文化现代化的使命不会简单地因为新中国成立就完成了。这样的反思批判对中国特色社会主义文化建设具有积极意义。

此外，冯骥才的《神鞭》、陆文夫的《美食》、阿城的《棋王》等被称为寻根文学的作品，无不在故事中为我们描绘一幅幅中国传统文化图画，无不激励我们问自己，我是谁？

四　改革小说

1978年，党的十一届三中全会召开。这次会议胜利闭幕，标志着中国开始进入一个以改革开放为精神基调的崭新历史时期。从此，中国从城市到乡村处处开始变革。农村实行家庭联产承包责任制，城市开始大力推进企业改革，祖国上下一片沸腾，这种景象不能不引起作家的关注。于是乎，出现反映农村变革的《陈奂生上城》系列小说，以及反映工业战线改革的《乔厂长上任记》。此外，还有路遥的《平凡的世界》、贾平凹的《鸡窝洼人家》等以改革为题材的小说。

高晓声的《陈奂生上城》系列小说，以写实笔法，塑造了一个朴素农民形象。陈奂生在改革开放的大环境下，不断努力，获得新生，与《李顺大造屋》中的李顺大形成鲜明对比。蒋子龙的《乔厂长上任记》以典型化手法，塑造了一个叫乔光朴的企业改革者的伟大形象。他在号召改革时代，毅然辞去机电公司经理职务，"立下军令状"到连年亏损的重型机械厂当厂长，坚持开拓改革，冲破重重障碍，最终获得成功。

改革小说，通过对现实生活实际变化的描写，对落后愚昧狭隘进行了反思批判。今天看来，改革小说已经不同于传统现实主义小说，对人物刻画虽然还以典型为主，但不简单追求"高大全"，而是尊重现实，尊重生活，力求逼真可信。

第二节　现代主义小说写作

无论伤痕小说、反思小说、文化寻根小说还是改革小说，因为以陈述事实为主，所以主要是以现实主义方式进行创作的作品。不过，在其中，已经有一种有别于简单现实主义创作方式的现代主义创作方法在不断崛起。例如韩少功的《爸爸爸》有拉美魔幻现实主义的影子，具有了现代主义创作特点。20世纪80年代上半期，因为政治上拨乱反正，个人主体自我意识不断增强，中国文学不断求索创新，小说创作除了题材变化外，写作手法方面也在发生巨大变革。在这方面较为成功的是王蒙、张贤亮、李国文、宗璞、茹志鹃等。

王蒙从20世纪70年代末，写作《海的梦》、《夜的眼》、《春之声》等作品时，感觉到自己的创作正在走向成熟。实际上，那些作品正在摆脱社会主义现实主义创作模式，走向审美自治，走向新的美学原则的构筑。在这些作品里，最耀眼的就是作品中人物心理活动的展示，不自觉的、无意识的想法的展示。这样的一种展示，使创作回归到最为真实的人的描写，而不是社会的或者其他要素困扰着的人的描写，改变了新中国成立以来小说创作一贯遵循的方式与路径。

《海的梦》写一个叫缪可言的翻译家与外国文学研究专家，因为"特嫌"问题，遭受二十多年的磨难，失去了青春与爱情，而这些是无法找回来的。作品主要通过主人公心理变化来反映生活，显得极其自然，不怒而威，痛斥了不合理的社会现象，流露出深远的人文理性与深刻的批判精神。与较为直接性的现实主义方式的伤痕小说、反思小说、寻根小说对比，这样的写作手法更加圆熟。

"文化大革命"结束，早在 20 世纪初期就传入中国的西方现代主义文化，开始在中国流行起来。中国在校大学生纷纷阅读西方现代文学作品，并为西方现代存在主义、心理主义等派别思想家著作迷倒，在中国出现现代主义文化热。1981 年，高行健的专著《现代小说技巧初探》问世，提倡以心理描写为主要方式的现代主义写作方法。王蒙等人的心理描写小说帮助自身摆脱小说创作的束缚，也使小说回归正确创作道路。因此，对中国后来的小说创作影响巨大。在某种程度上，也可以说他们的"现代主义小说"开拓了新时期中国小说创作的道路。

第二章

先锋写作与新写实、新历史以及
20世纪90年代"个人化"写作

20世纪80年代,反思性创作以及现代主义色彩创作出现不久,在中国出现了先锋小说,其后出现新写实小说、新历史小说。90年代中期,小说创作界的"个人化"写作又形成大潮。

第一节 先锋写作

先锋小说诞生于改革开放伊始,是拿来主义传统在20世纪末的又一次体现,是西方现代主义文化精神在中国文学界的一次演绎,是20世纪80年代中期中国特色文化语境、审美意识形态和全球性商业及文化活动结合的产物。先锋小说以其新的叙事视点和话语方式,展示出独特的叙事情境和叙事结构,证明新的叙事方式的可行性并预示文学叙事新发展的可能性。它为中国文学注入一股鲜活的血液,拓展了叙事天地,开阔了叙事视野。

一 先锋小说的叙事特征

20世纪80年代初期,中国文坛现实主义文学创作成就斐然，有着深厚国学功底和现实经验的老作家竞献奇葩，那些初登文坛的新生代（"文化大革命"之后成长起来的一代）作家马原、余华、苏童、格非、洪峰等，面对强大的现实主义创作阵营，想要蹈前人足迹、展自己威风实非易事，当时中国纷繁复杂的意识形态更使这些新生代作家难以与现实接壤。这个时期，正值西方现代主义文化在中国勃兴，掀起中国思想湖面的波澜，那些徘徊在文化与文学之间的深思的新生代作家以其敏锐的思维很快接收并发展了西方现代主义文化在叙事文学方面的开创精神，决心回归文学本体探讨，逐渐将视线从现实乃至历史转向心理，转向关注写作提供的精神感受。

他们借鉴西方现代叙事艺术成果，大力发起先锋文学创作，并形成一个具有独特叙事风格的文学创作群体，奏出时代的强音。先锋小说以对文学本体的创新为终极艺术关怀，一开始便秉着突破传统叙事模式的原则，其文体特征迥异于以往的叙事文本，具备崭新的文学观念和艺术追求，体现了全新的叙事观念和叙事模式，较之从前的叙事文本在叙事视点、叙事话语、叙事结构等方面有着根本性的变化。这种变化主要体现在：叙事视点由传统叙事的主流意识单元关怀转为以个体主观愿望表达为主的多元关照，转向个体事件，转向人们不太熟悉的事物，如性爱、暴力等；在叙事话语方面，打破了传统叙事文本僵化的语言规则，代之以新的叙事话语方式，由原来的掩盖小说创作的虚构本质转向揭示小说创作的虚构特点，破除文学的意识形态权威特征；在叙事结构方面表现为传统叙事结构的解构和新的叙事结构的建构，小说开始散文化甚至诗歌化。

（一）叙事视点的转移

先锋小说作家大多是"文化大革命"后成长起来的大学毕业生，在大学期间经过西方现代文化的洗礼。20 世纪 80 年代中后期，适逢中国商业文化大发展，在物质主义价值观念面前，以往的民族精神、主流政治意识的价值关怀显得软弱苍白。先锋作家面对眼前的文化困境深切感觉到自身存在的危机，西方现代主义文化中的存在主义观念便自然地走进他们的创作心理。所以先锋小说作家在叙事态度上一改传统小说的历史关怀和主流意识形态关怀的传统叙事话语腔调，代之以个人主观意识关照为主的叙事姿态。这同当时的社会骤变、文化转型在作家心中造成的理想与现实之间的巨大落差有直接关系。一些先锋作家在瞬息万变的社会现实面前难以承受巨大的思想负荷，感到困惑迷惘以致游离于时代和社会进行创作。作家的叙事动机不再是以社会正义、历史理性以及人类真理为终极价值关怀，转而以个人独特人生境遇和精神价值追求的思考为新的叙事基点。

作品通过对传统叙事文本中避讳的性爱（如苏童《井中男孩》、《罂粟之家》等作品）、暴力（如余华《死亡叙述》、《现实一种》等作品）等题材的叙述和展示宣泄作家个人内心体验。作家或叙述人不再是传统叙述文本中主流政治意识的传声筒和传统道德乃至社会历史理性的守护神，他们主动放弃传统叙事文本中的道德评价和价值判断。

作家或叙述人以冷漠、超然甚至零度情感的叙事话语展示创作主体的内心体验（如余华《一九八六年》结尾"她俩走得很优雅"一句，作者以零度情感的叙事话语对母女二人进行叙述评说），即或进入叙述评说也以对自身进行反讽或嘲弄的姿态出现（如洪峰《极地之侧》中"这样的开始犯了作小说之大忌，没有悬念"）。这同传统叙事文本中道德评价色彩强烈的人格化叙述截然不同，是一种纯粹意义上的非人格化叙述。

（二）叙述话语的变化

先锋小说受西方现代主义艺术思潮和时代文化困境的影响，

以描绘个人内心体验为叙事视点。其叙事话语呈明显个人化、主观化特征，先锋作家突破传统叙事模式，在叙事时间、叙事情境、叙事行为等方面都有新的发展。传统叙事模式在叙事时间和故事时间上，要求时序的一致性；在叙事情境方面，也多以稳定的叙事人称、叙事方式、叙事聚焦和单一的叙事视角来展示叙事故事；在叙事行为方面，以掩盖叙事文本的虚构本质和叙述行为以求作品的似真性为目的。先锋作品突破传统叙事模式和叙事行为的规则局限，以叙事时间的无序性（如余华的《一九八六年》，作者在叙事文本中有意识地拒绝提供时间倒错的信息造成无时性特征），叙事人称、叙事方式、叙事聚焦的多变性和宽范的叙事视角来展现叙事故事（如余华的《一九八六年》，叙述人称在你我他之间随意变换，作者忽而以全知叙事者为叙事视角，忽而又以作品主人公为叙事视角展开叙述），作品在叙事行为方面以暴露作品的虚构本质（如余华的《死亡叙述》中结尾句 "我死了"。这个 "我" 是作品的主人公，同时作为文本的叙述者而存在，因此暴露了作品的虚构本质），暴露叙事行为（如马原在《错误》一文中："我实在不想用倒叙的方法，我干吗非得在我的小说的开始先来一句——那时候？" 洪峰的《极地之侧》："我想故事该开始了"，"故事真的开始了"，"这地方没有法子描述"），大量使用关于叙述的叙述语言，有意识地 "裸露技巧"，形成鲜明的叙事特色。

（三）叙事结构更新

传统小说叙事经历虚实相融、以虚为主、完全虚构的三部曲，其叙事具有明显的拟史、仿真特征，其叙事结构原则以单元叙事结构为基础，叙事故事线索明晰、事件完整，叙事时序与故事时序多呈同构关系，既使应用倒叙、预叙、省略等叙事技巧，也以不干扰文本故事主体时序为准则，许多叙事作品从头到尾始终采取一种叙事情境，很少转换叙事角度和叙事人称，在叙事聚焦方面也以一种聚焦为主，力求避免文本结构松散、凌乱，从而保持叙事故事结构的清晰整一。与之相反，先锋作家由于受西方现代柏格森主义心理时间学说以及弗洛伊德主义潜意识理论影响，同时也为了个人主观欲望表达的需要，"小说家有意将过去、现在、未来随意颠倒、穿插、交融"①（例如余华的《一九八六年》，作家在叙述过程中有意识地拒绝提供关于时间倒借的信息，打破了传统叙事文本的关于故事时间与叙事时间之间的同构关系），作品广泛应用省略、倒序、预序等叙事技法却不留下明晰的痕迹，不给读者提供明晰的故事时间；在叙事情境方面以转换叙事角度（如余华的《一九八六年》，文中先以全知的叙述者为视角，以后又分别以作品主人公女儿和疯子为叙事视角）扩大作品的容量，满足作者个人欲望表达的需要；叙事聚焦也不稳定，忽而内部聚焦、忽而外部聚焦，即使内部聚焦也不单系一人之身（如余华的《一九八六年》，文中先以叙事者为外部聚焦点，后又交互以女儿和疯子为内部聚焦点）整个文本结构呈散在、自由的有意识与无意识连构状态，无稳固、清晰的整一特征；叙述语言天马行空般在你我他之间自由穿梭，人称变化迅疾，这同先锋小说家有意消解传统叙事结构的整一性，试图以个人欲望的表达重建叙事文本结构的叙事观念密切相关，也是先锋作家叙事策略的重要体现。

二 先锋小说的叙事创新

马原后来说："先锋都是理论家们定义的，现在想想那时

---

① 罗钢：《叙事学导论》，云南人民出版社 1994 年版，第 145 页。

的小说，觉得它最大不同就是充满活力，富有变数，是以一种新的视角、新的方法、新的价值判断观来进行阐述的。我是一个'方法论'主义者，认为方法决定一切，所谓'万变不离其宗'。不同的方法会产生不同的意义，也会改变价值走向。"先锋小说以全新的叙事方式在20世纪80年代的中后期称雄文坛，打破了传统的叙事模式，发展了叙事技巧，在叙事史上实现了一次伟大的创新。

（一）叙事观念的革新

在个人主体内心欲望表达的要求下，先锋作家呈鲜明的个人化写作姿态，摆脱了传统道德模式、观念形态的束缚，在叙事内容、叙事价值意义、叙事模式方面都以反传统的姿态出现。作家为表达而表达，为怎样表达而表达，而不是传统叙事的为表达什么而表达。虽然这是一种边缘化写作的叙事观念，却为创作提供了自由的心理空间，作家在写作的世界自由驰骋，任意挥洒，大胆创新，大大促进了创作自由观念的发展。先锋作家的叙事行为发展到了极致，如马原、洪峰关于叙事技巧的暴露，余华关于暴力的展示，苏童关于性爱的描写，都痛快淋漓、自由酣畅，成为时代的摹本，影响深远。可以说正是这种自由的写作观念的发展才带来了20世纪90年代中国文坛百花齐放、百家争鸣的兴盛局面，从这个意义上我们说先锋叙事文学的发展不单单是写作形式上的一场革命，更是文学创作观念的一次大解放。

（二）叙事形式的创新

形式的创新是先锋叙事功绩的物质体现。先锋文学在短短几年内就将西方现代叙事艺术手法在中国当代文坛全面演绎阐发，不仅打破了中国传统叙事僵化的模式，而且在叙事形式、叙事技巧等方面都有长足的发展。如作品中的非人格化叙事方式的应用：作家或叙述人以冷漠超然的叙事姿态和零度情感的艺术话语，给读者提供一个全新的叙事天地，使读者在与其道德观或价值感的错位感受中对作品产生新的认识，向读者提供了一个广阔的道德和价值评判空间，让读者独立完成作品叙事的道德和价值评判，打破了传统的说教或暗示等叙事手法对作品内涵的限制，增强了叙事文本的艺术魅力；作品中叙述人和主人公在"我"的旗帜下同台亮相既有利于展开叙述，同时"实验的我"即主人公的叙事行为又拉近了读者与故事的距离，使作品在"失真性"的情况下找回了可信的砝码（如余华的《死亡叙述》），制造出独特的艺术氛围，增强了作品的艺术感染力和审美愉悦；作品放弃传统叙事文本中的"情节效应"的艺术追求，转而以叙述人语言的迷宫（如余华的《一九八六年》）或裸露叙事技巧（如洪峰在《重返家园》中故意以"故事的开端"、"故事的开始"、"展开"、"故事的旁逸斜出"、"结局"等叙述话语展开叙事故事、结构叙事文本）吸引读者，引起他们阅读的兴趣；此外，在叙事人称、叙事方式、叙事聚焦、叙事情境的转换，叙事时间、叙事结构的安排等方面，先锋小说都突破了传统叙事的框架格局。纵观20世纪90年代中国文学，先锋小说摇曳的艺术话语、独特的叙事风格无疑为新兴的文学创作流派——新状态、新写实、新现实主义、新体验等，在艺术形式方面提供了可借鉴的资源。

三　先锋小说的叙事局限

先锋小说打出回归文学本体的旗帜，立足叙事视点与叙事形式的创新，以边缘化的写作姿态出现在当代文坛，他们在叙事形式方面大胆的实验性尝试（一种远离一般叙事观念带有明确超前意识和反传统叙事模式特征的叙事尝试）证明了多样叙事的可能性和可行性。然而，先锋作家多是历史文化知识相对贫乏、思想缺乏深度的新生代作家（"文化大革命"以后成长起来的作家）。在时代文化困境面前，他们单纯以追求文本形式的革新为叙事艺术审美终极目标的创作出发点，无疑暴露了自身艺术思想的褊狭，创作中艺术形式暴露的缺点正是这种思想的体征。

（一）叙事观念的历史局限

时代文化困境中的新生代作家深受西方现代意识的影响，作品带有明显的自由化倾向。20 世纪 80 年代中后期的先锋文本中可以看出作家个人化主观欲望表达成分过重，作品偏重作家个人内心情感宣泄以致湮没了理性思辨精神，先锋作家渐渐成为游离于时代文化主题和主流意识形态之外的彻底的边缘化角色。他们放弃对现实的关照，放弃大众的时代呼唤，一味追求叙事形式的创新，所以作品形式有余、思想单薄、力量不足。在以对人文精神的新的探讨为核心的当代文化语境中，这些作家势必在疏远社会、疏远大众的同时被大众疏远，在脱离时代、脱离现实的同时被时代、现实遗弃。因此 20 世纪 90 年代以后，随着以关照历史、现实、人生为主的新的创作流派的兴起，以叙事形式革新为审美终极目标的先锋派迅速让位。先锋派的瓦解证明了缺乏人类文化终极关怀、现实感和时代感的作品，无论其形式怎样玄妙，都难免悲剧命运的真理。

（二）叙事方式的时代局限

先锋作家在叙事方式的革新过程中偏重对传统叙事仿真话语和叙事模式的解构和批判，致使叙事脱离现实的土壤，好似空中楼阁。作品偏重个人欲望表达，完全依据作家心理时间安排文章叙事时序，势必造成话语晦涩难懂和故事时序混乱，有时给读者造成的模糊混浊情绪大大超出读者对文本形式的好奇感。在对传统文本结构的消解中给叙述故事造成肢解感必然影响读者对故事情节的把握，同时消解了作品原本就单薄的叙事主题和现实意义。有时对形式美的追求走向极端，作家随意挥霍语言和形式，在叙事视角、叙事人称、叙事聚焦、叙事情境的转换和叙事时间的组合以及叙事语言的挖掘方面，过犹不及。20 世纪 90 年代以来，先锋作家的叙事作品（如余华的《活着》）对先前叙事方式的矫正使他们的叙事创作取得了更大的成功。先锋小说的兴衰告诉我们反传统的事物具有进步性，而反现实的事物早晚会被现实湮没，"文体的意义取决于它能否更有利地把具有一定社会深度和独创性的内容包括到创作中去"①，从而创作出适应时代的呼唤和时代需要的艺术作品。

综上所述，先锋小说以自己较为独特的写作实践迎来众多喝彩声。20 世纪 90 年代，当马原再次提起当年的创作时说，先锋是别人给的称谓，在他心中，方法决定结果，他是想从创作方法的变化方面尝试小说写作的创新。这也许代表了那些被我们称为先锋小说作家的心声。先锋小说作者受现代主义影响较大，同时也受到后现代主义思想启迪。因此，当他们尝试方法创新方式变化，呈现出更加明显的现代主义甚至后现代主义特点。总体而言，他们的创作是新颖的，是前卫的，刷新了人们的观念，为文学的进步作出了贡献。追问其时代社会语境，能够发现，先锋小说的崛起与政治意识形态话语不再独大，百花齐放、百家争鸣的文化氛围真正来临有关。先锋小说叙事表

---

① 吴秉杰：《近年小说创作文体变化散论》，《人民日报》1989 年 4 月 28 日文艺评论栏。

征了中国文化开放进步语境的出现。

第二节　1990年前后的新写实、新历史写作

1990年前后出现了侧重描写社会底层小人物生存生活情况的新写实小说，这种小说不同以往的写实，着眼点放在小人物的家庭生活、工作情况，尤其是日常生活烦琐小事上，引起了一定争议。几乎与此同时，民间历史写作出现，专门描写普通百姓的历史生活，即以民国以来普通人的经历与感受作为主要内容，也引起了人们的关注与议论。新写实小说与新历史小说中出现的人物，三教九流无所不包，而且从作者写作的情感态度上看，并没有对这样的人物提出批判，反而流露出尊重与理解。

一　新写实小说

20世纪80年代中晚期开始出现新写实小说。从事这种小说创作的作家包括苏童、刘震云、刘恒、池莉等。这种写作的总体特点是描写普通人或者社会底层人的真实生活状态，以底层人的基本生活需要作为写作对象，不再张扬高尚的人文情感或者历史理性，在写作情感方面接近零度，作家退出对叙述故事的价值评判。代表作有刘震云的《一地鸡毛》，刘恒的《伏羲伏羲》、《狗日的粮食》，池莉的《烦恼人生》等，从事这种创作的作家有的曾经是先锋小说的主要作者。追问新写实小说出现的原因能够发现，20世纪80年代中晚期，中国社会改革开放不断深入，西方后现代主义文化开始大量涌入。作家们接触到许多迥异于传统的写作观念，于是，对写什么与怎么写有更为深刻与清醒的认识。先锋小说以极力追求怎么写而作茧自

缚，是不可能长久维持的。

池莉的《烦恼人生》为我们描绘了一幅底层人吃喝拉撒睡的生活图画，也揭示了底层人生活本质，一种历史性的社会本质。虽然改革已经深入，但普通人生活仍然没有保障，印家厚一家三口连衣食住行都很艰难。好在一家人感情还不错，日子虽"烦恼"但还勉强过得下去。1997 年刘恒的《贫嘴张大民的幸福生活》发表在《人民文学》上。这篇小说描写了一个积极乐观的平民张大民，他不断面对各种困扰，然而顽强地生活着，最后终于有了渴盼已久的住房。这些作品都可以看做新写实小说。

相对于先锋小说与现代主义小说，新写实小说表现得更加冷漠，甚至呈现出一种完全搁置现代理性的叙述姿态。此外，在新写实小说作品里，能够看到鲜明的平面化的平民写真景观，远离社会主流意识形态的个人性叙述特点，从主题方面也看不到作家的重大历史责任意识。说这种创作较为独特原因有二。第一，新写实以写实为主，但不同于传统现实主义文学创作以社会典型形象为主要追求目标，以相对重大的社会主题为中心。在新写实中见不到主流意识形态或者作家宣扬的某种意识形态，也见不到诗意化的人物形象，大家都是困于生活的凡夫俗子与社会地位低下的小人物。第二，新写实小说是以崭新的姿态进行写实，不同于传统现代主义写实，不注重心理意识描写等现代主义创作方法。在新写实中，人物仿佛是麻木的，意识似乎是僵直的，唯一能看到的就是一幅幅真实的底层人生活图景。

中国历史上缺乏民本思想，传统社会，中国百姓一直生活在一种没有人权或者人权得不到基本保障的情况下。新中国成立之后，社会主义意识形态赋予人们权利保障，但由于经济落后，没有很好的生存保障当然不会有很好的权利保障。因此，新写实小说本质上是应和马克思主义强调的底层人要获得自由解放的思维视点。写底层人的酸甜苦辣，也就是在反映社会依旧欠发展，人们依旧没有摆脱贫困，作品中所说的烦恼不是萨特的《存在与虚无》中的人与人之间的对象化与被对象化关系的生活烦恼，不是那种富裕之后的精神烦恼，而是物质生活烦恼。

二　新历史小说

1990年前后，中国部分作家自觉或者不自觉地树立起新历史主义观念，小说界出现众多可以被视为新历史主义的作品。如莫言的《红高粱》，苏童的《1934年逃亡》、《罂粟之家》、《妻妾成群》、《红粉》、《我的帝王生涯》、《武则天》，陈忠实的《白鹿原》等。人性的多样性，是新时期中国新历史小说最主要的人文取向。

中国历代统治者极其重视历史，也总是以历史作为教化民众的工具，导致"历史"在中国人心中极其重要。历史真的很重要吗？历史究竟是个什么东西？新时期中国人尤其中国知识分子不断思考这个问题。世界上很多国家，例如美国，历史很短，但没有影响其迅速发展，没有影响美国人过上物质充裕精神快乐的生活。季羡林在研究印度文化的时候，发现印度这个民族历史观念很淡薄，但并没有影响其作为古老文明国度而存在。

从20世纪60年代开始，西方世界兴起后现代主义的"解构论"文化思潮。20世纪80年代中国开始改革开放，这样的社会思潮很快传入中国，对中国人影响日益深入。中国人在对文学的认识日益深刻的同时，对历史也有了崭新思考，在反思小说、寻根小说中人们已经见到不同于传统新中国革命历史教科书中的崭新历史面目。历史中除了革命者，还有居于他者地位的普通民众，这部分人占中国的绝大多数，历史是少数人引领的，但绝对不是少数人缔造的。从历史的对象与内容上看，一部真正意义上的人的历史应该包括一切人，而不是只有某些人。传统的历史书，是某些人站在某种价值立场上书写的具有某种情感倾向的文字。假如历史是所有人的历史，那么历史就可以由不同人从不同视角即不同的价值立场、不同情感倾向出发，来写。正本清源，在这样的一种理论分析中，我们得到一个明确的认识，历史不是某种历史某个历史某些人的历史，而是"全部"。

苏童的《红粉》写了一个妓女经受改造的故事。里面有这样一段话："'你是自愿到喜红楼的？''是的'，小萼又垂下头，她说，'我十六岁时爹死了，娘改嫁了，我只好离开家乡到这儿找事干。没人养我，我自己挣钱养自己。''那么你为什么不到缫丝厂去做工呢？我们也是苦出身，我们都进了螺丝厂，一样可以挣钱呀。''你们不怕吃苦，可我怕吃苦。'小萼的目光变得无限哀伤，她突然捂着脸呜咽起来，她说，'你们是良家妇女，可我天生是个贱货。我没有办法，谁让我天生就是个贱货。'"后来，小萼经历几年政府改造，出来之后嫁给老浦，老浦贪污公款被判处死刑，老浦死了。做了一年寡妇之后，小萼跟一个东北男人走了。小说塑造了一直都好吃懒做的小萼这个形象。作家在情感上显得不瘟不火，迥异于现实主义文学的批判目光，仿佛只是在告诉大家一个确确实实存在着的故事，仅此而已。但是，事实上，这种写作丰富了我们的思想内容，拓展了我们的视野，无形中起到除魅去蔽的作用。

新历史小说可以看做新写实的继续与深入，作家们不但写现实社会中的故事，而且开始以冷静的笔触，写那些已经远逝而未得到应有的重视的现实，即传统历史书中忽视的人群——一些曾经鲜活地活过或许还在活着的生命，与新写实小说一同构筑了对底层生命的讴歌。从新历史小说里，能够见出，随着中国改革开放的深入发展，对普通人的生命的尊重的意识正在成长。然而，透过这些作品，我们也能看到，这些作家通过对历史的重新解读在释放着一种存在焦虑——对生活在社会最底层的那些曾经被斥为坏人的普通人的尊重。

第三节　20 世纪 90 年代"个人化"小说创作

历史进入 20 世纪 90 年代，中国社会商业语境逐渐形成，社会环境变得不同于以往。很多人敏锐地感觉到，中国社会进入了一个崭新的时代。为了迎接这个时代，1994 年，深圳《特区文学》审慎而又及时地打出了"新都市文学"的旗帜，《钟山》（南京）和《文学争鸣》（长春）南北两家文学期刊，联袂推出了"新状态文学"的讨论。早在两年前，北京大学文学研究所曾提出中国文学或许已经或正在进入"后新时期文学"阶段。也就是说，文学研究界认识到了社会语境的迅疾变化。

实际上，作家才是时代的真正先知先觉者。早在理论界提出这样的号召之前，早已有很多作家开始了所谓的"后新时期文学"与"新状态文学"、"新都市文学"写作，书写时代的变化，努力创作新的适应时代变化与开拓崭新时代的文学作品。这些人主要是所谓"新体验小说"、"个人化小说"、"新生代（晚生代）小说"（包括"女性写作"、"私人化写作"、

"身体写作"、"另类写作"、"新新人类写作")的实践者。

20世纪90年代的文学真是一个"乱花渐欲迷人眼"的花园。仅小说界就出现所谓新状态小说、新都市小说、后新时期小说、新城市小说、新状态小说、新体验小说、新乡土小说以及新生代小说、个人化写作、身体写作、另类写作、私人化写作、女性写作、新新人类写作等诸多概念。这些小说写作有一个共同特点就是"个人化"。下面我们结合一些有代表性的创作，谈谈这一情况。

1994年，毕淑敏《预约死亡》发表，在文坛引发不小的震动，被誉为新体验小说代表作品。书中主人公以一个离奇的想法——预先体验死亡，去感受生活，结果出乎所料，她突然感受到，死亡并不是生命的终结，而是下一个未知生命的开始。作品中的老妇人说，死亡是一个红果子，要好多年才熟。每个人都有一个，抢着摘下来的，是青的。青果子与红果子不一个味道。所以，不能急。话语很浅白，道理却很清楚。生命需要我们去呵护，不同阶段有不同的味道！这样一种个人化的经验叙述，看似远离现实生活，却给了我们关于生活的真理性认识。

1995年，王朔《动物凶猛》发表，在文坛也受到广泛重视。陈思和在《当代文学史》一书中称其为摆脱商业化写作的较为奇特的创作。戴锦华在与王干的一次关于"女性文学与个人写作"的对话中将《动物凶猛》定义为"对'文化大革命'的个人化写作"。事实确实是，《动物凶猛》不同于一般小说，不能简单归类为新历史小说，也不能归类为反思小说。在这部作品中，作者注重的不是对历史的反思与对历史的重现，而是对自我的一种精神发现。比如，作品结尾处写他和于北蓓睡在了一起，却没有真正发生关系，内心想："我觉得我亏了！……我干嘛把和她的关系搞的那么纯洁？我完全也有机会在她身上也打下我的烙印，可我都干了什么？"作者通过对自我历史的回顾，为我们展示了人性——动物性与超越动物性的"类性"的统一，但归根结底动物性是根本的。一个看似简单的个人性历史回忆，却触及了一个关于人性的重大精神命题。

同样，个人化色彩明显的创作还出现在新生代女性写作之中。陈染的《私人生活》与林白的《一个人的战争》主要写了个人成长经验，突出了女性对自身的认识及其独特心理特点。棉棉与卫慧的小说中经常会见到吸毒、戒毒、不正常性生活（如口交、手淫等），也都属于比较典型的个人化经验。例如卫慧在其代表作《上海宝贝》（春风文艺出版社1999年版）的《后记》中写道："是半自传体的书，在字里行间我总想把自己隐藏得好一点，更好一点，可我发觉那很困难，我无法背叛我简单真实的生活哲学，无法掩饰那种从脚底心升起的战栗、疼痛和激情，尽管很多时候我总在很被动地接受命运赋予我的一切，我是那么宿命那么矛盾那么不可理喻的一个年轻女人。所以我写出所有我想表达的意思，不想设防。"毫不掩饰作品内容的个人性特点。陈染、林白、卫慧、棉棉等人的这些私人化创作，均同《预约死亡》、《动物凶猛》一样，在个人化写作中揭示了人的本质，以及某种生活真谛。

20世纪90年代的个人化写作已经远离了一般社会意识形态，看起来符合后现代理论规定——边缘化写作。从其现实意义上看，这种写作有精神深度。但是，在那个时代，面对仍然很强的传统意识，很多人并不在内心深处接受这样的创作，而是把其当做社会伦理道德丧失的表现，当做人文精神失落的象征。因此，这种写作并没有兴盛多久，很快就湮没在世纪之交的文学争鸣中。

第三章

冲破后现代主义写作的迷雾

——世纪之交的中国写实小说

世纪之交的中国小说创作可谓是百花齐放、百家争鸣。张炜、张承志等为数不多的"神性作家"继续高举道德理想的大旗，进行知识分子文化意义上的创作；徐坤、张旻等女性作家依旧沉湎于男女情感的世界，以自己独特的感性视角和精神向度进行着"新状态私人化情感体验"写作；莫言、从维熙、邓一光等部分作家继续围绕历史题材进行"遁入历史"的"新历史小说"创作；1999 年春，《时代文学》、《青年文学》、《作家》三家大型文学杂志经过长期的酝酿，联袂推出以青年作家李洱、夏商、丁天、刘庆、李冯、张生、朱辉、海力洪等为主体阵容的"后先锋小说联展"①……在这"乱花渐欲迷人眼"的小说创作景观中，不久前以描写国企改革、真实反映社会底层民众疾苦而著称的"现实主义冲击波小说"，随着国企改革逐年走出困境渐渐隐匿了；以新市民意识、新都市意识见长的新市民小说、新都市小说创作，伴随着中国农村城市化进程的快速推进，伴随着市场经济在全国范围内的迅速发展而

---

① 《时代文学》1999 年第 3 期，第 55 页。

逐渐湮没了。与之相对的，一支有别于当下知识分子文化意义创作，同时又不同于以往的现实主义冲击波小说、新市民小说、新都市小说，以及现在依然存在的"新状态私人化"小说创作、新历史小说创作等小说创作潮流的写实小说创作潮，声势日益浩大。

世纪之交从事写实小说创作的作家在范围上相当广泛，有李国文、王蒙等老作家；有田东照、铁凝等中青年作家；有苏童、池莉、方方、张欣、刘醒龙等"晚生代作家"；也有刚刚涉足文坛、颇富创作才能的年轻作家魏光焰等。他们出生于不同的年代，有着不同的人生遭遇，对人生、社会有不同的感悟，在艺术创作上有着不同的主张和追求。他们中的许多人曾经是新时期以来名噪一时的意识流小说、先锋小说、新写实小说、现实主义冲击波小说等文学写作潮流的主要代表和中坚力量，近年来，却以一种前所未有的共谋姿态，不约而同地将市场经济带来的"新经济状态"作为自己创作的题材；将"民间写真＋理性批判"作为自己创作的视角；共同开拓"生命不能承受之轻"的时代主题；在叙事技法上与后现代写作"破坏叙述"姿态相对，呈现出一种"叙述还原"姿态；在叙事话语上与后现代写作"个人化"姿态相对，呈现出"非个人化"姿态。他们的创作表现出一种共同的文体倾向，显示出同以往的和当下正在发展着的具有后现代写作倾向的小说创作不同的趋势。

在世纪之交纷繁变幻的文学创作景观中，在此起彼伏的文学写作潮流中，写实小说创作以其在题材、主题、视角、技法、话语等方面的独特性带来了中国小说创作文体变革的新发展。下面，我们将以世纪之交出现的这些极富时代特色和共同文体特征的写实小说文本为解读对象，通过对其在创作题材、主题、视角、技法、话语等方面的分析，阐释其文体创新所在，指出其历史动向，希望能为大家深入了解这类小说创作提供些许借鉴，也希望能为发展着的中国小说创作带来一点启示。

第一节 题材:向"新经济状态"转移

后现代写作主张创作边缘化，在创作题材的择取上主张"反中心"题材。依据这样的创作思维，20世纪80年代中期以来，我国小说创作要么脱离社会现实进入纯粹虚构的天地进行创作，例如反题材叙述的先锋小说；要么偏离主流意识形态描写社会底层生活着的小人物，例如新写实小说；要么干脆遁入历史题材写作，例如新历史题材小说；要么将创作题材转向人的内心情感体验和状态，如新状态小说和新体验小说。现实主义冲击波小说在创作题材上进行了一定的调整，但是囿于狭窄的改革圈子，没能面对色彩缤纷的大千世界。世纪之交写实小说以市场经济下的"新经济状态"现象作为自己创作的题材，对社会发展的方方面面进行描绘，在创作题材上解构了后现代写作"非边缘题材不取"的倾向，将中国小说创作带入一个崭新的天地。

众所周知，20世纪90年代中国社会发生了重大变革。伴随改革开放的进一步深化，伴随信息技术的不断发展，市场经济形式在中国获得绝对优势。经济的飞速发展催促着一种不同于过去计划经济时代的崭新的社会经济形态的诞生。"新的经济形态催化着人的意识形态，却带着旧文化土壤的染色体，令人震惊。"[1] 社会上"非法同居"、"第三者插足"、"婚外恋"、

---

① 楚良:《耕舍闲话》,《小说月报》1997年第7期，第22页。

"行贿受贿"、"不公平竞争"、"偷猎盗猎"等丑恶现象开始滋生，并逐渐蔓延社会的各个角落。

面对滚滚商潮中物欲横流、价值失落与文化失范的尴尬，越来越多的作家有一种无力进入现实深处，无从把握当下生存本相的困惑。因此，有一些作家回顾与解构历史，遁入历史写作，从事新历史题材的小说创作。比如莫言 1999 年发表的中篇小说《我们的七叔》，写的是 20 世纪 80 年代初期的事，在叙述的过程中把故事往前延伸到 40 年代。从维熙 1999 年发表的中篇小说《死亡游戏》写的是五六十年代的事。邓一光 1997 年发表的小说《远离稼穑》，写的是一个老人——"我的四爷"的过去，叙述过程中笔墨荡至"四爷"出生的 1917 年。这些作家避开现实社会的矛盾，徜徉于历史与记忆，把读者带入历史与往事的叙述之中。有些作家，则躲回内心情感深处，从事游离于激烈现实生活矛盾的"新状态个人化情感体验小说"创作。比如张旻 1997 年发表的短篇小说《夜行》，写的是社会上官商勾结中吃喝玩乐的事，其中主要描写的是社会腐败分子与夜总会小姐调情的情景，与她从前创作的"新状态小说"代表作《情幻》的格调并无二致，文本充满了男女之间情感体验的气氛。徐坤 1997 年发表的短篇小说《厨房》和中篇小说《如梦如烟》写的都是成功女性对爱的失落感觉和向往之情。《厨房》写一个经商成功的女人枝子回到曾经令她唾弃的"厨房"，心甘情愿地为自己喜欢却不知是否爱自己的男人做饭。《如梦如烟》写的是一个在事业上取得辉煌成绩和拥有被人羡慕的领导地位的女人对被爱的向往心理。两部作品都在对现实的描写中夹杂大量与性有关的体验描述，具有明显的"新状态小说"特征。还有一些作家如张炜、张承志等，依旧高举着道德理想的大旗，继续标榜人文精神，紧紧围绕"伟大"、"崇高"题材展开叙述。比如张炜 1997 年发表的短篇小说《唯一的红军》。作品围绕"我们这个地方"的唯一的"一个老红军"展开叙述,文本写了他的光辉历史以及在他的伟大精神指引下"我们这个地方"发生的巨大变化,抒发了对老红军的深深崇敬之情,显示出作者以重树传统道德理想的方式拯救人们于当下社会的理性迷失之中的企图。

我们看到,上述的这些小说创作,无论是新状态个人化体验写作、新历史题材小说创作等后现代写作色彩较为浓厚的写作,还是知识分子文化意义上的道德理想写作,由于其现实题材的边缘化、非社会中心性,决定了其对现实的描摹都显得非常片面,其写作具有明显的脱离现实本质的迹象。文本的现实感和可理解性在现实面前也显得很苍白。

为了推动中国小说以一种与现实共谋的姿态向前发展,使中国小说更具现实感和可理解性,1999 年春天《时代文学》、《青年文学》、《作家》三家大型文学杂志经过长期的酝酿,联袂推出"后先锋小说联展",企图在发扬 20 世纪 80 年代中期兴起的先锋小说对小说文体的创新精神中,"向着新百年的文学之海,作出本世纪最后一次波峰冲浪!"① 可是当我们仔细品读这些所谓的"后先锋小说"时,我们感到,它基本上是后现代写作倾向非常明显的先锋小说写作在当下社会文化情境中的派生。我们看到,后先锋小说文本要么描写灰黑色的现实一角(如夏商的《高跟鞋》写妓女与嫖客的故事),要么遁入虚构的历史世界,以更加勇敢的姿态编造结构文本(如张生的《陈家沟》写的是护镖与土匪的故事)。

同样是面对纷繁变化的社会经济文化状态,早在"后先

① 《时代文学》1999 年第 3 期,第 55 页。

锋小说联展"之前，为了更加深入地表现现实，增强作品的可理解性和现实指导意义，以描写"新经济状态"为己任的近年写实小说的创作潮流已经悄悄地涌动起来了。引言中我们曾经提到过，从事近年写实创作的作家大多是过去诸多小说创作潮流的代表和中坚，也许是禀赋和才气所致，这些作家从不畏惧，也从不逃避时代的文化状态。面对纷繁变化的社会文化状态，世纪之交写实小说作家摆脱一切思想上的依赖性和信念上的从属性，肩负起透视现实的历史重任。他们以一种大无畏的姿态介入生活内部，直面社会的发展，勇敢地将文学置身于变动不居的社会现实之中，紧紧围绕市场经济状态下的诸多"新经济状态"题材，展开叙述。比如田东照在中篇小说《买官》中，以"买官"这一社会腐败现象作为创作题材。李国文在短篇小说《缘分》中将"权钱交易"这一社会丑恶现象作为创作题材。楚良在中篇小说《春分过后是谷雨》中将新经济状态下"第三者"插足的社会现象作为题材。池莉在中篇小说《来来往往》则典型地将"婚外恋"作为题材。张欣在中篇小说《你没有理由不疯》中将面对市场经济骚动的人群作为题材。胡发云在中篇小说《老海失踪》中将人们对大自然的无情破坏（偷猎、盗猎现象）作为题材。星竹在中篇小说《杀富济贫》中将"新经济状态"下贫穷的村庄对富裕的村庄不平衡的心理作为题材……在世纪之交写实小说文本中，我们感受到的是市场经济的强大脉搏给社会每个角落、各行各业的人们的心理带来的震动。

为了更清楚地认识世纪之交写实小说创作在题材上的独特性，我们不妨把这类小说的题材同新时期以来其他小说文体创作题材进行一下比较。新写实小说距离现在较为遥远，它主要以旧经济体制下的人和事作为描写对象（例如新写实小说的代表作《烦恼人生》、《新兵连》），因此，它与世纪之交写实小说在题材上的差异比较明显。新状态小说和新体验小说试图摆脱新写实小说单一社会历史事件题材描述的藩篱，将个人体验和状态融入创作，但是由于创作过程中过度张扬个人体验，所以使创作题材大有脱离社会现实的趋势，如张旻的《情幻》满纸的色情暴力事件。新市民小说有望实现对"新经济状态"的描写，但是由于其文本本身规定题材择取的范围限定在城市内（如邱华栋的《手上的星光》、殷慧芬的《纪念》、唐颖的《红颜》都以大都市为创作背景），因此同世纪之交写实小说在题材方面的差异也很明显。新都市小说作为描写进步社会意识的小说文体，在题材上更是局限于深圳、广州、北京等为数不多的现代化大都市（如王小妮的《热的时候》、梁大平的《大路上的理想者》等都以深圳为创作背景），因此同新市民小说一样，在题材范围上同世纪之交写实小说之间存在很大区别。现实主义冲击波小说在题材上有了进一步的拓展，其描写对象从乡村到都市都有，但由于其取材紧紧围绕社会改革事件（如《大厂》、《分享艰难》等都以国企改革为背景），大有重树社会主流意识中心之嫌，所以全面介入市场经济下"新经济状态"描述的几率也就可想而知。世纪之交写实小说在深度介入当下社会现实的旗帜下，不但突破现实主义冲击波小说的改革模式，同样突破新都市小说、新市民小说的城市题材范围和新状态、新体验个人体验化题材模式。是新时期以来第一次在全国范围内，在各个方面对现实社会的介入性描绘。

题材的转移并非是一个简单的材料置换问题，它直接反映创作者的精神向度和审美情趣的转移，因此，它还是一种文体变革的前兆。纵观新时期小说变迁的历史，我们会发现，反题材的艺术主张直接带来中国小说创作的文体变革，使先锋小说得以出现；当叙事题材移向社会底层小人物真实的生活时，出现了新写实叙事；当叙事题材移向在纯客观的生存本真状态的呈现中融入作家对自我生存体验和状态的描述时，新状态小说得以出现；当叙事题材移向我国市场经济开始启动后，由于社会结构改变，社会运作机制转型，而或先或后改换了自己的生存状态与价值观念的那一个社会群体的时候，"新市民小说"得以诞生；当把新都市题材作为自己叙事的中心题材时，新都市文学得以形成；当创作者将由计划经济向市场经济转换期间的社会底层百姓的痛苦生活作为创作题材时，现实主义冲击波小说得以出现。世纪之交写实小说创作，以一种深重的责任感介入急剧变化着的社会文化生活，将"新经济状态"作为创作的题材，必然引发小说创作在主题、视角、技法、话语等方面的一系列变革，引发一场文体革新运动。

第二节 主题："生命不能承受之轻"

自 20 世纪 80 年代中期先锋叙事开辟中国小说创作后现代写作解构主题的风气之后，除张炜、张承志等为数不多的作家坚持一种深重的历史责任感，在远离社会变革中心的地带进行高扬道德理想的创作以外，其他种类的小说创作大多呈"价值中立"的姿态。例如，新写实小说、新市民小说、新都市小说、现实主义冲击波小说的许多描写囿于现实苦难的展示；新状态、新体验的许多文体沦为欲望化书写，它们大多不显露出明确的价值倾向。一时间，中国的文学创作仿佛进入"无主题变奏曲时空"，使文学创作的精神指引功能大大降低。与之相对的是，世纪之交写实小说创作面对纷繁复杂的社会文化语境，面对变动不居的社会现实，毅然肩负起时代赋予的精神指引重任，自觉在"新经济状态"题材下典型事件、典型人物的记叙中开拓"生命不能承受之轻"的时代主题。

世纪之交，在市场经济形式下，中国社会进入前所未有的喧嚣与骚动。人民的物质生活水平有显著提高，与之相伴的却是传统道德的沦丧，社会理性的缺失，社会上出现许多丑恶现象。生存在传统观念与现实价值夹缝中的中国人惶惶然随着欲望奔走，陷入精神的痛苦不能自拔。在变动不居的社会现实面前，人们急需正确的精神指导与善意的价值规劝。远离纷繁复杂社会现实文化语境的传统道德理想写作和受后现代写作"不要主题"观念影响较深而处于"无主题变奏空间"的诸多小说创作无力完成这样的使命。世纪之交写实小说在对市场经济下"新经济状态"题材进行全方位描写的同时，紧紧围绕典型事件和典型人物开拓"生命不能承受之轻"的时代主题，试图为人们提供一定的思想帮助。

在阅读张炜的《唯一的红军》这部短篇小说时，读者透过关于老红军的过去，以及社会主义建设时期老红军所起到的巨大的精神鼓舞作用的描绘，会发现伟大、崇高之类的主题，但面对剧烈变化的社会现实，这类主题会很快湮没而无迹可寻，因为它有着明显的"不太现实性"。在阅读徐坤的《厨房》、《如梦如烟》，张民的《夜行》这类小说文本的时候，读者感受到的是浓浓的情感体验气息，是人的潜意识世界的微妙变化，但是除此之外再没有什么别的感受。在阅读从维熙的《死亡游戏》、莫言的《我们的七叔》、邓一光的《远离稼穑》这类小说文本时，我们感受的是，这是一些距离我们并不遥远的陌生的故事，文本中散发着一种被解构了的历史文化的气息，对现实的指导意义确实不大。在阅读新写实小说、新都市小说、新市民小说、现实主义冲击波小说文本的时候，我们感受到的是现实的苦难和无奈，但除认同作者这样的情绪之外，也不能发现什么有益的启示。在以上这些文本中我们感受不到文学之于现实创作精神变革的有力把握，可是当我们阅读池莉的《来来往往》、《小姐，你早》、方方的《过程》、范小青的《失踪》、张欣的《你没有理由不疯》、田东照的《买官》、胡云发的《老海失踪》、楚良的《清明过后是谷雨》、李国文的《缘分》、王蒙的《春堤六桥》、刘醒龙的《大树还小》、星竹的《杀富济贫》等以市场经济下诞生的"新经济状态"为创作题材的小说的时候，能感受到迎面扑来阵阵现实之风，体味到人之为人的现实沉重，那是一种出于命运、出于人生的真诚规劝——"生命不能承受之轻"。

　　世纪之交写实小说创作紧紧围绕"新经济状态"下社会上出现的典型事件和典型人物来开拓"生命不能承受之轻"的主题。例如作品《过程》讲述两个警察共同抓捕一个强盗的故事，一心想抓到强盗的李亦东没有抓到强盗，想尽一切办法回避强盗的江白帆无意中抓到了强盗。抓到强盗的江白帆从此飞黄腾达，没抓到强盗的李亦东面临妻子下岗后再就业困难以及女儿就学困难的问题。李亦东找上级求助，上级的答复是，因为你没有抓到强盗所以一切问题不能解决。回到家后，李亦东面对的是"（老婆）天天别着脸跟他吵，吵完就同女儿一起关着门抹着泪"[1]，可是当他情急中兑下江白帆与人合伙经营的、生意还算好的饭店——"南方水妖"，开业那天"（妻子小梅）脸上闪着光彩，眼睛亮晶晶的"[2]，那是他在与她谈恋爱时才能见到的美丽。命运就是这样，你一心想做的，

---

① 方方：《过程》，《小说月报》1998 年第 11 期，第 42 页。
② 同上书，第 43 页。

未必能做到，有的东西你想躲也躲不过。人生就是这样，变幻
莫测。作者通过这样一件小事说明了人生之复杂难测，告诫读
者"生命不能承受之轻"。作品《来来往往》讲述的是一个男
人和三个女人的故事，男主人公康伟业乘改革东风经商发财，
成了"少数先富起来的人"中的一员，在经济上富裕起来的
康伟业开始寻找感情的增长点，与商业伙伴林珠二人经过长时
间接触之后相互确立了"婚外恋"关系，林珠要求康伟业与
结发妻子段立娜离婚，结果婚没离成，在此期间林珠越发感觉
与康伟业在人生观上有巨大的差异，悄悄地离开了康伟业，情
感无所寄托的康伟业遇到酒店小姐时雨蓬，两人开始了不明不
白的情感关系。透过文本的故事我们能看到新经济状态下成功
男人追求"爱情"所付出的沉重代价，为那些花心男人敲响
了警钟。作品《缘分》讲述的是一个在新经济状态下友情发
生霉变的故事。作品中的主人公"我"与汪襄本来是很好的
朋友，汪襄是作品中一个"权力人物"落老的秘书，有人求
"我"弄一副落老的书法作品，"我"求汪襄，汪襄满口答应，
却始终未见办成，正在"我"深感愧疚之际，得知那个人已
经花钱从汪襄那里买到了他所要的字画。作品在以鲜明的事实
印证了人性的贪婪的同时，为当今社会人与人之间缺乏一种真
正的友情而感到悲哀，不由发出"你的幸福是你认识许多人，
你的不幸，也是因为你认识许多人"① 这样的感慨。作品《春
堤六桥》讲述的是一个爱情故事，作品的男主人公——即将
退休的黄河大学校长鹿长思在休假时巧遇在大学时代与自己相
互暗恋的女同学郑梅冷，曾经沧海的两位老人并肩走完了象征
美好爱情经历的六座桥梁，从容分别，不想竟成了永诀，在听

---

　① 李国文：《缘分》，《小说月报》1997 年第 11 期，第 16 页。

到老同学的儿子转达的遗言"妈妈病危的时候提到鹿叔叔，妈妈让我告诉鹿叔叔，她走的了无遗憾"[1] 之后，老人家泣不成声，不再去想令人心烦的校长候选人的事。这部作品在爱情与事业的对比中向人们展示了爱情的弥足珍贵，告诫人们人生苦短，不要留下什么遗憾。"生命不能承受之轻"在这些事件里成了永不褪色的主题。

所谓"生命不能承受之轻"，具体包含两层含义。一层含义指，在当前纷繁复杂的社会文化语境中，每个人都应以一种积极的历史责任态度面对生活、面对人生，同时也指出来自各个方面的压力的必然。另一层含义指，每一个人都有自己的追求，但在自己的信仰追求中切莫任由欲望支配，成为欲望的奴隶，我们不反对正常的欲望需求，但这种欲望需求的满足一定建立在不破坏他人利益的基础上，否则你将在满足自己私欲的同时承受来自一种公共道义指责的沉重。世纪之交写实小说不仅通过与人们密切相关的一些事件揭示了"生命不能承受之轻"的时代主题，而且通过不同类型的人的不同人生遭遇表达了这样的主题。

人作为活的精神存在物，一切观念的变化都可以通过人的行为的变化表现出来。世纪之交写实小说紧紧抓住人的本质特征表现深刻的社会主题。同已逝的和当下正在发展着的诸多小说文体不同，世纪之交写实小说在人物择取的范围上相当广泛。一方面背弃知识分子文化意义写作的除崇高伟大不写的规则；另一方面也脱离了后现代写作以边缘为尊的误区。一反众态地代之以叙述置身于当下变动不居的社会文化情境中的各类人物。在世纪之交写实小说中你可以见到下岗

----

①　王蒙：《春堤六桥》，《新华文摘》1997 年第 12 期，第 85 页。

工人、农民、教师、商人、政府官员、记者等各行各业、形形色色的人物。但是，这些人物一定是在"新经济状态"下，在追逐生存发展以及爱情中流露出这样或那样的沉重精神状态的人，他们是在现实中背负沉重的一族，绝不是一群单纯追逐金钱、性、暴力而在快感中生活着的人。

第一，世纪之交写实小说描写了一大批向命运挑战的勇敢的社会底层的小人物，从这些小人物的言谈举止中我们能够感受到他们身上存在的不怕现实苦难的向上精神。例如在《清明过后是谷雨》中打工妹谷雨在老板立夏家打工时与老板发生关系，后来回到家生下孩子惊蛰，在第二次进城打工的谷雨抱来了惊蛰，在与立夏的妻子春分的交谈时谷雨流露出心声："我是一个穷山村的女子，也算读过几年书，做过进城市过好日子的梦。我没钱没门路，在城里打工，但我没法改变我出生的命运。上帝既然派了惊蛰来，他是天堂的人，我想你们为了他，不会让我呆在地狱，我毕竟是他的母亲。我只要同他在这个地方，改变我那无法改变的命运。"① 在《四孩儿和大琴》中村姑大琴出生在一个非常没有教养的家庭，进城卖过菜的她一心想改变自己的命运，她对自己的好友四孩儿说，"我改变不了他们（大琴的父母和妹妹们），至少该改变改变我自己"②。她曾经将自己的行李搬到四孩儿家，通过与四孩儿的同吃同住改变自己的生存环境。后来她通过进城做保姆、嫁给城里人彻底改变了自己的命运。从这些普通人的心声中我们能看到生活在社会最底层的人们的觉醒，从他们身上我们看到了积极向上的争求发展的精神，我们应该承认正是这种精神构成

---

① 楚良：《清明过后是谷雨》，《小说月报》1997 年第 7 期，第 15 页。
② 何玉茹：《四孩儿和大琴》，《小说月报》1997 年第 10 期，第 72 页。

了中国乡村巨变的原始动力。但是从他们的人生际遇中，我们同样感受到他们必须背负现实的沉重。

第二，在世纪之交写实小说文中还有这样一类人物，他们本来有着幸福和美的家庭，但是却由于向往外面的花花世界，而使原有的家庭和谐遭受巨大的破坏。例如《你没有理由不疯》中女主人公谷兰的丈夫萧卫东是一个家电进出口公司总经理，家庭收入本来不错，但是她在别人的怂恿下却一心想下海经商、炒股票赚钱，结果搞得原本幸福的家庭失去了原来的那份和美。《坚硬的柔软》里面的黄小娟是一个有深深爱着她的丈夫的女人，却在所谓的家庭之外的爱情中迷失了方向，当她发现自己遭受到对方的欺骗时，才发觉真正爱自己的还是自己的丈夫。从这些人物身上我们能感受到外面的世界很精彩也很无奈，人不能承受生命之轻地任由情感摆布地活着。作品通过对这些人物的描写以不容争辩的口吻警示世人，珍惜自己所拥有的一切吧！也许这就是人生最美丽的风景。

第三，在世纪之交写实小说文本中，我们还能看到一类让人感到欣慰的具有崇高精神力量的代表人物，那就是勇于为全人类、为集体的利益而作出牺牲的人，正如为了中国亿万人民过上幸福生活而甘愿作出牺牲的革命先烈一样，他们是崇高的，在他们身上我们能见到那种已逝的崇高和伟大。例如《秀色》中为了秀色这一穷困山村能够喝上水而夜以继日工作的李技术员；《胡嫂》中为了保卫自己所在的城市而甘愿到最危险的地带去抗洪，并最后牺牲在那里的胡嫂；《老海失踪》中为了保护珍稀动物乌猴而甘愿住进深山做保山工作，并最后失踪在大山中的电视台记者老海；《从前的护林员老木》中为了保护集体林木而吃尽苦头却百折不挠地阻止乱砍滥伐的从前的护林员老木；《履带》中为了军列的安全而甘愿自己承担生命风险的老战士关天庆……在他们身上我们看到平凡与伟大的统一，看到那种人之为人的力量，但是更看到一个人为自己的信念所要付出的巨大牺牲。那不是一般所说的沉重，而是背负集体、背负全人类命运的沉重，是一种高层次"生命不能承受之轻"的沉重。世纪之交写实小说以鲜明的事实说明了最高贵的"生命不能承受之轻"莫过于为了全人类、集体的利益而付出。

第四，在世纪之交写实小说文本中比较惹人注目的还有一类人物，那就是在市场经济中走上富裕之路的大款，他们有了钱做了坏事，却没有逃脱良心的谴责。例如《大树还小》中的白狗子富了之后"搞女人"，找了个小情人发现竟是自己救命恩人的女儿，面对眼前的现实低下了罪恶的头。《焚车》中的高岗是一个为了事业什么人都敢欺骗的人，最后在骗完自己的老朋友时也感到惭愧而逃走了。人是社会理性与非理性的统一体，在追求非理性的欲望生存中，一定要牢记自己的另一半是属于社会的。人生不可简单地陷入欲望信仰之轻。

通过这些典型事件和典型人物我们能看到，现实生活中无论是谁，无论他的地位有多高，他都要背负人生、社会的沉重——否则他就不是一个完整意义上的人。他们有的为了更好地生存想尽一切办法，却不得不面对来自传统道德的压力；有的在事业上取得了令人仰慕的成绩，却不得不陷入别的更深的苦恼；有的在为自己的信仰默默奉献着，却一定要经受外界赋予他们的沉重砝码……每个人都在自己的追求中，在自己的希望和向往中活着，每一个人又都要在"生命不能承受之轻"中活着。在这里，"生命不能承受之轻"已经不单单是这些作品追求的意境，它已经构成了这些作品的灵魂。从某种意义上说，正是"生命不能承受之轻"结构创造了世纪之交写实小说文本。

　　同后现代写作简单地反对历史责任，远离终极关怀追求的非理性欲望化书写相比，世纪之交写实小说在保证小说可以轻松阅读的基础上把"生命不能承受之轻"作为创作的主题，在沉重的现实生活中开掘对于社会、对于人生有重大意义的深层的东西，无疑给中国当下小说创作发展提供了一种新的可能。

第三节　视角："民间写真＋理性批判"

　　作为一种叙述视角——民间写真早在新写实小说创作阶段就已经初露端倪，在后来的冲击波小说中得到较为充分的演绎发展。以民间写真作为叙述视角，可以客观地展示叙述对象，起到一种不修饰的"真实"的艺术效果，难怪有人将新写实小说与自然主义文学并列来谈。与知识分子文化意义写作有意抬高些什么，制造出一些虚伪的假象相比，我们可以肯定地说，民间写真的叙述视角具有历史进步意义。可是，作为一种直接决定叙事成败的重要手段，民间写真也有其自身局限性。由于它排斥叙述主体的介入，因此它在使叙事越来越趋向生活原生态的同时，也限制了作家主体丰富的艺术想象力的发挥，以及作家对生活深刻的体验与感悟的艺术传达，使艺术趋向一潭死水。当我们阅读新写实小说或冲击波小说文本的时候，不难产生这样的印象，就是面对一味的写真图景，感觉作品的格调并不高，作品的艺术性大有被解构的味道。在新写实小说中我们看到写真中各色小人物的卑微心理，在冲击波小说中我们看到社会底层百姓生活的苦难和悲痛，我们感受到的只是这些，除此之外别无他物。有人申辩说这里面包含深刻的悲剧意识。这是悲剧吗？这不是悲剧。悲剧有悲剧的悲壮之美，在这些文本中散发的是无奈的情绪，假如文学变成一片装载无奈心情的土地，那么文学不就等同于灰色现实了吗？它的存在还有什么意义？

太写真，太还原生活，使文学失去了艺术的特征而等同于普通的摄影留念，而不是艺术照片。也许是面对这种情况，才有了"融入作家对自我生存有体验和状态的描述"① 的"新状态小说"的诞生；才有了现实性、亲历性、主观性三者统一的"新体验小说"的诞生。但是，当我们仔细品读所谓"新状态"、"新体验"的文本时，我们就会发现，囿于个人经历和情感体验的"新状态"、"新体验"叙事在本质上是一种狭隘的叙事，作者主体观念和视野的狭隘，必然会降低作品的可理解性。在"新状态"文本中我们感受到的是琐碎的欲望化的情感体验，例如《情幻》这部小说，在文本中作者围绕凶杀和情爱的题材进行叙述，满纸的暴力和性体验的呈示。在"新体验"文本中我们感受到的是一种关于未来的不着边际的幻想，例如《预约死亡》这部小说，虽然文本围绕"我"展开叙事，作者主体直接介入文本，写的是作者的关于死亡的真实想象，但由于满纸都在写想象的东西，因此不免给人一种虚假的、脱离实际生活的感觉。

为了打破道德理想创作的神话，20 世纪 80 年代中期兴起的新写实小说在后现代写作复制现实、削平深度观念的影响下，开辟了"民间写真的叙述视角"。为了使小说充满人间烟火的气息，新状态小说开辟了"个人体验的叙述视角"。为了更好地发挥小说创作对现实的精神指引功能，深入展示"生命不能

---

① 《文学：迎接新状态》，《钟山》1994 年第 4 期。

承受之轻"的进步的时代文学主题，世纪之交写实小说针对单纯民间写真和个人体验叙事的局限性，毅然采取了"平民写真＋理性批判"的叙述视角。在文本中主要表现在，有主体理性话语的介入，或者形象叙说背后理性批判精神的衍生。

第一，主体理性话语的介入。

在世纪之交写实小说文本中我们在清晰地看到一幅幅民间写真的艺术图景的同时，能听到作家对于人物、事件作出的客观的理性评判。例如，在《杀富济贫》中作者毫不谦逊地写道："富人招骂，是天经地义的一件事，富人让穷人恨，也是自自然然的一个天理。"① 《缘分》中有"你的幸福是你认识许多人，你的不幸，也是因为你认识许多人"② 这样的话语。在《小姐，你早》中这样的话语干脆演变为蕴涵深刻理性的小标题，诸如：

1. 女人的顿悟绝对来自心痛的时刻

2. 别人的事情也会发生在自己身上的

3. 总有一朵玫瑰停留在夏天的最后

4. 倾诉比什么都重要

5. 回旋是深刻的前提

6. 女人的游戏不是好玩的

7. 最难得的境界是进入人与人之间

8. 如今谁请你吃晚餐

9. 要想认识你却很是不容易

10. 故事很古老但一再从头开始

难怪有的评论家高呼今天的作家开始学者化了。但是，这

① 星竹：《杀富济贫》，《新华文摘》1997 年第 6 期，第 85 页。
② 李国文：《缘分》，《小说月报》1997 年第 11 期，第 16 页。

里的理性评判同知识分子意义写作上的理性评判不同。由于批判在民间写真的叙事基础上展开，有深厚的现实为依托，这种说理具有摆事实、讲道理的味道。

第二，形象叙说背后理性批判精神的衍生。

有的作品通过形象的叙说衍生出作者的主体理性批判意图。例如在《来来往往》中，作家以沉重的笔触描绘了一个男人和三个女人的之间发生的故事，写了事业上成功的男性康伟业对爱情的追求，以毫无所获结局，引人深思。作者池莉自己也说："我写《来来往往》不是简单地讲述三个女人和一个男人的情感故事，我是在写一个过程，一个人的、匆忙的过程，记录的是一个阶段中，人与人的关系、敏感的生活问题究竟发生了那些变化。它不是开始也不是结束，它是一次痛苦的寻找和思考。"[①] 作家希望读者在这样的历史文化图景中能够有所感悟和发现。《过程》这篇小说讲述了两个警察同样为一件案子奔波，抓到强盗的警察飞黄腾达，没抓到强盗的警察面临重大生活困难，当找到上级请求帮助解决的时候，上级的答复是，你要是抓到了强盗什么问题都可以解决，可你没有抓到强盗，所以这些问题就解决不了。那么抓强盗的过程就一点意义也没有了？不免令人深思。作者方方自己说："对我来说，其实故事并不重要，我常常需要的是借助一个有趣的框架，让我的读者在愉快的阅读的过程中读出我的想法，也生出自己的感受。"[②] 世纪之交写实小说作家就是这样，在民间写真中融入了自己极强的主体理性批判精神，希望读者能在阅读中读出他（她）对生活的理性认识。再如《老海失踪》，文中有这样

---

① 《长春晚报》1999 年 10 月 2 日第 10 版。

② 方方：《〈过程〉的过程》，《小说选刊》1998 年第 11 期，第 5 页。

一段形象的话语："思思（老海的城市妻子）哭了很久才平静下来，自言自语地说：老海把我毁了。这一次老阳（老海的城市朋友）听懂了，他记起了很久以前的一首短诗：她把她带血的头颅放在天平上，让一切苟活的人都失去了重量。老阳说：他把我们都毁了。……最后倒是梅丫（老海的深山伴侣）痴痴说了一声，老海还活着。"[1] 作者通过这段形象深刻的现实描写对不良社会现象作出深刻的理性批判——"她把她带血的头颅放在天平上，让一切苟活的人都失去了重量"。由于说理以事实为依据，说理便具有了明显的自我超越特征，这是拘泥于平面化写真视角不可能做到的。

同后现代写作放逐作家主体理性的、单纯的民间写真视角相比，"民间写真＋理性批判"的叙述视角在客观反映社会现实的基础上，使作家主体性得到充分发挥，增强了文学写作的精神指引功能，符合时代的审美要求。

第四节　技法："叙述还原"

众所周知，叙述具有内在的本质性和思想性。自20世纪80年代中期以来，在后现代写作"颠覆叙述"观念的影响下，在先锋小说、新状态小说、后先锋小说那里，"怎么写"同"写什么"一样变成叙事的主要内容。有的文本大量使用元叙事技法，故意裸露叙述行为，严重干扰叙述行为的正常进行。例如后先锋小说的代表作《国道》在叙事技法上本着后现代写作元叙事的技法，在文本中不但有诸如"开头"、"旁白"等明显的标志性题目，叙事中也不时出现暴露叙事的文字，如

---

① 胡发云：《老海失踪》，《新华文摘》1999年第6期，第111页。

"在这篇小说中首先出场的不是人，是二十一辆林肯车"①，
"这部小说的材料实在太多了，多得让人感到苦恼"②，等等。
有的文本虽然很少使用元叙事技法，但是由于大量运用倒叙、
预叙、插叙、省略等叙事技法，有意识拒绝提供关于时间倒错
的信息，不提供给读者明晰的故事时间。如先锋小说的代表作
《一九八六年》，作家在叙述中有意地拒绝提供关于时间倒错
的信息；有的文本如新状态小说的代表作《私奔者》，叙事聚
焦忽而由少女苏修转移到青年男子江林，忽而又转移回来，叙
事情景也忽而由苏修居住的旅社转移到记忆中苏修与江林在一
起的情景，忽而又转移回来，这样一来，给人一种变幻不定的
感觉。西方叙述学大师热奈特曾经说过："叙述依附于视为纯
行动的行为或事件，因此它强调的是叙事时间和戏剧性。"③
我们看到，受后现代写作"颠覆叙述"理念影响的先锋小说、
新状态小说、后先锋小说或者广泛应用元叙事技法，或者有意
将过去、现在、未来随意颠倒、穿插、交融，或者随意转换叙
事情景和叙事人称，变更叙事聚焦，严重打乱了文本叙事时间
的秩序性，破坏了叙述行为的正常进行，所以也就解构了叙述
的内在本质性和思想性。

　　在新写实小说、新市民小说、新都市小说、现实主义冲击
波小说那里，平面化写真的"反讽"技法得到广泛应用。这
种叙事技法不直接破坏文本的叙述行为，保留叙述的秩序性和
完整性特征。譬如，新写实小说代表作《烦恼人生》以在工
厂工作的普通工人印家厚的一天生活为内容，在叙述时序上也

---

　　①　李洱：《国道》，《时代文学》1999 年第 3 期，第 56 页。
　　②　同上书，第 61 页。
　　③　热奈特：《叙事的界限》，《外国文学报道》1985 年第 5 期。转引自陈浩
《叙事还原与叙事风格》，《文艺评论》1998 年第 2 期，第 16 页。

完全按一天时间的先后顺序结构文本。新市民小说代表作《手上的星光》以主人公乔可与林薇交往的时间顺序结构文本。现实主义冲击波小说代表作《九月还乡》以主人公九月进城到还乡的先后顺序结构文本。这些小说创作，按一定的时序结构文本，使文本故事时序与叙述时序呈同构关系，在文本中也见不到元叙事以及其他破坏叙述行为正常进行的技法，但是由于作者在叙述的过程中大多以一种冷眼旁观的姿态作静观无为状，作家主体不介入叙事，仿佛所叙之事就是客观发生的，作家只是将它原原本本地呈现出来，在平铺直叙中消解了文本故事的戏剧性，所以也严重破坏了叙述的积极的内在体验特征和精神超越特征，从另一层面解构了叙述的内在本质性和思想性。

很久以前，叙述以其不可辩驳的内在体验特征和精神超越特征为小说创作中作者主体观念的艺术传达提供着极大的方便。但是，自20世纪80年代中期以来，自先锋小说掀起中国小说文体革新之风以后，新写实小说、新状态小说、新历史小说、新都市小说、新市民小说、现实主义冲击波小说包括后先锋小说等诸多小说文体都或多或少染上这样或那样的"后现代写作反对主体认知"的色彩，广泛运用揭露叙述虚构本质的"元叙述"和作家主体远离叙述事件的"反讽"等叙述技法，破坏了叙述秩序性和故事戏剧性，也破坏了叙述的"内在的本质性和思想性"，这样一来，干扰了作者主体观念的艺术传达。近年写实小说为了更好地发挥对现实的精神指引功能，更好地表达"生命不能承受之轻"的时代主题，在民间写真的基础上恢复了主体理性批判的艺术视角。主体理性批判唯有站在"内在体验和自我精神超越相统一"的基础上才有说服力，而内在体验特征和精神超越特征是"叙述"这一叙事技法的内在本质特征，因此，"叙述的还原"也就是必要的了。因此，在世纪之交写实小说文本中我们看到了大力"还原叙述"的艺术景观。大力"还原叙述"，目的是希望在恢复叙述"内在的本质性和思想性"的同时，充分实现作家主体观念的艺术表达，增强小说创作对现实的精神指引功能。在文本中主要表现在，叙述时间秩序性的还原、故事戏剧性的重现两个方面。

第一，叙述时间秩序性的还原。

在世纪之交写实小说文本中，我们看到那种暴露叙述行为、凸显叙述虚构本质的元叙事技法不见了，取而代之的是一种隐蔽叙述虚构本质，以求在不露虚构痕迹的叙述中，在仿真的描写中完成文本的方式；"后现代写作"有意打乱文本叙事时间秩序性，随意转换叙事情境和叙事人称，频繁变更叙事聚焦等叙述特征不见了，取而代之的是叙述时间与事件时间的一致，叙事情境和叙述人称的稳定，叙事聚焦的变化不再那么频繁。在近年写实小说文本中纵使叙述事件比较复杂，叙事线索一般也比较明晰。比如王蒙的《春堤六桥》，文本中将过去到现在几十年时间发生的事交织在一起，将爱情与事业这两件对于男人来说人生最重要的大事交织在一起，却掩饰不住作家对爱情的关注。铁凝的《永远有多远》，文本中前前后后出现的人物不下十个，人物间的关系也比较复杂，比如"暗恋"、"三角恋"等，但是故事时间线索明晰，所有故事都围绕一个主人公——白大省的成长过程和人生经历展开，这样一来，使读者很轻松地就可以把握文章记叙的重点。世纪之交写实小说创作的绝大多数文本，其叙事不管有多么曲折，都遵循一定的叙事秩序，叙事时间的清晰整一特征明显，表现出一定的"叙述还原"特征。

第二，故事戏剧性的重现。

同新时期以来受后现代写作观念影响较深的其他种类小说创作相比，世纪之交写实小说的戏剧性增强了，文本中常会看到充满戏剧性的情节。比如《神女峰》这部小说中，李咏的女朋友到后来戏剧性地跟李咏的朋友老崔跑了。《过渡》这部小说中，借房子住的汉明的自行车总被人扎破，他一连守候了5天，抓到的扎车贼竟然是借给自己房子的老邱。《树下》这部小说中，老于一心想求那个已经当上副市长的同学项珠珠帮助他解决住房困难问题，到了项珠珠的家与项珠珠谈了很长时间的话，项珠珠还问他是否有事，结果老于竟然没说出自己此行的目的。《天籁》中弄坏岁岁眼睛的竟是岁岁的妈，正等待借岁岁唱"花儿"（一种民歌）发财的岁岁的妈迎来的却是岁岁嗓音的断裂。《大树还小》中暴发户白狗子在盼望早点见到自己的小情人之际，突然得知自己的小情人竟是自己救命恩人的女儿。《缘分》中"我"非常信任的好人汪襄，到最后发现竟是一个最大的坏人。《四孩儿和大琴》中被四孩儿一家瞧不起的大琴，到后来戏剧性地成为四孩儿家城里亲戚家的女主人。《来来往往》中康伟业的妻子段立娜在结婚前写给康伟业的诗"暮色苍茫看劲松，乱云飞渡仍从容。天生一个仙人洞，无限风光在险峰"，多年以后却被段立娜的情敌时雨蓬当着众人的面念出，令段立娜百感交集、气愤离席。……这些现象在后现代写作倾向明显的叙事中是不常见的。近年写实小说通过对文本故事戏剧性的还原，使叙述的内在体验特征和精神超越特征得以更加充分地表现出来。文本故事戏剧性的恢复是近年写实小说创作"叙述还原"的又一表征。

在这里需要补充的是，世纪之交写实小说这种"还原叙述"的行为表面看来大有恢复传统说理叙事模式的倾向，但是当我们仔细阅读其文本之后，我们看到因为有民间写真作为叙述的基础，所以这里的"叙述还原"无非是借他山之石以攻玉的一种叙事策略罢了，不可能因为恢复叙述时间的秩序性、叙事故事的戏剧性而改变世纪之交写实小说叙事的整体时代功能，使其回到传统道德理想创作的旧路上去。同后现代写作的"不确定性"特征相比，"叙述还原"所产生的确定认知感觉所带来的巨大精神指引效应，显示出了明显的时代艺术进步特征。

第五节　话语："非个人化"

叙述话语不单单是一个语言方式问题，还体现作家叙事的人文立场，是作家审美心理的一种外化表现。"后现代写作"由于将反对社会中心题材、反对主题、反对作家主体理性作为自己叙事的精神支点，因此，在叙事话语上主张以个人化情感体验姿态替代社会化道德理想歌颂姿态。20世纪80年代中期以来，受后现代写作影响，先锋叙事小说、新写实小说、新状态小说、新历史小说、新体验小说、新市民小说、新都市小说、现实主义冲击波小说等文体在叙述话语上都有明显个人化倾向，严重破坏了小说创作对于现实的客观认知功能和精神指引功能。同后现代写作叙述话语的个人化倾向相反，世纪之交写实小说在叙述话语上具有明显的非个人化倾向。非个人化的目的在于更加客观地认知现实，充分地实现对现实的精神指引。非个人化叙述在世纪之交写实小说文本中主要表现在三个方面。

第一，世纪之交写实小说的叙述非常谨慎，反映出叙述话语的非个人化姿态。

面对后现代非理性批判和无理性批判对于社会现实的苍

白无力，世纪之交写实小说急于回归理性批判的视界。但是从其文本中我们看到，世纪之交写实小说在叙述上非常谨慎。作家从来不武断地说这说那，叙述者在小说的叙述中大多以一种冷静成熟的创作姿态，丢开过去的一切姑妄言之、你且听之的创作作风。在世纪之交写实小说文本中，那种叙述主体声音直接介入叙述的元叙述时序也变得秩序化。文本大多通过形象叙说来衍生主体理性批判精神，纵使有理性批判的叙述话语介入也以自然写真为依托，而使叙述呈现出客观的非个人化姿态。

第二，世纪之交写实小说追求与读者的审美心理形成共鸣，反映出叙述话语的非个人化。

在世纪之交写实小说文本中，作家选取的大多是现实生活中存在的、有一定代表性的人物和事件。如《来来往往》中选取了事业上成功的男人为作品的主人公，以主人公在新经济状态下对爱情的追逐作为叙述事件。《买官》中选取身居镇党委书记位置的陈晓南为主人公，以他不惜使用一切手段牟取副县长职位作为叙述事件。《城市票友》写的是一位市委副书记在倍感工作劳累的时候，意外地成为一名可以在百姓中间放喉歌唱的"城市票友"，正当他沉浸在这种隐身民间的乐趣时，却被老婆发现并认为他这种行为有失身份与尊严，安排他在家娱乐，这位市委副书记再也体验不到那份"城市票友"的快乐心情，作品写出了官员身不由己的痛苦心理。……很显然，作家的目的是希望借这些大家熟悉而又陌生的故事来引发读者的思考，实现对所叙述事件和人物本质的认知，实现对客观世界深层的揭示和把握。而这一做法恰恰也构成了叙述话语非个人化的一个表征。因为，通过与读者的审美心理形成共鸣的方式实现对社会、人生的深刻把握，就不会让人们生出品味新写实小说、现实主义冲击波小说等文本时产生的那种只能苟同、不能辩说的阅读感觉。

第三，世纪之交写实小说塑造了一大批性格复杂的人物，反映出叙述话语的非个人化特征。

世纪之交写实小说塑造了一大批性格复杂的人物。例如，《履带》中主人公关天庆"是个新时代的战士，他酷爱军事，他渴望进军校深造，他有强烈的事业心和荣誉感，他富有牺牲精神，他对自己的战友一片真诚。但他不是完人，他打人骂人，他用比武的手段制服林海，他想以考军校当军官来提高自己的地位，缩小与夏雪的距离，他还让阮明亮去拉老乡关系争取预考名额"①；指导员纪树义"是一种典型，他忠于职守，时刻注视着每一个战士的思想动向，他不失时机地履行着自己的职责，但是他对自己的部下缺少一种可贵也是最根本的东西——真诚，他的全部工作都是敷衍和应付，他只对上级负责，只求不出事故"②。《大树还小》中暴发户白狗子是一个典型的"有钱就学坏"的男人，占有纯情少女是他人生一件最大的快事，然而，在得知自己现在的"小情人"正是他下放时曾经救过他性命的农民小树的女儿时，他用从未有过的不安的声调说："怎么会是这样！怎么会是这样！她怎么可以是小树的女儿哩！"③ 显示出良心发现的一面。《焚车》中的高岗是一个为达目的不择手段的商人，但是，就是这么一个常叫别人为他数钱的"奸诈"商人，一直遭受着车祸逃逸的良心谴责。《爱蚀》中的四平原本是一个老实巴交的

---

① 黄国荣：《奉献青春》，《小说月报》1997年第1期，第25页。
② 同上。
③ 刘醒龙：《大树还小》，《新华文摘》1998年第5期，第98页。

农民，在获得多方帮助富裕后他成为一个赌棍和强奸犯。……在变动不居的社会现实中，同传统理性写作相比，后现代写作最大的特征就是注重对人物的潜意识的揭示和描述，因此，在后现代写作文本中，我们经常可以看到关于暴力和情欲的淋漓尽致的书写，仿佛人们都在为了追求快感而活着。我们不否认人是有私欲的，但后现代写作简单地将人性归为自私与凶残的"个人化"做法显然失之偏颇。人是社会理性与自然非理性的统一体，一方面在社会伦理模式中循规蹈矩地活着；另一方面又破坏社会伦理以满足私欲。也就是说，人既有良心也有"狼心"，在私欲的驱使下，人可能会做出违背道德的事，但在良心的驱使下，人又会痛心疾首大放悲歌，比如上述的白狗子、高岗等人。世纪之交写实小说通过对这些人物非个人化多重性格的刻画，实现了对人性的客观认知，这是以往囿于后现代写作个人化叙述的文本所无法做到的。同样，世纪之交写实小说中出现的诸多性格较为全面的人物也证明了其叙述话语的非个人化姿态。

世纪之交写实小说反对"后现代写作"极力推崇的"个人化叙述"的做法，在叙述话语上，主张以一种中和的、既能反映社会大众心声又能充分展示作者自己对社会看法的方式——"非个人化叙述"作为自己的叙述话语姿态，再次将小说创作从非理性、无理性的深渊拉回理性的阳光下，让人们重新感受到理性的精神指引。同后现代写作话语的个人化造成的狭隘认知相比，话语的非个人化导致的结果是理性批判超越特征的诞生，使对世界本质的客观认知成为可能。世纪之交写实小说话语的"非个人化"为文学的进一步发展再次扫清了前进道路上的障碍。

第六节　结论:对后现代写作的
"反动"与"超越"

　　后现代写作是 20 世纪 50 年代末、60 年代初伴随西方后现代主义文化情境的出现而出现的一种文学创作现象。伴随中国改革开放以来对西方后现代主义文化的引入,后现代写作的边缘性、不确定性、平面性、无主体性、非规则性等诸多文学写作观念也开始进入中国,并且对中国小说创作产生深远影响。20 世纪 80 年代中期以来,在中国小说创作界出现的先锋小说、新写实小说、新状态小说、新市民小说、新都市小说、现实主义冲击波小说,包括 1999 年夏出现的"后先锋小说联展"都或多或少染上这种或那种后现代写作观念,从不同侧面、不同程度表现出这样或那样的后现代写作特征。诚然,后现代写作以其新颖的叙述姿态和视角给中国小说创作带来了新鲜空气,为中国小说创作的现代化转变创造了一定的条件,但是,伴随对后现代写作边缘性等诸多创作理念的过度张扬,我们看到,有一部分小说创作逐渐走向无理性、非理性的深渊,降低了中国小说创作对于现实的精神指引功能。对此,许多富于社会责任感和人文关怀的作家,纷纷寻求突破后现代写作这种负面影响的途径。例如,新写实小说颠覆先锋叙事"幻象世界",对"反映真实的生活"①创作视角的采纳;新状态小说以个体的精神凹度取代主题的高度和理念的深度的做法;新市民小说、新都市小说以崭新

---

　　①　丁立:《新写实:反映真实的生活》,《文化月刊》1998 年第 11 期,第 41 页。

的市民意识和都市意识向后现代写作无主题叙事发起挑战，等等。最为明显的是 1996 年出现的现实主义冲击波小说"以鲜明的社会意识反映广大民众在 90 年代的现实生存"①，已经显露出作家主体理性批判意识恢复的端倪。但是我们也看到，在特定的社会文化情境中，受后现代主义"零散化"的影响，新写实主义一般不对社会生活作过多的本质概括，不像传统的现实主义那样要写出主流，写出未来的趋势，对黑暗面和光明面做有计划的搭配工作。它强调贴近生活，写出生活的原生状态，写为衣食住行而烦恼的小人物的日常生活，从人们日常的生存的悲欢中透视人的生存状态和生存本相，这就决定了它不可能逾越后现代写作平面化的藩篱，不可能真正实现对后现代写作的突破。新状态小说、新市民小说、新都市小说也因为一直处在边缘题材叙事的圈套不可能实现对后现代写作的超越。现实主义冲击波小说虽然显露出鲜明的社会意识，但是它在审视现实时，有价值立场困惑、游移以至缺失的迹象，部分现实主义冲击波小说有知识分子话语偏执化解构迹象以及明显的反智倾向，这些决定它也不可能彻底走出后现代写作迷雾。

　　20 世纪 80 年代中期以来，中国文学对以解构主义为核心的后现代话语的选择和接受，是在旧的价值行将消亡、新的价值尚未完全确立、话语失禁、学术失范的混乱背景中实现的，它在还文学以本来面目，带来文学发展与更新的机遇的同时，也引发了文化人面积的塌陷。世纪之交，中国社会普遍进入市场经济时代，社会文化语境也显得空前复杂。就

---

　　①　丁帆、何言宏：《论二十年来小说潮流的演进》，《文学评论》1998 年第 5 期，第 59 页。

在这空前复杂的文化语境中，我们欣喜地看到，在中国小说创作界有一股既不同于后现代写作，也不同于传统道德理想写作，颇具共同文体倾向的写实小说创作潮流悄然兴起，并逐渐壮大起来。世纪之交写实小说是市场经济背景下的产物，自出现以来一直紧紧围绕"新经济状态"题材进行创作，对社会上出现的新鲜事物作尽现眼底的描绘，提供了一幅幅社会变迁的历史文化图景。更重要的是世纪之交写实小说在后现代写作带来的民间写真叙述视角的基础上恢复了主体理性批判的创作视角，因此使描写能够深入现实生活的内部，对现实生活作本质上的概括，而不仅停留在现实物象的表层作复制式的仿真记录，使文学真正成为充满人间烟火气息和深沉历史感的艺术。同时，我们看到，民间写真视角的坚持，也避免了官能感知带来的虚幻气息，而使创作趋于客观真实，而不是主观想象。近年写实小说在叙述技法上一改后现代写作元叙述姿态和叙事聚焦、叙事人称、叙事情境游移不定的姿态，恢复了叙事时间的秩序性和文本的戏剧性，这样一来，不仅文本更容易为读者接受，戏剧性的恢复也使小说的艺术性得以增强，使小说的可读性和可理解性得到加强。世纪之交写实小说在叙述话语上推崇"非个人化叙述"，非个人化叙述可以在更加广阔的视觉空间和思想空间结构文本。在阅读这类小说的时候，读者有一个共同的感觉就是，伴随创作视野的开阔，小说的现实感得到增强，小说创作呈现出一种大气的感觉，已逝的"崇高"以另一种方式和风貌回归了。市场经济带来了繁荣，同时也带来了人们观念上的变化，这是一个价值观念空前复杂化的时代。面对复杂的社会文化情境，中国人在享受现代文明成果的同时，也承受着来自各个方面的精神力量的冲击，很多人生活在精神失落、价值失范的时空，渴望得到正确的精神指引也就成为自然而然的事情。世纪之交写实小说将"生命不能承受之轻"作为自己创作的主题，在对现实的一种非轻飘、非虚无的回答中进行创作，无疑具有一定的精神指引功能。

　　从以上的分析中我们能够看到，世纪之交写实小说继后现代写作成功实现对传统道德理想写作的"反动"与"超越"之后，在一定程度上成功实现了对后现代写作的"反动"与"超越"，使中国小说创作冲出后现代写作的迷雾，取得了一定的艺术进步，为以后的中国小说创作发展提供了一种新的可能。

第四章

新世纪小说

新世纪最初十年，中国文学发生很大变化。首先，从创作对象看，因为社会经济发展获得巨大成功，除原来的反映社会问题为主的城市文学、改革文学、反腐文学、文化反思文学、儿童文学、历史文学、校园文学、军事题材文学等创作更加繁荣外，因为中国加入世界贸易组织，逐渐成为"世界工厂"，中国社会情况发生巨大变化，还出现以农民工为主要描写对象的农民工文学以及以社会主义新农村变化为主要题材的新农村文学。其次，从创作群体变化看，除了"70后"（新生代）、"60后"、"50后"依然不断为中国文学事业增砖添瓦外时有大作问世之外，"80后"（晚生代）作家开始跃跃欲试地抢占文坛主要阵地，成为文学创作阵营的生力军，"90后"天才作家也开始小荷露角。再次，因为中国经济进一步转型，更加充分融入全球经济体系，文化产业化呼声越来越高、步伐不断加快，文学商业化趋势越来越明显。此外，因为现代传媒业的迅猛发展，作家不再偏居社会一隅，有些成为媒体闪光灯下的明星，余秋雨、韩寒、郭敬明等人们耳熟能详，一种以网络媒体为依托的文学——网络文学开始繁荣，还出现了手机小说。

作为一种相对自由的人学，文学有自己独特的形式，其创作遵循独特的艺术规则。新世纪，伴随中国社会更加开放，中国经济愈发成功，中国人的精神将更加自由。伴随作家思维水平的不断提高，艺术操控能力的不断增强，中国文学题材视野与思想视阈不断扩大，作品思维水平也不断提高。

中国新世纪文学诞生在改革开放过程中，既是对新时期文学的总结发展，又是一种崭新的创造。这种创造中包含既往文学形态无法容纳的新内容、新精神。与中国社会历史变迁相一致，文学表现出一种崭新的面目，即在以后现代主义零度情感写作为特征的新状态文学基础上，进一步表现为"经验呈现与观念退隐"（李运抟《新世纪文学：经验呈现与观念退隐》），既包括"以网络空间为集结地与大本营"（江冰语）的"80后"写作（被张未民称为"新性情写作"），也缺少不了作为打工者之歌的"打工文学"（张未民语）；可以划分为传统写作、影视写作、网络文学三大类别（蒋子龙语）。从性质上看，同五四新文学开创的张扬主体性的现代性特点相比，新世纪文学呈现出鲜明的新现代性特征（张未民）。

进入新世纪，"70后"作家的创作明显受制于"销路与收入、出版策略等等"与写作有关的外在条件。① 中国新世纪文学是新时期文学的延续，因社会历史发展、文化语境变化的缘故，表现出许多新特点。中国新世纪文学出现重大体式变化。依照美国新马克思主义文学理论家詹姆逊的观点，文学是对社会的表征。深层透视、了解与把握新世纪文学变化，有利于我们正确把握中国社会历史变迁，发现社会中存在的问题，实现对历史发展规律的有力把握。依照传统观点，文学是对生

---

① 齐红、林舟：《从性别到身体——对"60后"与"70后"女性写作的比较》，《文艺争鸣》2008年第10期。

活的反映与艺术再现，以象征的方式表达着艺术家的愿望。新世纪文学呈现出崭新面目，也许可以改变人们对文学的传统观点。从文学话语范式上看，新世纪文学话语丰富多彩，不是简单一个声调下的众生喧哗，可以看做不同声部共同演唱的一首充满沉重、哀怨、忧郁之情，而又不乏明快、欢畅、高亢声音的中华民族之歌。对广大中国人民来说，新世纪是中华民族走向更加开放、自由、解放、富裕的世纪，也是很多旧问题没有来得及解决、新问题又层出不穷的世纪。

伴随着经济的发展，法律逐渐健全，个人独立自由愈加获得肯定，人们得到更充分的物质与精神保障。但是，从整体看，与往昔大致相同，同样是"90后"、"80后"，城乡与地域差异以及个人独特生活境遇在不同个体身上打下的精神烙印依旧非常清晰。城市里的"90后"，生活条件与学习条件较好的十几岁就已经展露天分，写出美妙动人的诗歌甚至开始长篇小说创作。城里的"80后"，因为较早接触网络，很多人已经成为著名网络文学写手。精神相对开放的"70后"城市男女作家，为获得更多的稿酬努力奔波，有的成为文艺界的明星人物。"60后"、"50后"中老年作家，因为已经有了比较稳定的社会地位，纷纷以自己的方式，或在悠闲中笔耕天下，或者用创作之笔从事利润最大化的商业写作，或者被扎根自己灵魂深处的社会良知驱使而不惜冒险地去揭露社会的阴暗面，同一些不良势力作斗争。同样是"90后"、"80后"，有的人从事网络武侠玄幻小说创作，有的从事商业利润写作，有的从事灵魂之思的创作，而有的就只能从事农民工写作，从事充满悲情的生存之歌写作。还有一部分人，与这些运气好而成了名的作家不一样。他们或者因为这或者因为那，没能成为作家。但是，新世纪网络时代的到来为他们抒发情怀提供了契机，或以博客或以日志的形式发表着自己的生活之思、人文之想。他们书写中国自己的情况与问题，书写中国人自己的愿望与希望、快乐与忧愁。

"范式"是由美国科学哲学家托马斯·库恩首先提出并在《科学革命的结构》（1962）中系统阐述的一个概念，指常规科学所赖以运作的理论基础和实践规范，是从事某一科学的研究者群体所共同遵从的世界观和行为方式。在库恩看来，"范式"是一种对本体论、认识论和方法论的基本承诺，是科学家集团所共同接受的一组假说、理论、准则和方法的总和，这些东西在心理上形成科学家的共同信念。作为一种方法，"范式"研究实质就是具有深刻的前提批判性质的总体性哲学批判。"话语"是人们说出来或写出来的语言，是特定社会语境中人与人之间进行沟通的具体言语行为，法国思想家福柯（Michel Foucault，1926—1984）把话语看做语言与言语结合而成的更丰富和复杂的具体社会形态，即与社会权力关系相互缠绕的具体言语方式。说话人、受话人、文本、沟通、语境等范畴及其相互关系是话语的主要构成。"文学"是以形象再现为根本方式，具有话语蕴藉特点的一种审美意识形态。作为一种"话语"，文学与哲学、历史、经济、法律、政治、文化、教育等并列构成社会总体意识形态。以"范式研究"作为方法着眼社会发展规律，那么新世纪中国文学总体上可以判断为：话语声调不一，但价值观没有混乱，文学仍表现为仁人与智识之作。

第四编
新时期先锋散文

历史进入新时期，中国散文创作日益繁荣。先有巴金冲锋在前，后有贾平凹等紧紧跟随，批判历史，描摹现实，情感哀痛而愤怒、郑重而忧伤，反映了中国百姓20世纪80年代的内心世界与生存情况。此外，80年代开始，余秋雨的为中国人寻找历史根源的文化散文备受关注。90年代以来，以哲学透视方式写作散文的周国平也得到赞扬。总结新时期先锋性散文创作，还有一个人的散文创作必须受到尊重，这个人就是季美林。综观季美林的散文创作，我们认为，他的散文在中国散文历史上已经构成一座精神高峰，他的散文创作，在中国新时期文学史上首屈一指。

第一章

巴金《随想录》

"文化大革命"结束，巴金在文学创作中开始"讲自己心里的话，讲自己相信的话，讲自己思考过的话"。他在一篇散文中高喊："唱吧，盲姑娘，有一颗热恋光明、向往光明的心，你的生命之烛是不会黯然无光的。"对社会光明充满热爱，对黑暗腐朽充满批评。这样的情愫，早在他1934年发表的一篇作品中就有所表达："X君在未读《论语》时，虽然写不通文章，但他还知道'光明'，还知道时间给他带走了什么，还知道什么东西'枷锁着'他，还知道'元旦日没有什么赐福'，还知道'目前是黯淡的'。至少他还是一个现代的人。可是等到他读过《论语》以后，情形便不同了，他现在只知道'天气困人'，只知道'偷懒'，只知道'夏日悠哉'，只知道'风清月白'，'莫孤明月'，只知道'常与麻雀为朋'，知道'无聊'。试问我们能够从这些话句里嗅出点现代人的气息么。""把一个现代的人变做过去的人，这也是'《论语》'的一点小小的功劳'罢。"（原载1934年11月《太白》第1卷第5期，署名余一）因此，我们可以说，巴金先生"文化大革命"之后的《随想录》恢复了他以往创作的社会、文化批评勇气。在巴金的《随想录》（五四精神回归）带动下，文学创作尤其是散文创作走向摆脱政治桎梏的审美自治，开始了新颖的美文书写，如贾平凹的《地平线》、《月迹》以及赵丽宏的《童年笨事》等。

　　在新时期散文创作中，无论从主题与风格的创新性还是对后来创作的影响力上看，首推巴金的《随想录》。《随想录》不仅大胆地批判了社会，而且探索开拓了散文创作的新思维、新形式。

第一节　主题:大胆进行社会批判

　　学术界公认的第一位西方马克思主义文艺理论家卢卡奇发现了"总体性"这个范畴，强调马克思主义就是关涉总体性的学问。第一个将马克思主义理论哲学化的理论家——德国法兰克福学派学者阿多诺在审视马克思主义理论特点的时候，指出那是一种具有否定批评特质的总体性辩证法。否定与批判是马克思主义活的灵魂，也是西方现代文化的精要。新文化运动之后，中国大力引入西方现代文化，归根结底是倡导一种否定批判的社会文化氛围，以期打破落后政治经济体制，激活思想，缔造新的社会文明。

　　新中国成立后，大力开展社会主义建设，因为这样那样的原因摒弃了新文化运动开创的优良社会批判传统。在一种以讴歌社会主义为本体精神追求的舆论声中，中国文学日益走上"非"总体性社会批判道路，失落了老一代文化建设者孜孜以求的真正现代精神与马克思主义活的灵魂。文学中人物形象开始走向高大全，文学本身变得假大空。社会上，政治话语日益独大，文学、艺术、哲学等人文话语遭受破坏，文学变成了不良的"政治帮凶"，社会人文环境日益恶化，最终出现失控的

"文化大革命"。

"文化大革命"结束之后,巴金等幸免于难的老作家,以一个知识分子的良知回忆那段经历,以形式相对自由的散文写作,在满心愤恨下拉开新文学创作的精神帷幕。巴金从1978年年底,在香港《大公报》开设《随想录》专栏开始这样的写作,历经八年,发表文字达四十二万。巴金这些散文,以写实的方式记录自己身边的事情,其中既批判了"四人帮"以及"文化大革命",也揭露批评了自己的怯懦。如在《遵命文学》中,他表达了对柯灵的歉意,批判了自己灵魂的怯懦。

《随想录》共五集,第一集收随想三十篇。在这集的出版后记中巴金说:"古语说:'人之将死,其言也善。'我过去不懂这句话,今天倒颇欣赏它。我觉得我开始在接近死亡,我愿意向读者们讲真话。《随想录》其实是我自愿写的真实的'思想汇报'。至于'四害'横行时期被迫写下的那些自己咒骂自己的'思想汇报',让它们见鬼去吧。"巴金写作《随想录》,是以其七十多年的人生经历,在思考,在反省,在发出自己对一些社会现象的见解。在集中第一篇散文《谈〈望乡〉》里他就坦然地以历史理性对当时一些权力人物对电影《望乡》的担心提出了自己的看法,并在文章结语处直抒胸臆地说:"看完《望乡》以后,我一直不能忘记它,同别人谈起来,我总是说:多好的影片,多好的人!"在《我的老家》中他明确指出:"我对封建主义流毒的揭露,绝不会跟着旧时代的被埋葬以及老家的被拆毁而消亡。"

《毒草病》对"文化大革命"提出控诉:"这些年来我有不少朋友死于'四人帮'的残酷迫害,也有一些人得了种种奇怪的恐怖病(各种不同的后遗病)。我担心自己会成为'毒草病'的患者,这个病的病状是因为害怕写出毒草,拿起笔就全身发抖,写不成一个字。"《绝不会忘记》提醒人们不能忘记历史,小心悲剧重演,与部分缺乏历史理性眼光的人争辩说:"'四人帮'垮台才只三年,就有人不高兴别人控诉他们的罪恶和毒害。这不是健忘又是什么!我们背后一大片垃圾还在散发恶臭、染污空气,就毫不在乎地丢开它、一味叫嚷'向前看'!好些人满身伤口,难道不让他们敷药裹伤?""我们应当向前看,而且我们是在向前看。我们应当向前进,而且我们是在向前进。然而中华民族绝不是健忘的民族,绝不会忘记那十一年中间发生的事情。""文化大革命"结束之后的巴金,开始和鲁迅一样,"敢于直面淋漓的鲜血,敢于直面惨淡的人生"。勇敢地面对"文化大革命"带来的灾难,面对自己人格曾经出现的扭曲。开始以真实的写作,鞭笞社会、批评历史,否定自己曾经的精神怯懦、灵魂卑微。其创作目的明确——对"文化大革命"进行深刻的个人反省。因此,其创作素材大多取自"文化大革命"期间耳闻目睹之事,亲身经历之感。当然,其中也不乏对其身边正在发生的不良现象的批评。

第二节　风格:学养凝结、探索求新

从《随想录》部分文字的题目《怀念胡风》、《怀念均正兄》、《怀念萧珊》、《我的哥哥李尧林》、《我的名字》、《又到西湖》、《病中》、《一篇序文》等就能看出,巴金的《随想录》所涉及的事情大多是他自己的亲身经历。在他笔下,散文忽然变小,不再假大空,不再政治化,这种变化直接影响青年一代作家散文创作审美取向。

在《随想录》中,巴金明确回答了一些人关于散文应该如何写的问题,尤其较为深入地谈了"探索"问题。

早在 1978 年 12 月 1 日为《随想录》写作的《总序》中，巴金就已经为自己的这份散文创作定了基调："我一篇一篇地写，一篇一篇地发表。这只是记录我随时随地的感想，既无系统，又不高明。但它们却不是四平八稳，无病呻吟，不痛不痒，人云亦云，说了等于不说的话，写了等于不写的文章。那么就让它们留下来，作为一声无力的叫喊，参加伟大的'百家争鸣'吧。"1979 年 8 月 11 日在《随想录》第一集的后记中，巴金再次强调："过去我吃够了'人云亦云'的苦头，这要怪我自己不肯多动脑筋思考。虽然收在这里的只是些'随想'，它们却都是自己'想过'之后写出来的，我愿意为它们负责。"从巴金的一再表态中，我们能感受到《随想录》是其内心的呐喊、灵魂的声音。

《随想录》在写作的过程中，受到众多读者的赞颂，也遭受一些读者的质疑，巴金在《探索》一集的后记中作出了明确的回答。"最近有几位香港大学学生在《开卷》杂志上就我的《随想录》发表了几篇不同的意见，或者说是严厉的批评吧：'忽略了文学技巧'、'文法上不通顺'等等，等等。迎头一瓢冷水，对我来说是一件好事，它使我头脑清醒。我冷静地想了许久，我并不为我那三十篇'不通顺的'《随想》脸红，正相反，我倒高兴自己写了它们。从我闯进'文坛'的时候起，我就反复声明自己不是文学家，一直到今年四月在东京对日本读者讲话，我仍然重复这个老调。并非我喜欢炒冷饭，只是要人们知道我走的是另一条路。我从来不曾想过巧妙地打扮自己取悦于人，更不会想到用花言巧语编造故事供人消遣。我说过，是大多数人的痛苦和我自己的痛苦使我拿起笔不停地写下去。我爱我的祖国，爱我的人民，离开了它，离开了他们，我就无法生存，更无法写作。我写作是为了战斗，为了揭露，为了控诉，为了对国家、对人民有所贡献，但决不是为了美化自己。"几十年如一日热爱创作的巴金，对什么样的散文才是真正的散文有着非常清晰的认识。文学不是某种形式，就像福柯所言，文学是一种权力话语，是人们用来表达自己心声的文字载体，而散文在这些载体中又是最便捷的。在巴金看来，他写散文的目的就是表达自己的思想见解，因此，没必要把散文打扮成花枝招展可供欣赏的花瓶。也就是说散文在巴金心中形式可以不拘一格，如同他写小说一样，别人怎样写不关他的事情，他自己就按照自己的语言逻辑去创作。他自己走的始终是与其他人不尽相同的"另一条路"。

他在《探索》一集的《探索2》中说："我就是从探索人生出发走上文学道路的。五十多年来我也有放弃探索的时候，但是我从来不曾离开文学。我有时写得多些，写得好些；有时我走上人云亦云的大道，没有写作的渴望，只有写作的任务观念，写出来的大都是只感动自己不感动别人的'豪言壮语'。今天我还在继续探索，因为我又拿起了笔。停止探索，我就再也写不出作品。"巴金的一生是探索的一生，包括其写作《随想录》也是在探索。从其形式上看，也可以概括说《随想录》是探索的写作——包括关于散文到底应该怎么样写的探索。

历史上很少有人集中笔墨进行反省式的创作。"文化大革命"十年中国受害者众多，大家都在反思，但是像巴金这样将反省作为精神任务的人并不多，也可以说唯有他创建了独特的对于"文化大革命"进行反思的"精神博物馆"。很显然，这是他探索人生的一次重大实践。中国人中有健忘族，这些人不希望把精力浪费在"伤痕"、"反思"中。巴金怕这些人增强中华民族健忘的性格，所以，后期《随想录》实际是在辩驳中开展的创作，这也可以说是在探索。探索不应简单的是某种艺术形式的探索，"皮之不存，毛将焉附"，在巴金看来，艺术创作的本体精神出了问题，如果放任不管，就如同一个人得了精神病，不去医治，反而去找来衣服帽子包装一番，还免不了是个精神病患者。

在巴金看来，文章最重要的是说真话。但是提倡说真话也会遭到质疑，他在《真话集》后记中指出："近两年来我写了几篇提倡讲真话的文章，也曾引起不同的议论。有人怀疑'讲真话'是不是可能。有人认为我所谓'真话'不一定就是真话。又有人说，跟着上级讲，跟着人家讲，就是讲真话。还有人虽不明说，却有这样的看法：'他在发牢骚，不用理它们，让它们自生自灭吧。'我钦佩最后那种说法。让一切胡言乱语自生自灭的确是聪明的办法。"面对人们对说真话的不屑以及质疑，巴金给予较为充分的思考并回答说："为了证明人还活着，我也要讲话。讲什么？还是讲真话。""真话毕竟是存在的。讲真话也并不难。我想起了安徒生的有名的童话《皇帝的新衣》。大家都说：'皇帝陛下的新衣真漂亮。'只有一个小孩子讲出真话来：'他什么衣服也没有穿。'早在一八三七年丹麦作家汉斯·安徒生就提倡讲真话了。"在巴金这里，文学创作并不会因为表面形式的变化而改变其内容实质，其锲而不舍的批判"文化大革命"及其落后意识，其中奥秘也许就在这里。

第二章

贾平凹《商州初录》

　　贾平凹，1952 年出生，1975 年西北大学中文系毕业，1973 年开始发表作品，1982 年以后从事专业创作。他于 1983 年发表的散文性质作品《商州初录》，无论是创作主题方面，还是形式追求方面，均影响甚大。当巴金等老一辈作家还徜徉在对"文化大革命"及其传统落后观念和人性弱点的批评，贾平凹以自己年轻人的素朴认识以及素朴写作方式完成了《商州初录》，开始了着重介绍地方风土人情、百姓淳朴生活的散文写作。综观贾平凹的 20 世纪 80 年代散文创作，能够发现，他开创了散文写作一个崭新的精神向度，其作品《商州初录》构成了年轻一代散文写作中的先锋重镇。

第一节　题材与主题：讴歌并批判民间现实

　　很多作家认为，初级写作者写经验，中级写作者写技巧，高级写作者写学养。《商州初录》的写作已经很成熟，它不是贾平凹的第一部作品，贾平凹在写这部作品之前写了《腊月　正月》、《鸡窝洼人家》等小说，但《商州初录》仍然可以看做他专业创作的开始。那些小说写的正是他熟悉的农村，是他生活中的经验。《商州初录》是那些小说写作的继续，也是那些小说写作之后的大成之作。如《引言》中指出商州人"有了钱，吃得像样了，穿得像样了，顶讲究的倒有两样：一是自行车，一是门楼。车子上用红线缠，用蓝布包，还要剪各种花环套在轴上，一看车子，就能看出主人的家景，心性。门楼更是必不可少，盖五间房的有门楼，盖两间房的也有门楼，顶上做飞禽走兽，壁上雕花鸟虫鱼，不论干部家，农夫家，识字家，文盲家，上都有字匾，旧时一村没有念书人，那字就以碗按印画成圆圈，如今全写上'山青水秀'，'源远流长'"。集中十余篇写的尽是商州山水及商州人商州事。

　　除了《引言》，《商州初录》还包括《黑龙口》、《接骨老汉》、《天伦之乐》、《生活的强者》、《摸鱼捉鳖的人》、《刘家兄弟》、《小白菜》、《一对恩爱夫妻》、《屠夫刘川海》、《白浪街》、《镇柞的山》等篇。每篇文章都以写实笔法描绘风土人情，而且均能联系当时社会实际，呈示百姓精神面目，以现实生活作为主要内容，不经意间绘制出一幅幅民间历史图画。比如《镇柞的山》一文写道："小型水电站日益发展，村村都有了电灯、电磨，粉碎机，用不着麦子用枷、棒槌打了，用不着粮食在屋角的手摇石磨上磨了。"其中不乏对社会新变化的描摹以及对积极努力生活着的人们的歌颂。对《接骨老汉》中的老汉，对《石头沟里一位复退军人》中勇于追求幸福生活的年轻寡妇，《摸鱼捉鳖的人》中那个憧憬爱情婚姻的男青年，作者都持肯定态度。

　　贾平凹描摹赞美淳朴乡情的同时，也比较细致地展示了商州乡民生活中存在的不如人意之处。在《商州初录》中不乏对不合理的社会现象与旧俗陋习的批判性展示。比如《桃冲》一文介绍了摆渡老汉一家在 20 世纪 50、60 年代的生存生活情况，写到致富能手竟然惨遭欺辱迫害，而不得不离开自己热爱的地方，流露对当时社会不合理的批判。《一对情人》写了一对年轻男女恋爱的故事，女子爸爸得不到一千二百元就不同意其女出嫁，向我们展示了亟待改变的旧俗陋习。《石头沟里一位复退军人》揭露了百姓间亦存在仗势欺人、践踏人权的情况。《小白菜》以沉痛笔触描写了一个演艺高超的女子到处受欺负的红颜薄命的经历。《一对恩爱夫妻》讲述了一个公社书记淫奸欺凌百姓的故事，那个有权的书记逼得良家妇女不得不自毁容颜，以求生活的安宁。《屠夫刘川海》讲述了村里的治保委干涉青年男女自由恋爱的事情。

现代文学理论告诉我们，文学离不开历史理性，也离不开道德情感即社会伦理情操。历史理性与伦理情操是文学的两大支柱。贾平凹的《商州初录》不自觉地依照着这样的原则，或者说在开创这样的原则。"文化大革命"结束，政治观念在重塑，文学观念也在重树，文学创作界没有一种现成的文学精神等待作家去发挥。"天下洪荒，宇宙茫茫"，作家的写作方式与目的要由自己来确定。贾平凹不愧为创作奇才，面对满目疮痍的文学现实，独自展开了深刻理性思索以及伦理情感审视。在《商州初录》的《引言》中，贾平凹在深广的历史理性视阈下，给大家详细地介绍了商州这个地方的风土人情。结尾处明确指出："如今，我写这本小书的工作，只当是铁路线勘测队的任务一样，先使外边的多少懂得这块地方，以公平而平静的眼光看待这个地方。一旦到了铁路修起，这本小书就便可作卖辣面的人去包装了，或是去当了商州姑娘剪铰的鞋样了。但我却是多么欣慰，多多少少为生我养我的商州尽些力量，也算对得起这块美丽、富饶而充满着野情野味的神秘的地方和这块地方的勤劳、勇敢而又多情多善的父老兄弟了。"可见，其写作目的明确，不同于一些有很豪迈精神主题的创作。

其主题看起来较平淡，但却很真挚。

第二节　技法与风格：继承写作传统
与创新散文方法

　　写作本质上是虚构的，但写作中有的事物是不能虚构的，比如作家面对事物的情感态度。贾平凹以一颗朴实的心灵面对自己熟悉的写作对象——商州农村百姓生活。《商州初录》大量描写农村，书写民间景象，记录平民情感。里面没有直接的歌颂，却充满了淳朴美好的情感。

　　伴随新写作领域的开辟，贾平凹的《商州初录》迎来了崭新的主题收获——写作开始真正降临民间。"文化大革命"之后的写作不再是政治意识形态主导的写作，而是作家自己确定主题的写作。小说、诗歌领域伤痕反思流行，巴金的散文批判性极强，大家都在尝试中写作并体验成功的快乐。贾平凹不是老作家，是新中国成立后出生的"文化大革命"期间的大学毕业生。与其说《商州初录》有伟大精神抱负，不如说是他散文的"尝试集"、"模仿集"、"摸索集"。《引言》中流露的较为深广的历史理性，纵横历史文化天空，驰骋现实差异世界，忽而"霸王"、"《史记》"，再而"黑龙潭与乌骓马"、"米脂貂蝉与马嵬玉环"，进而"姚雪垠与《李自成》"、"闯王与商州"、"商鞅封地"，与巴金《随想录》写法精神不二，践履着"散文写作形散而神不散"的承诺。

　　在《引言》中，作者还欲扬先抑，首先以政治话语、文化话语等社会惯常中心话语审视商州，"商州从未出现过一个武官骁将，比如霸王"，"也未有过倾国倾城佳人，米脂有貂蝉，马嵬死玉环"，"搜遍全州，可怜得连一座像样的山也不曾有，""截至目前，中央委员会里是没有商州人的"。紧接着，开始大力描写商州较为独特而值得注目的山水地貌、风土人情："土里长树，石上也长树，山有多高，水就有多高。有山洼，就有人家，白云在村头停驻，山鸡和家鸡同群。屋后是扶疏的青竹，门前是妖妖的山桃，再是木桩篱笆，再是青石碾盘，拾级而下，便有溪有流，遇石翻雪浪，无石抖绿绸。水中又有鱼，大不足斤半，小可许二指，鲢、鲫、鲤、鲇，不用垂钓，用盆儿往外泼水，便可收获。""尤其到了冬日，各家以八斗大瓮窝一瓮浆水酸菜，窖一窖红薯，苫一棚白菜，一个冬天也便过去了。……随时见着有长猪耳朵草的地方，用手掘掘，便可见一洼清泉，白日倒影白云，夜晚可见明月，冬喝不冷牙，夏饮肚不疼，所以商州人没有喝开水的习惯，亦没有喝茶水的嗜好……更奇怪的是商州人在年轻时，是会有人跑出山来，到关中泾阳、三原、高陵，或河南灵宝、三门峡去谋生定居，但一过四十，就又都纷纷退回，也有一些姑娘到山外寻家，但也都少不了离婚逃回，长则六年七年，少则三月便罢，两月就了。"

《引言》总体介绍商州之后，后面以旅行记录方式通过《黑龙口》、《接骨老汉》、《天伦之乐》、《生活的强者》、《摸鱼捉鳖的人》、《刘家兄弟》、《小白菜》、《一对恩爱夫妻》、《屠夫刘川海》、《白浪街》、《镇柞的山》等篇章具体地描摹商州风土人情，实现了《引言》的设想。综观整部作品，贾平凹以社会调查的方法来进行《商州初录》的写作，绘制了商州自然与人文图谱——贾平凹的商州图绘。从其总体情况看，这样的创作应该说是独树一帜的——"蒸发掉了政治意识形态"，以自己的人文情怀、社会良知、切身体验、独特感悟进行"总体性批判"的抒写。从这样的创作中我们能看出后来莫言等人"新历史主义文学"的影子，能够看到后现代主义的边缘关注，也能看到商品经济文学的萌芽，最重要的是我们还能看见贾平凹开始成为"思想独立行走的作家"。《商州初录》之后，1984 年《相思》、1986 年《陋室》、1989 年《祭父》等的写作，均是这样的风格——写自己熟悉的对象，把握那些能把握住的题材。

第三章

余秋雨高端文化凝视

如果说巴金以自己切身体验为素材的散文创作点燃了主体自我意识觉醒的火炬，贾平凹用自己平民的声音在平民生活世界的考察中说真话，余秋雨则开始在学者关注的文化及逻各斯透视中，沉重地告诉我们"你是谁"。著名哲学家卡西尔在广泛文化符号学考察中发现，每个人都是自己民族文化的一个符号。而余秋雨以其文化大散文写作，图绘了我们的文化身份。

第一节 文化大散文的缘起

余秋雨借着散文的书写，以文明的碎片方式，为我们勾勒了中华民族文化精神图谱，或者说带领我们触碰了中华文化基因。关于这一点，在其 2008 年春天为《摩挲大地》（融合了《文化苦旅》、《山居笔记》里面的优秀篇章）写的序里有所表述。他曾经不解为什么自己的文化大散文受到海内外读者的欢迎，台湾著名作家白先勇对他说，那是因为他"碰到了中华文化的基因，那是一种文化 DNA，融化在每个中国人的血液中。大家读你的书，也就是读自己"。

究其根本，其创作的成功源于其伟大的写作抱负——进行以文化为题材能与读者进行双向交流的大文学写作。他自己的说法是："当极左派又把这场文化抢救运动称之为'右倾翻案风'要进行反击的时候，我就潜藏到浙江的一座山上，开始了对中华经典的系统研读。由此一发不可收，直到后来独自去寻觅祖先留在书本之外的文化身影，再去探访与祖先同龄的异国老者们的远方故宅，走得很远很远。……终于，我触摸到了中华大家庭的很多秘密，远比想象的精彩。这当然不能由自己独享，我决定把自己阅读和旅行的感受写成文章，告诉同胞，因为他们都为中华文化承担过悲欢荣辱。"（《摩挲大地·序言》）于是决定"用最感性的'宏伟叙事'来与广大读者对话，建构一种双向交流的大文学"。也因此，他的写作触动了很多中国人的神经。

余秋雨的散文打造了一个历史文化大观园，无论是《道士塔》、《莫高窟》还是后来的《沙源隐泉》、《贵池傩》、《三峡》、《都江堰》、《阳关雪》、《白发苏州》、《青云谱》、《黄州突围》、《天涯的眼神》、《山庄里的背影》，讲述的都是历史文化故事，弥补了"文化大革命"后中国文化界的文化匮乏。"多快好省地建设社会主义新中国"以及"文化大革命"严重破坏了中国文化，人民对文化尤其是关于自身出处的历史文化存在着渴盼，余秋雨的创作如一场文化及时雨，洒落久旱的中华大地以及海外华人心田。这样的一种文化先锋性散文创作，无疑为后来西学的繁荣以及国学的兴盛带来精神契机。如作者在《摩挲大地·序言》中所言，身为中国人不熟悉自己的文化历史就如同一个人不知道自己是谁生养的孩子，活着没有了根基，没有了底气。我们是谁？我们是建筑都江堰的李冰的后代，是贬谪黄州的苏轼的后代，我们血管里流淌着李冰、朱熹的智慧，苏轼、李白的才情，我们欺凌同族，我们被同族唾弃，我们遭受外侮，我们也奋起抵抗外侮……我们的家在阳光明媚的岳麓书院，我们的家在荒凉凄冷的宁古塔……余秋雨通过一个个历史人物，一段段历史往事，让我们知道了自己的身世，了解了自己的来历，也看清了未来前进的方向。

第二节　文化的凝视

中国的文化为什么没有中断？余秋雨在《十万进士》中作了这样的思考："中华文明能够成为人类各大古文明中唯一没有中断的特例，科举制度起了最关键的作用。""在一千三百年的历史上，每隔三年就有大批文官选拔出来，参与管理庞大的疆域，这种奇迹，其他古文明连做梦都无法想象——它们始终没有构建起可长期持续的管理者选拔机制。更重要的是，选拔的标准是文化，尤其是儒家文化；这使一代代无数年轻的生命为了争取仕途而朝夕诵读，一旦考中为官，又以这种文化'治国平天下'。因此，文化也就获得了最有效的延续。这种情况，在其他古文明中也没有出现。"虽然我们今天开始致力于新文化新文明的建设，我们依然要清楚，"十万进士、百万举人，都是我们的文化前辈。中华文化的大量奥秘都在他们身上。他们被污辱、被扭曲、被推崇，都是代表着中华文化在承受。因此，他们是我们研究中华文化最根本的坐标。不要糟践他们，也不要为他们过度辩护。由于他们传代久远，由于他们庞大的人数，更由于他们的基本功能，我们还是应该给予尊重。这也是我对中华文化的整体态度"。

他也以辩证目光分析了科举制度的弊端："科举制度给中国知识分子带来的心理痼疾和人格遗传，主要有以下几个方面：其一，伺机心理。……伺机心理也可称做苦熬心理。本来，以奋斗求成功、以竞争求发达是人间通则，无可非议，但中国书生的奋斗和竞争并不追求自然渐进，而是企盼一朝发迹。成败贵贱切割成黑白两大块，切割线前后双重失态。……于是，中国书生也就习惯了这样怪异的平衡：愤世嫉俗而又宣布与世无争，安贫乐道而又暗示怀才不遇。他们的生活旋律比较单一，那就是在隐忍中期待，在期待中隐忍。""其二，骑墙态势。科举制度使多数中国读书人成了政治和文化之间的骑墙派。两头都有瓜葛，两头都有期许，但两头都不着实，两头都难落地。……围绕着科举，政治和文化构成了一个纠缠不清的怪圈：不太娴熟政治，说是因为文化；未能保全文化，说是为了政治。文人耶？官吏耶？均无以定位，皆不着边际，既无所谓政治品格，也无所谓文化良知。'百无一用是书生'，但在中国，常常因百无一用而变得百无禁忌。虽萎弱却圆通，圆通得没有支点，圆通得无所作为。""其三，矫情倾向。科举考试的成功率很低，因此必须割舍亲情牵连，让全家男女老少一起投入没有期限的别离和等待。一来二去，科举便与正常人情格格不入。""除了上述三方面人格扭曲外，科举制度还不得不对考生进行一次严重的人格污辱，那就是一整套反作弊的措施。……几百年反作弊的夸张行动也给中国文化本身带来一个毛病，那就是特别注意记忆功能。直到现代，很多人被尊为国学大师、学富五车，基本上都是在称奖他们的记忆功能，而不是创造功能。我认为，这完全是出于那些挟带不成的考生对于不必挟带的考生的佩服，居然延续至今，成为一种文化心理定式。"余秋雨以平实的分析，对中国文化的弱点，给予充分揭示。

在《一个庭院》中，余秋雨以历史理性为出发点，批判指出："我觉得非常奇怪：为什么直到四十多年后的今天，中外研究者笔下的'文化大革命'灾难，仍然是北京上层政治圈的一串人事更迭？其实，站远了看，当时有一些真正的大事会让今后的历史瞠目结舌，却被今天的研究者们忽略了。其中最大的一件，就是全国规模的停课废学。""停课废学，不仅使中华文化立即面临着中断的危险，而且向社会释放出了以青年学生为主体的大批完全失控的人群——他们快速转化成了破坏性暴力，很多悲剧便由此而生。"指出无教育的严重后果。同时，也对教育的功能作了辩证分析："教育固然不无神圣，但并不是一项理想主义、英雄主义的事业。一个教师所能做到的事情十分有限。我们无力与各种力量抗争，至多在精力许可的年月里守住那个被称做学校的庭院，带着为数不多的学生参与一场陶冶人性人格的文化传递，目标无非是让参与者变得更像一个真正意义上的人。但是，面对这个目标，又不能期望过高。"并以自己切实体验指出："面对社会历史的风霜雨雪，教师掌握不了什么，只能暂时地掌握这个庭院、这间课堂、这些学生。是的，我们拥有一个庭院，像中国古代的书院，又像今天和未来的学校。别人能侵凌它，毁坏它，却夺不走它。很久很久了，我们一直在那里，做着一场文化传代的游戏。至于游戏的结局，我们都不要问，因为事关重大，甚至牵涉到民族和人类的命运。"这篇文章告诉人们，如果教师在强权话语下没有安全地位，教育也便没了保障。

余秋雨还以深刻的学者之思对强权政治进行了批判。他在《宁古塔》中写道："残忍，对统治者来说，首先是一种恐吓，其次是一种快感。越到后来，恐吓的成分越来越少，而快感的成分则越来越多。这就变成了一种心理毒素，扫荡着人类的基本尊严。统治者以为这样便于统治，却从根本上摧残了中华文明的人性、人道基础。这个后果非常严重，直到已经废止酷刑的今天，还没有恢复过来。""文明可能产生于野蛮，却绝不喜欢野蛮。我们能熬过苦难，却绝不赞美苦难。我们不害怕迫害，却绝不肯定迫害。部分文人之所以能在流放的苦难中显现人性、创建文明，本源于他们内心的高贵。他们的外部身份可以一变再变，甚至终身陷于囹圄，但内心的高贵却未曾全然销蚀。这正像有的人，不管如何追赶潮流或身居高位，却总也掩盖不住内心的卑贱一样。"在《山庄里的背影》中写道："在我们中国，许多情绪化的社会评判规范，虽然堂而皇之地传之久远，却包含着极大的不公正。我们缺少人类普遍意义上的价值启蒙，因此这些情绪化的社会评判规范大多是从封建正统观念逐渐引申出来的，带有很大盲目性。""知识分子总是不同寻常，他们总要在政治、军事的折腾之后表现出长久的文化韧性。文化变成了他们的生命，只有靠生命来拥抱文化了，别无他途。明末以后是这样，清末以后也是这样。"

余秋雨没有给出关于未来的明确答案，他只是告诉我们，我们的历史是什么样，我们的祖先是什么样。他以文化散文的方式，为我们浮现历史的轮廓，这次浮现不同于他所读之历史书，而是以他自己的现代人情怀与目光在审视历史，这是史学家的目光，更是哲学家的目光，有别于历史学家与哲学家的地方在于，其中融入了现代人文情怀——以普通人的自由解放为精神旨归——种归根结底意义上的无论什么时代都无法摧毁的本体论性质的精神。

新世纪到来之际，余秋雨仍然坚持文化散文创作，将自己思维视阈从中国转向中亚、西亚、北非，转向西方，"去寻找人类古代文明的路基，却发现竟然有那么多路段荒草迷离、战壕密布、盗匪出没。作为我们的生命基座，中华文明也伤痕累累，却如何避免了整体性的崩坍？这种避免付出了多大的代价？哪些代价是正面的，哪些代价是负面的？过去的避免能否担保今后？更重要的是，现在世界上生龙活虎的年轻文明，过多少时间，会不会重复多数古代文明的兴亡宿命？整部日记，都贯穿着这种疑问"。(《千年一叹》自序)"在欧洲漫游期间，惊讶不多，思考很多。……我不能不深深思考。它们为什么是这样？中国为什么是那样？""从美第奇家族的府邸到巴黎现代的咖啡馆，从一所所几百年历史的大学到北欧海盗的转型地，我一直在比较着中华文明的缺失。它的公民意识、心灵秩序、法制教育、创造思维，一次次使我陷入一种整体羞惭。但是，走得远了，看得多了，我也发现了欧洲的忧虑。早年过于精致的社会设计成了一种面对现代挑战的体制性负担，以往远航万里的雄心壮志成了一种自以为是的心理狭隘，高福利的公平理想成了制约经济发展的沉重滞力……总之，许多一直令我们仰慕不置的高塔，已经敲起了越来越多的警钟，有时钟声还有点凄厉。"(《行者无疆》自序)从而为我们绘制了比较清晰完整的世界文化地图。他在告诫我们，作为一个现代中国人，我们不仅属于我们自己的文化，我们也属于世界，任何民族主义与地区主义文化主张都是狭隘的、片面的、没有前途的，我们应该在世界文化精神范畴下建设自己的民族文化，做好宇宙的子民，世界的儿子，而不是传统文化的奴隶。

余秋雨说："与笔端相比，我更看重脚步；与文章相比，我更关注生命；与精细相比，我更倾情糙粝。我是行路者，不愿意在某处流连过久。安适的山寨很容易埋葬憧憬，丰沛的泉眼很容易滞留人生，而任何滞留都是自我阻断，任何安顿都是创造的陷阱，任何名位都会诱发争夺，任何争夺都包含着毁损。"(《千年一叹》自序)他依旧坚持着自己的文化历史写作道路。

第四章

周国平心语

综观新时期具有代表性的散文创作，如果说余秋雨散文成功的妙诀在于选用最好的材料并精细加工，为读者奉献的是宫廷御宴；贾平凹散文成功的奥秘在于为大家提供了大众口味的家常饭菜，久吃不厌。那么，周国平散文就可以说是为人们创造了一种前所未有的麻辣鲜香的美食。周国平散文主要特点在于哲学理性，往往鞭辟入里，撼人心魄。

第一节　20 世纪 80 年代理性书写

20 世纪 80 年代是中国社会文化语境不断变迁的时代，是人们普遍向往理性、民主与自由的时代。周国平熟读西方哲学著作，以哲学笔触在理性的海洋中游走。其散文写作善于见微知著，敢于讨论敏感话题，对重大人生概念与人们熟知事物重新进行时代精神评价与历史理性重估，帮助人们正确认识人生中的一些常见事物的本质，进而端正生活态度。例如，关于女人，他写道："大艺术家兼有包容性和驾驭力，他既能包容广阔的题材和多样的风格，又能驾驭自己的巨大才能。好女人也如此。她一方面能包容人生丰富的际遇和体验，其中包括男人们的爱和友谊，另一方面又能驾驭自己的感情，不流于轻浮，不会在情欲的汪洋上覆舟。"（《性爱五题》）关于旅游，他写道："寄旅和漫游，深化了我们对人生的体悟：我们无家可归，但我们有永恒的归宿。"（《旅＋游＝旅游》）关于读书，他写道："凡是真正爱书的人，想必都领略过那种澄明的心境。夜深人静，独坐灯下，摊开一册喜欢的书，渐觉尘嚣远遁，杂念皆消，忘却了自己也获得了自己。"（《书家的乐趣》）并逐渐在一些事物触动下，开始积极思考人生，指出："如果说'义'代表一种伦理的人生态度，'利'代表一种功利的人生态度，那么，我所说的'情'便代表一种审美的人生态度。它主张率性而行，适情而止，每个人都保持自己的真性情。你不是你所信奉的教义，也不是你所占有的物品，你之为你仅在于你的真实'自我'。生命的意义不在奉献或占有，而在创造，创造就是人的真性情的积极展开，是人在实现其本质力量时所获得的情感上的满足。创造不同于奉献，奉献只是完成外在的责任，创造却是实现真实的'自我'。"（《在义与利之外》）其创作对于性爱、旅游、读书、义利等无所不谈，与其说写给人听，不如说写给自己，写给我们每个人灵魂深处的那个"自我"，读他的散文会增强对人世事物本质的自觉。

第二节　20世纪90年代情理描绘

历史进入20世纪90年代，中国社会文化语境有了更多变化，周国平在散文创作中，延续其80年代写法，其中有对现实事物的描述，更有哲学般的逻各斯式分析，与其说在讲故事，不如说在循理传道，解答各种人生中常见的精神问题。例如，他在讨论悲观、执著、超脱等精神问题时说："古往今来，尽管人生虚无的悲论如缕不绝，可是劝人执著人生爱惜光阴的教诲更是谆谆在耳。两相比较，执著当然比悲观明智得多。悲观主义是一条绝路，冥思苦想人生的虚无，想一辈子也还是那么一回事，绝不会有柳暗花明的一天，反而窒息了生命的乐趣。不如把这个虚无放到括号里，集中精力做好人生的正面文章。既然只有一个人生，世人心目中值得向往的东西，无论成功还是幸福，今生得不到，就永无得到的希望了，何不以紧迫的心情和执著的努力，把这一切追求到手再说？""我们不妨眷恋生命，执著人生，但同时也要像蒙田说的那样，收拾好行装，随时准备和人生告别。入世再深，也不忘它的限度。这样一种执著有悲观垫底，就不会走向贪婪。有悲观垫底的执著，实际上是一种超脱。""事实上，在一个热爱人生而又洞察人生的真相的人心中，悲观、执著、超脱三种因素始终都存在着，没有一种会完全消失，智慧就存在于它们此消彼长的动态平衡之中。我不相信世上有一劳永逸彻悟人生的'无上觉者'，如果有，他也业已涅成佛，不再属于这个活人的世界了。"（《悲观·执著·超脱》）他讨论"等待"这一精神事物时说："可以没有爱情，但如果没有对爱情的憧憬，哪里还有青春？可以没有理解，但如果没有对理解的期待，哪里还有创造？可以没有所等的一切，但如果没有等，哪里还有人生？活着总得等待什么，哪怕是等待戈多。"（《等的滋味》）他讨论人应该怎样生活问题时说，应该"依照自己的真性情痛快地活"。（《人生贵在行胸臆》）他思考父母之于子女的重要性，指出："一个人无论多大年龄上没有了父母，他都成了孤儿。他走入这个世界的门户，他走出这个世界的屏障，都随之塌陷了。父母在，他的来路是眉目清楚的，他的去路则被遮掩着。父母不在了，他的来路就变得模糊，他的去路反而敞开了。"

并且直接借助自己父亲的去世来说明问题，说："父亲的死使我觉得我住的屋子塌了一半，女儿的死又使我觉得我自己成了一间徒有四壁的空屋子。我一向声称一个人无须历尽苦难就可以体悟人生的悲凉，现在我知道，苦难者的体悟毕竟是有着完全不同的分量的。"（《父亲的死》）他开始思考家对人的重要性，简单明了地指出："不要说'赤条条来去无牵挂'。至少，我们来到这个世界，是有一个家让我们登上岸的。当我们离去时，我们也不愿意举目无亲，没有一个可以向之告别的亲人。"（《家》）许多问题早有人提出也曾有人思索，但是，因为他的文字新颖别致，可以算是周氏新解。此外，90 年代他还写下《失去的岁月》、《智者的最后弱点》、《女人和哲学》、《男人眼中的女人》、《调侃婚姻》、《苦难的精神价值》、《生命得失》、《忘恩负义的父母》、《人不只属于历史》、《人的高贵在于灵魂》……对一些生活现象以及其他重要精神概念进行哲学的透视。女人、婚姻、苦难、人的高贵……这些构成其散文创作的主题。除此之外，他也写一些自己的生活感想，如《生命中的无奈》，讨论人之为人的无奈，但也哲学味道十足。纵观 20 世纪 90 年代周国平散文，一个最大的感受就是他已经不再简单地漂游在理性精神的海洋，其文本中出现了"现实生活世界"，不再像 80 年代一味以理性之刃大刀阔斧地"横切竖砍"一些与我们生活密切相关的精神事物，除了理，文本中"情"的味道更加浓郁。

第三节　新世纪时代沉思

新世纪之初，周国平写作《相貌和心灵》、《本质的男人》、《灵魂只能独行》等文章，仍然坚持 20 世纪 80、90 年代对我们熟知而非真知的一些精神事物进行重估的风格。不同之处在于，虽仍然重在说理谈情，却意在深入批判时代变幻，力图以自己的睿智介入时代的搏动。

2006年以来周国平的最新随笔《把心安顿好》是这一思路的代表作。其中的《价值观》一文，主要讨论了我们这个时期人们最关注的价值问题。在他看来，"价值观的力量不可小看。说到底，人在世上活的就是一个价值观。对于个人来说，价值观决定了人生的境界。对于国家来说，价值观决定了文明的程度。人与人之间，国与国之间，利益的冲突只导致暂时的争斗，价值观的相悖才造成长久的鸿沟。所以，在价值观的问题上，一个人必须认真思考，自己做主"。并指出，当下中国"真正可惊异的是，我们时代的价值观竟然变得如此单一，大家说着做着的都是一个字：钱！钱！钱！"论述了价值的重要性，也说出了我们国家这个时代在价值方面出现的病症，并且顺势作出自己的"道德说教"："老天给了每个人一条命，一颗心，把命照看好，把心安顿好，人生即是圆满。""把命照看好，就是要保护生命的单纯，珍惜平凡生活。把心安顿好，就是要积累灵魂的财富，注重内在生活。""平凡生活体现了生命的自然品质，内在生活体现了生命的精神品质，把这两种生活过好，生命的整体品质就是好的。"并强调说："换句话说，人的使命就是尽好老天赋予的两个主要职责，好好做自然之子，好好做万物之灵。"同时，批评了那些只认金钱的人，发掘了其悲剧的根源："看见那些永远在名利场上操心操劳的人，我常常心生怜悯，我对自己说：他们因为不知道世上还有好得多的东西，所以才会把金钱、权力、名声这些次要的东西看得至高无上。"同时，也指出人生价值追求的真正出路："人生最值得追求的东西，一是优秀，二是幸福"，"把优秀当做第一目标，把成功当做优秀的副产品，这是最恰当的态度，有助于一个人获取成功，或者坦然地面对不成功"。"爱情和事业是人生幸福的两个关键项。爱着，创造着，这就够了。其余一切只是有了更好、没有亦可的副产品罢了。"

《价值观》这篇文章从一个重大哲学话题——价值入手，通过对社会现实的精神审视，最终，谈了自己作为一个长期哲学工作者心中的所思所想。文本再现了作者自己的深刻体验，也表现出比较明显的超验性想象。在我们看来，作者因为太过超然，便多少有些脱离现实，在倡导多元价值的同时流露出走向另外的单一价值的取向；既是在向现实呐喊，也表现出在向另外一种虚无妥协。此外，因为他的散文创作以玄奥的哲学理性为出发点，以超然的理性精神为支柱，以概念为话题，时常走向"玄之又玄"的争论，而非体验的确定性。如他在《平凡生活》中说："在事物上有太多理性的堆积物：语词、概念、意见、评价等。在生命上也有太多社会的堆积物：财富、权力、地位、名声等。天长日久，堆积物取代本体，组成了一个牢不可破的虚假的世界。""人是自然之子，生命遵循自然之道。人类必须在自然的怀抱中生息，无论时代怎样变迁，春华秋实、生儿育女永远是生命的基本内核。你从喧闹的职场里出来，走在街上，看天际的云和树影，回到家里，坐下来和妻子儿女一起吃晚饭，这时候你重新成为一个生命。""生命所需要的，无非空气、阳光、健康、营养、繁衍，千古如斯，古老而平凡。但是，骄傲的人啊，抛开你的虚荣心和野心吧，你就会知道，这些最简单的享受才是最醇美的。"其思辨便显得有些"太过自我"，或者说太过"自我逻各斯"，而显得可能会因为远离社会现实而造成观念混乱。但是，也恰恰因为发出了属于自我的声音，而彰显了时代的精神自由与社会开放。

　　同样是讨论生活，他在《内在生活》一文中，还着重考虑了生命问题。指出："从生命的观点看，现代人的生活有两个弊病。一方面，文明为我们创造了越来越优裕的物质条件，远超出维持生命之所需，那超出的部分固然提供了享受，但同时也使我们的生活方式变得复杂，离生命在自然界的本来状态越来越远。另一方面，优裕的物质条件也使我们容易沉湎于安逸，丧失面对巨大危险的勇气和坚强，在精神上变得平庸。"无疑，这是一种生活裕足之后的精神焦虑，一种关涉人的本体的存在之虑、意义焦虑。在周国平看来，"我们的生命远离两个方向上的极限状态，向下没有承受匮乏的忍耐力，向上没有挑战危险的爆发力，躲在舒适安全的中间地带，其感觉日趋麻木"。"人生的道路分内外两个方面。外在方面是一个人的外部经历，它是有形的，可以简化为一张履历表，标示出了曾经的职业、地位、荣誉等。内在方面是一个人的心路历程，它是无形的，生命的感悟、情感的体验、理想的追求，这些都是履历表反映不了的。我的看法是，尽管如此，内在方面比外在方面重要得多，它是一个人的人生道路的本质部分。我还认为，外在方面往往由命运、时代、环境、机遇决定，自己没有多少选择的主动权，在尽力而为之后，不妨顺其自然，而应该把主要精力投注于自己可以支配的内在方面。"他将人的生命划分为内在生命与外在生命两部分，无疑提供给我们认识自己的一个崭新视角，除了外在生命之外，人还有一个生命——内在生命，而且这个内在生命才是真正意义上人之为人的不可或缺的组成部分。周国平说："无论个人，还是人类，如果谋求物质不是为了摆脱其束缚而获得精神的自由，人算什么万物之灵呢?"

同样的命题在《诗意的栖居》、《平常心》、《争什么》、《谋财害命别解》、《困惑和觉悟》中得到延续性深入讨论。继《内在生活》之后，《诗意的栖居》更进一步走向存在主义的感叹："人，栖居在大地上，来自泥土，也归于泥土，大地是人的永恒家园。如果有一种装置把人与大地隔绝开来，切断了人的来路和归宿，这样的装置无论多么奢华，算是什么家园呢？""人，栖居在天空下，仰望苍穹，因惊奇而探究宇宙之奥秘，因敬畏而感悟造物之伟大，于是有科学和信仰，此人所以为万物之灵。如果高楼蔽天，俗务缠身，人不再仰望苍穹，这样的人无论多么有钱，算是什么万物之灵呢？""在席卷全国的开发热中，国人眼中只看见资源，名山只是旅游资源，大川只是水电资源，土地只是地产资源，矿床只是矿产资源，皆已被开发得面目全非。这个被人糟蹋得满目疮痍的大地，如何还能是诗意栖居的家园？"《平常心》、《争什么》则以超越性情怀告诉人们一些人生真谛："中国文人的怀抱，总是在出处之间彷徨。通常的情况是，以功名为正道，仕途失意，才把归隐当做了不得已的退路。""人生的态度，宜在进取和超脱之间寻求一种平衡。然而，功名太平庸，不是真进取，归隐太无奈，不是真超脱。真正的进取和超脱，不会只在出处的低水平上折腾。"他在《谋财害命别解》中明确指出："要热爱生命，不要热爱金钱，沉湎于金钱正说明对生命本身毫无感觉。"此外，他还在《困惑和觉悟》中高喊："佛教强调色空不二，我的认识是：知道空即是色，就可以彻悟于空而仍能自娱；知道色即是空，就可以纵情于色而仍能自拔。"

《善良丰富高贵》收录其 2002 年 8 月到 2006 年 12 月所写的文章。这部文集中，周国平对更多的社会现象展开了哲学讨论。如《麻木比瘟疫更可怕》以 2003 年的"非典"事件为背景，指出："真正可怕的不是瘟疫，而是麻木。在瘟疫流行之时，我们对瘟疫渐渐习以为常，这是麻木。在瘟疫过去之后，我们的生活一切照旧，这是更严重的麻木。仔细想想，麻木是怎样地普遍，怎样地比瘟疫更难抵御啊。"《做一个真正的读者》这篇文章以自己多年读书经验为背景指出："第一，养成了读书的癖好。第二，形成了自己的读书趣味。第三，有较高的读书品位。"2006 年 8 月写作的《善良·丰富·高贵》以今天的社会精神变化为背景，指出"善良，生命对生命的同情，多么普通的品质，今天仿佛成了稀有之物"。"丰富，人的精神能力的生长、开花和结果，上天赐给万物之灵的最高享受，为什么人们弃之如敝屣呢？""高贵，曾经是许多时代最看重的价值，被看得比生命还重要，现在似乎很少有人提起了。""善良，丰富，高贵——令人怀念的品质，人之为人的品质，我期待今天更多的人拥有它们。"2004 年 11 月写作的《青春不等于文学》则以当下文坛正在发生的情况为讨论话题，指出："时下流行青春文学。韩寒和郭敬明创造了令人惊叹的畅销奇迹，新概念作文大赛顿时成为耀眼的品牌，小作家如雨后春笋般在祖国各地破土而出。青春拥有许多权利，文学梦是其中之一。但是，我不得不说，青春与文学是两回事。文学对年龄中立，它不问是青春还是金秋，只问是不是文学。在文学的国度里，青春、美女、海归都没有特权，而人们常常在这一点上发生误会。问你会不会拉提琴，如果你回答也许会，但还没有试过，谁都知道你是在开玩笑。然而，问你会不会写作，如果你作同样的回答，你自己和听的人就都会觉得你是严肃的。指出这一点的是托尔斯泰，他就此议论道：任何人都能听出一个没有学过提琴的人拉出的音有多难听，但要区分胡写和真正的文学作品却须有相当的鉴别力。""世上没有青春文学，只有文学。文学有自己的传统和尺度，二者皆由仍然活在传统中的大师构成。对于今天从事写作的人，人们通过其作品可以准确无误地判断，他是受过大师的熏陶，还是对传统全然无知无畏。如果你真喜欢文学，而不只是赶一赶时髦，我建议你记住海明威的话。海明威说他只和死去的作家比，因为'活着的作家多数并不存在，他们的名声是批评家制造出来的'。今日的批评家制造出了青春文学，而我相信，真正能成大器的必是那些跳出了这个范畴的人，他们不以别的青春写手为对手，而是以心目中的大师为对手，不计成败地走在自己的写作之路上。"新世纪，周国平以自己的哲学理性与思想睿智，努力在精神与思想层面拨正社会的混乱，争做一个时代的灵魂医者。

新世纪，周国平的很多作品充满了对各种现实人生观念的批判，其创作视点转移到物质生活得到满足的人群的生活观念上。我国著名哲学家吉林大学杨魁森教授曾写文章说，"哲学就是生活观"。周国平长年从事哲学工作，对生活进行哲学理解是他散文最主要的特点。在这样的意义上，我们可以说他在以哲学为工具、以文学为形式理解生活，其散文可以看做哲学的现代转换，即对哲学文学化的尝试。纵观他的散文能够发现，他在努力使哲学降临时代，使哲学降临文学。而实际情况是，哲学在降临时代的时候，显得力不从心；在降临文学的时候，显得不近人情。季羡林曾经说过，他不信哲学；金岳霖先生曾经说过，哲学就是哲学，与文学没什么关系。按照季先生与金先生的理解，也许哲学真的不该降临文学与生活，哲学就是哲学，文学与生活本身也成为不了哲学。但是，即使我们这样分析，也不能阻挡周国平的"哲学散文"给我们带来的巨大精神冲击，给我们带来的耳目一新的感受，给散文带来的巨大生机。我们还是希望周国平能够给我们提供更多的"散文"。因为，他的创作，由于其对时代与人生的积极介入，已经成为我们这个时代当之无愧的先锋散文写作。

第五章

季羡林新时期先锋散文创作

季羡林很早就写散文，可以说散文陪伴了他一生，直到临终前的住院期间他还在写《病榻杂记》，不能动笔的时候便进行口述。从 20 世纪 70 年代末"文化大革命"结束，到 80 年代初改革开放，他写了很多，90 年代就更多了，进入新世纪他虽年事已高，仍然笔耕不辍，因病住院期间还为读者奉献《病榻杂记》，人生最后阶段，还有《大国学》问世。纵观其散文创作，雕饰少，追求去伪存真，平实中娓娓道来，如话家常，以一颗平常心面对世事变幻与人生诸多精神问题。其散文忆友人，写知己，问情感，想未来，情真意切；笔触或沉稳，或飞扬，缘情而发，遇事而议。论其先锋性，不仅表现在上通天理、下达人情的博大人文情怀，还有精熟的散文创作手法。散文的特点是"形散而神不散"，贵在书写能够激起灵魂共鸣的真情实感。以往我们谈的巴金、贾平凹、余秋雨、周国平等人的散文写作，均有相对鲜明的时代主题。季羡林散文与这些散文暗合之处在于，其散文密切关注社会及其文化语境变迁；不同处在于，其散文以自我感受为主要素材。读他的散文，透过那个"小小的生活中的我"，能看出一个"大大的历史的我"。

20 世纪 80 年代，精神复回自由，季羡林在从事翻译工作的同时，简笔回忆过去，从容畅谈人生。90 年代到新世纪，年事已高、阅历丰富的季羡林，进一步忆往述怀，谈佛学、论人生、说国学、讲写作、记录病榻所思……堪称独特的"季氏絮语"。文章无不融入作家对世事变幻的感悟，对苍生大地的关怀。文中无处不见小我，亦无处不见日常生活中的"我们"。其散文创作呈现出更加博大包容的人文情怀，归结根底，缘于其对写作尤其是散文写作的精神反思。季氏絮语主题不一，题材广泛。可爱的小女孩、池塘里的荷花、旧日友人、留学生活、出差工作、家庭逸事以及文章技巧……信马由缰，谈"天"说"地"，无可无不可，文多量大。但是，每篇散文的纹理间均透露出作者无上的才情，高尚的人格，深厚的学养。其散文可供欣赏，可供玩味，可供思索，可供学习，亦可供研究；审美性、知识性、趣味性、学术性、思想性……无一不备。文本小到字词句式大到结构无不练达，趋于完美；笔触俊逸，风格刚柔相济，读来或清新雅致，或豪迈奔放，或平实感人，或发人深省；往往一文在手，惹来无边滋味涌上心头。正如《病榻杂记》编辑所言，季羡林散文"没有华丽的词藻，只有平淡简单的言语，却像一幅闲然自得的山水画，又像一支曲风空灵的古筝曲。循序渐进，款款入耳"。

第一节　季羡林的佛学散文

20 世纪 90 年代之前，作为文学翻译家，季羡林的译著主要有《沙恭达罗》（1956 年）、《五卷书》（1959 年）、《优哩婆湿》（1959 年）、《罗摩衍那》（7 卷，1980—1984 年）、《安娜·西格斯短篇小说集》等。作为作家，他的作品主要有

《天竺心影》（1980 年）、《朗润集》（1981 年）、《季羡林散文集》（1987 年）、《牛棚杂忆》（1998 年）等。

　　季羡林的散文谈佛教文化的很多，这与他长期从事佛学研究有关。综观其佛教素材创作，能够发现其对中国佛教现代化功不可没。据他的考察，"'佛'的来源是吐火罗文。这结论看来很简单，但倘若由此推论下去，对佛教入华的过程，我们可以得到一点新启示"。"'佛'这名词在那时候还只限于由吐火罗文译过来的经典中。以后才渐渐传播开来，为一般佛徒，或与佛教接近的学者所采用。最后终于因为它本身有优越的条件，战胜了'浮屠'，并取而代之。"（1947 年 10 月 9 日《浮屠与佛》）在普通人看上去很神秘的东西，经他点拨，也就不再神秘。

　　季羡林论佛，是在帮我们除愚昧、去遮蔽。按照这样的目的，20 世纪 80 年代，他以散文笔触写了很多关于佛学研究的文章，提出很多新的观点。例如"玄奘可以说是代表佛教教义的最高的发展。在他以后，虽然佛教还颇为流行，但已有强弩之末的趋势，在中国，在印度都是这样。从这个观点上来看玄奘在佛教史上的地位，在佛教教义中的地位，是可以说是既得鱼又得筌的"。（1980 年《佛教教义的发展与宗派的形成》）"玄奘时代僧徒减少了。换句话说：佛教逐渐衰微了。"（1980 年 4 月 27 日《印度佛教的发展与衍变（7）》）"佛教之所以成为一个世界宗教，一方面说明它满足了一部分人民的宗教需要，同时同他这个教主有一套手段，也是分不开的。"（1981 年 9 月《释迦牟尼》）"释迦牟尼本人很可能是在吃猪肉以后患病涅槃的。……印度人自己承认，少吃或不吃肉类食物的习惯是在佛涅槃以后才兴起来的。"（《佛教开创时期的一场被歪曲被遗忘了的"路线斗争"——提婆达多问题》，1987 年 3 月

16 日晨写完）这些观点的提出，使我们对佛教的认识"耳目一新"。

季羡林对佛教文化研究很深入，探讨的均是重大的学科历史遗留问题。如他指出："玄奘对于当时锡兰和印度大乘与上座部的关系是非常清楚的。但是，在他生时，已经有一些和尚对这种关系弄不清楚。到了近代，许多国家的学者，有的注意到这问题，有的没有注意到。有的也提出了一些解决的办法。但是全面论述这问题的文章还没有看到。我这篇论文只能算是一个尝试"。（1981 年 4 月 11 日写完的《关于大乘上座部的问题（11）》）他一直说自己不喜欢研究义理，但这并不能说明他对佛教中很多事情没有定见。他喜欢在占有充分资料的基础上，明确提出自己的观点。例如，他指出，"有的人说，世界上没有一个宗教不是悲观主义的；但是，像佛教这样彻底的悲观，还是绝无仅有的。我认为，这种说法是很有见地的"。并明确指出"释迦牟尼宣传宗教的主要对象就是这些被人轻视、'没有开化'的人民"。（《原始佛教的历史起源问题》，1965 年 3 月）

在中国佛教历史上，最重要的一个派别就是禅宗。季羡林考察《六祖坛经》，并明确提出自己的观点："小乘功德（punya）要靠自己去积累，甚至累世积累；大乘功德可以转让（transferofmerit）。这样一来，一方面能满足宗教需要，一方面又与物质生产不矛盾。此时居士也改变了过去的情况。他们自己除了出钱支持僧伽外，自己也想成佛，也来说法，维摩诘是一个最典型的例子，他与小乘时期的给孤独长者形成鲜明的对照。这就是所谓'居士佛教'（Layman Buddhism），是大乘的一大特点。这样不但物质生产的问题解决了，连人的生产的问题也解决了，居士可以在家结婚。""顿悟较之渐悟大大有利，要渐悟，就得有时间，还要耗费精力，这当然会同物质生产发生矛盾，影响生产力的发展。顿悟用的时间少，甚至可以不用时间和精力。只要一旦顿悟，洞见真如本性，即可立地成佛。人人皆有佛性，连十恶不赦的恶人一阐提也都有佛性，甚至其他生物都有佛性。这样一来，满足宗教信仰的需要与发展生产力之间的矛盾就一扫而光了。""在中国各佛教宗派中，禅宗寿命最长。过去的论者多从学理方面加以解释。不能说毫无道理，但是据我的看法，最重要的原因还要到宗教需要与生产力发展之间的关系中去找，禅宗的做法顺应了宗教发展的规律，所以寿命独长。我认为，这个解释是实事求是的，符合实际情况的。"同时，他放眼世界考察禅宗发展，指出："在世界上所有的国家中，解决宗教需要与生产力发展之间的矛盾最成功的国家是日本。他们把佛的一些清规戒律加以改造，以适应社会生产力的发展，结果既满足了宗教需要，又促进了生产力的发展，成为世界上的科技大国。日本著名学者中村元博士说：'在日本，佛教的世俗性或社会性是十分显著的。'日本佛教之所以能够存在而且发展，原因正在于这种世俗性或社会性。"（1989 年 8 月 3 日《中国佛教史上的〈六祖坛经〉》）这样的佛教考察活动一直持续到 90 年代初期。

1991 年季羡林发表《佛教的传入中国——两种文化的撞击和吸收（1）》再次表明自己的观点："印度佛教兴起于公元前五六世纪，佛祖释迦牟尼生存时代约与中国的孔子相同。最初佛教规模比较小，以后逐渐扩大，而且向国外传播，也传到了中国。""佛教传入中国，是东方文化史上，甚至世界文化史上的一件大事。其意义无论怎样评价，也是不会过高的。佛教不但影响了中国文化的发展，而且由中国传入朝鲜和日本，也影响了那里的文化发展，以及社会风俗习惯。佛教至今还是东方千百万人所崇信的宗教。如果没有佛教的输入，东方以及东南亚、南亚国家今天的文化是什么样子，社会风俗习惯是什么样子，简直无法想象。"

季羡林深厚的学养（尤其是佛学修养）决定了其散文的文化格调，决定了其散文呈现出贯通中西、打破古今隔阂的开阔的视野，以及自在自足的人格取向。

第二节　季羡林的忆往述怀

季羡林的散文写作，进入 20 世纪 90 年代以后，开始全方位"忆往述怀"。其中，有对早年求学生活的回忆，有对人生老友的回忆，有对亲人的回忆，有牛棚杂记，有对改革开放后工作生活的回忆……构成了一部人生回忆录。从总体上看，充满了人生思考，充满了历史理性，显出较高的审美领悟。他在回忆中，以朴素的情怀讲述了自己的经历。不仅是在描述自己的历史，也是在批判自己。在批判中进行精神发现，以精神发现带给人们启示。

在《病榻杂记》中，季羡林以质朴语言，讲述真挚情怀。如在《病榻杂记·结语》中写道："我在上面用了四万三千字相当长的篇幅回忆了我从小学到中学的经历，是我九岁到十九岁，整整十年。也或许有人要问：有这个必要吗？就我个人来讲，确乎无此必要。但是，最近几年来，坊间颇出了几本有关我的传记，电视纪录片的数目就更多，社会上似乎还有人对我的生平感兴趣。别人说，不如我自己说，于是就拿起笔来。那些传记和电视片我一部也没有完全看过。对于报刊杂志上那些大量关于我的报导或者描绘，我也看得很少。原因并不复杂：我害怕那些溢美之词，有一些头衔让我看了脸红。我感谢他们对我的鼓励；但我必须声明，我绝不是什么天才。……为了澄清事实，避免误会。我就自己来，用平凡而真实的笔墨讲述一下自己平凡的经历。对别人也许会有点好处。""另外一个动手写作的原因是，我还有写作的要求。我今年已经是九十晋一，年龄够大了。可是耳尚能半聪，目尚能半明，脑袋还是'难得糊涂'。写作的可能还是有的。我一生舞笔弄墨，所写的东西大体上可以分为两种：一种是严肃的科学研究的论文或专著，一种是比较轻松的散文、随笔之类。这两种东西我往往同时进行。而把主要精力用在前者上，后者往往只是调剂，只是陪衬。可是，到了今天，尽管我写作的要求和可能都还是有的，尽管我仍然希望同以前一样把重点放在严肃的科学研究的文章上，不过却是力不从心了。……总而言之，要想满足自己写作的欲望，只能选取比较轻松的题目，写一些散文、随笔之类的文章，对小学和中学的回忆正属于这一类，这可以说是天作之合，我只有顺应天意了。"季羡林在这里指出自己为什么要忆往述怀，原因有二：散文创作的欲望；不想再被神话化。可见其人格之卓然不群、高洁伟大！

　　这一点从其很多文章中都能看出，如在《追忆哈隆教授》一文中说："尽管我的高中三年是我生平最辉煌的时期之一，在考试方面，我是绝对的冠军，无人敢撄其锋者，但这并没有改变我那幼无大志的心态，我从来没有梦想成为什么学者，什么作家，什么大人物。家庭对我的期望是娶妻生子，能够传宗接代；做一个小职员，能够养家糊口，如此而已。到了晚年，竟还有写自己的小学和中学十年的必要，是我当时完全没有想到的。""留学的梦想，我早就有的。当年我舍北大而取清华，动机也就在入清华留学的梦容易圆一些。现在回想起来，我之所以痴心妄想想留学，与其说是为了自己，还不如说是为了别人。原因是，我看到那些主要是到美国留学的人，拿了博士学位，或者连博士学位也没有拿到的，回国以后，立即当上了教授，月薪三四百元大洋，手挎美妇，在清华园内昂首阔步，旁若无人，实在会让人羡煞。"（《追忆哈隆教授》，2003 年 6 月 30 日于 301 医院）一个人，首先要吃饱穿暖，希望获得相对优裕的生活条件，季羡林毫不掩饰自己的这种心理，在文章中不讲假话大话空话，不欺骗，不做作，话语非常淳朴自然。

他写友情，朴素真实，毫不掩饰内心深处的感情，如"写这篇短文，几次泫然泪下。回想同钟老几年的交往，'许我忘年为气类，北海今知有刘备。'而今而后，哪里再找这样的人啊！茫茫苍天，此恨曷极！"（2002 年 2 月 12 日《谈学论佛》）追忆老师，回忆全面，总结深刻。例如他说："孟实先生的口才并不好，他不属于能言善辩一流，而且还似乎有点怕学生，讲课时眼睛总是往上翻，看着天花板上的某一个地方，不敢瞪着眼睛看学生。可他一句废话也不说，慢条斯理，操着安徽乡音很重的蓝青官话，讲着并不太容易理解的深奥玄虚的美学道理，句句仿佛都能钻入学生心中。他显然同鲁迅先生所说的那一类，在外国把老子或庄子写成论文让洋人吓了一跳，回国后却偏又讲康德、黑格尔的教授，完全不可相提并论。他深通西方哲学和当时在西方流行的美学流派，而对中国旧的诗词又极娴熟。所以在课堂上引东证西或引西证东，触类旁通，头头是道，毫无扞格牵强之处。我觉得，这才是真正的比较文学，比较诗学。这样的本领，在当时是凤毛麟角，到了今天，也不多见。""陈先生上课时让每个学生都买一本《六祖坛经》。我曾到今天的美术馆后面的某一座大寺庙里去购买此书。先生上课时，任何废话都不说，先在黑板上抄写资料，把黑板抄得满满的，然后再根据所抄的资料进行讲解分析；对一般人都不注意的地方提出崭新的见解，令人顿生石破天惊之感，仿佛酷暑饮冰，凉意遍体，茅塞顿开。听他讲课，简直是最高最纯的享受。这同他写文章的做法如出一辙。"（《博士论文》）思念母亲，感情真挚而热烈，他说："我在外面是有工作的，不能够用全部时间来怀念母亲，而母亲是没有活可干的。她几乎是用全部时间来怀念儿子。看到房门前的大杏树，她会想到，这是儿子当年常爬上去的。看到房后大苇坑里的水，她会想到，这是儿子当年洗澡的地方。回顾四面八方，无处不见儿子的影子。然而这个儿子却如海上蓬莱三山之外的仙山，不可望不可即了。奈之何哉！奈之何哉！"（《天上人间》）

季羡林的忆往述怀不同他人，其中融入了他近九十年的人生经验与学养，对友人、师长、父母的回忆都融入了深沉的人生之思，细微处见真情真知，故事与情感浑然一体，读来难辨是故事感人还是情感动人。

第三节　季羡林的人生絮语

写人生，季羡林从不偏僻矫情，总是能以高超智慧从容拿捏。例如，他曾经冷幽默地说："我生无慧根，对于哲学和义理之类的东西，不感兴趣。特别是禅学，我更感到头痛。少一半是因为我看不懂。我总觉得这一套东西恍兮惚兮，杳冥无迹。""我的脑袋呆板，我喜欢摸得着看得见的东西，也就是实实在在的东西。哲学这东西太玄乎，太圆融无碍，宛如天马行空。而且公说公有理，婆说婆有理。今天这样说，有理；明天那样说，又有理。有的哲学家观察宇宙、人生和社会，时有非常深刻、机敏的意见，令我叹服。但是，据说真正的大哲学家必须自成体系。体系不成，必须追求。一旦体系形成，则既不圆融，也不无碍，而是捉襟见肘，削足适履。这一套东西我玩不了。"（《人生絮语》一书序言，1995 年 8 月 15 日于北大燕园）从哲学上讲，人生是个超验的或者先验存在着的概念与范畴，是不能说清楚的事物。季羡林以自己的智慧，感知到了这一点，在《人生》一文中指出："什么叫人生呢？我并不清楚。""不但我不清楚，我看芸芸众生中也没有哪一个人真清楚的。"超验的或者先验存在着的事物有个特点，就是虽不可知，但是可思。季羡林告诫人们："我劝人们不妨在吃饱了燕窝鱼翅之后，或者在吃糠咽菜之后，或者在卡拉 OK、高尔夫之后，问一问自己：你为什么活着？活着难道就是为了恣睢的享受吗？难道就是为了忍饥受寒吗？问了这些简单的问题之后，会使你头脑清醒一点，会减少一些糊涂。谓予不信，请尝试之。"面对古来旧说"食色性也"，季羡林给予了超越性否定，他说："食是为了解决生存和温饱的问题，色是为了解决发展问题，也就是所谓传宗接代。我看，这不仅仅是人的本性，而且是一切动植物的本性。"（《再谈人生》1996 年 11 月 12 日）按照"食色性也"的人生观，天下之人必将过上动植物一般的人生，于是季羡林感慨："毫不利人，专门利己的人，普天之下倒是不老少的。说这话，有点泄气。无奈这是事实，我有什么办法？"（《三论人生》，1996 年 11 月 13 日）从这里可以看出，季羡林希望人们改变旧的人生观，摆脱物性生活逻辑，但是在文章中，睿智的他并没有流露出半点否定物性逻辑的意思。

摆脱物性生活逻辑，这便涉及对人生意义的思考。关于人生的意义，季羡林在一篇文章中作了深入思考，指出："根据我个人的观察，对世界上绝大多数人来说，人生一无意义，二无价值。他们也从来不考虑这样的哲学问题。走运时，手里攥满了钞票，白天两顿美食城，晚上一趟卡拉 OK，玩一点小权术，耍一点小聪明，甚至恣睢骄横，飞扬跋扈，昏昏沉沉，浑浑噩噩，等到钻入了骨灰盒，也不明白自己为什么活这一生。""其中不走运的则穷困潦倒，终日为衣食奔波，愁眉苦脸，长吁短叹。即使日子还能过得去的，不愁衣食，能够温饱，然也终日忙忙碌碌，被困于名缰，被缚于利锁。同样是昏昏沉沉，浑浑噩噩，不知道为什么活这一生。"很显然，他在努力批判那种动植物般的生活。"如果人生真有意义与价值的话，其意义与价值就在于对人类发展的承上启下、承先启后的责任感。"（《漫谈人生的意义与价值》，1995 年 3 月 2 日）季羡林认为，只有这样，人生才真正迥异于动植物，才摆脱物性逻辑。

综观季羡林人生絮语，总是能娓娓道来，十分朴素而又无比感人。比如他在为《人生小品》一书作的序言（2001 年 4 月 6 日）中交代："年轻时候，我几乎没有写过感悟人生的文章，因为根本没有感悟，只觉得大千世界十分美好，眼前遍地开着玫瑰花，即使稍有不顺心的时候，也只如秋风过耳，转瞬即逝。中年以后，躬逢盛世，今天一个运动，明天一场批判，天天在斗，斗，斗，虽然没有感到其乐无穷，却也并无反感。最后终于把自己斗到了'牛棚'里，几乎把一条小命断送。被'解放'以后，毫无改悔之意，依然是造神不止。等到我脑袋稍稍开了点窍，对人生稍稍有点感悟时，自己已经是垂垂老矣。""我是习惯于解剖自己的；但是，解剖的结果往往并不美妙。在学术上我是什么知，什么觉，在这里姑且不论；但是，在政治上，我却是后知后觉，这是肯定无疑的。有时候连小孩子都不会相信的弥天大谎，我却深信不疑。如果一生全是这样的话，倒也罢了。然而造物主却偏给我安排了一条并不平坦的人生道路。我走过阳关大道，也走过独木小桥。我经历过车马盈门的快乐，成为一个颇可接触者。又经历过门可罗雀的冷落，成为一个不可接触者。如果永远不可接触下去，倒也罢了，我也是无怨无悔的。然而造物主又跟我开了一个玩笑，他（它？她？）又让我梅开二度，不但恢复了车马盈门的盛况，而且是‘车如流水马如龙，花月正春风’，我成了一个极可接触者。”“大家都能够知道，有过我这样经历的人，最容易感悟人生。我虽木讷，对人生也不能不有所感悟了。”季羡林描摹人生的散文已入化境，不是简单的睿智二字或者其他词汇所能概括得了的。

虽然说，人生需要不断奋斗，需要珍惜时光，但归根结底，因为人是渺小的，所以，在季羡林看来，人生从来都是不完满的。他明确指出：“每个人都争取一个完满的人生。然而，自古及今，海内海外，一个百分之百完满的人生是没有的。所以我说，不完满才是人生。”他以这样的观点来审视现在人们的生活，进而指出：“现在我们运气好，得生于新社会中。然而那一个‘考’字，宛如如来佛的手掌，你别想逃脱得了。幼儿园升小学，考；小学升初中，考；初中升高中，考；高中升大学，考；大学毕业想当硕士，考；硕士想当博士，考。考，考，考，变成烤，烤，烤；一直到知命之年，厄运仍然难免，现代知识分子落到这一张密而不漏的天网中，无所逃于天地之间，我们的人生还谈什么完满呢？”“灾难并不限于知识分子：‘人人有一本难念的经’。所以我说‘不完满才是人生’。这是一个‘平凡的真理’；但是真能了解其中的意义，对己对人都有好处。对己，可以不烦不躁；对人，可以互相谅解。这会大大地有利于整个社会的安定团结。”（《不完满才是人生》，1998 年 8 月 20 日）从这段叙述中，我们能清楚地感觉到他老人家的豁达。

季羡林还谈了对生死的看法，在《时间》中他说："生与死也属于时间范畴。一般人总是把生与死绝对对立起来。但是，中国古代的道家却主张'万物方生方死'，把生与死辩证地联系在一起，而且准确无误地道出了生即是死的关系。"进而说："在天上待长了，你一定会自杀的。苏东坡说'起舞弄清影，何似在人间！'是有见地之言。我们还是老老实实待在人间吧。"季羡林在这段话中，以超越性联想的方式告诉我们要热爱人生。

不管你的人生在别人看来有多糟糕或者有多幸福，我们对自己的人生一定要有清醒的认识，要热爱人生，这就是季羡林关于人生的散文的精神主旨。

第四节　季羡林谈怎样生活

关于怎样生活，季羡林没有进行说教，但他通过回忆历史与思考现实，告诉人们生活的真谛。

季羡林对成功、礼貌、谦虚等许多关于生活的问题进行深入思考。关于成功，他说："我在这里只谈成功，特别是成功之道。这又是一个极大的题目，我却只是小做。积七八十年之经验，我得到了下面这个公式：天资＋勤奋＋机遇＝成功。"（2000 年 1 月 7 日《成功》）关于礼貌，他说："有人把不讲礼貌的行为归咎于新人类或新新人类。我并无资格成为新人类的同党，我已经是属于博物馆的人物了。但是，我却要为他们打抱不平。在他们诞生以前，有人早着了先鞭。不过，话又要说了回来。新人类或新新人类确实在不讲礼貌方面有所创造，有所前进，他们发扬光大了这种并不美妙的传统，他们（往往是一双男女）在光天化日之下，车水马龙之中，拥抱接吻，旁若无人，洋洋自得，连在这方面比较不拘细节的老外看了都目瞪口呆，惊诧不已。古人说：'闺房之内，有甚于画眉者。'这是两口子的私事，谁也管不着。但这是在闺房之内的事，现在竟几乎要搬到大街上来，虽然还没有到'甚于画眉'的水平，可是已经很可观了。新人类还要新到什么程度呢？"（2001年1月29日《谈礼貌》）关于谦虚，他说："在当今中国的学坛上，自视甚高者，所在皆是；而真正虚怀若谷者，则绝无仅有。我不认为这是一个好现象。有不少年轻的学者，写过几篇论文，出过几册专著，就傲气凌人。这不利于他们的进步，也不利于中国学术前途的发展。""我自己怎样呢？我总觉得自己不行。我常常讲，我是样样通，样样松。我一生勤奋不辍，天天都在读书写文章，但一遇到一个必须深入或更深入钻研的问题，就觉得自己知识不够，有时候不得不临时抱佛脚。人们都承认，自知之明极难；有时候，我却觉得，自己的'自知之明'过了头，不是虚心，而是心虚了。因此，我从来没有觉得自满过。"（1997年《满招损，谦受益》）"谦虚是美德，但必须掌握分寸，注意东西。在东方谦虚涵盖的范围广，不能施之于西方，此不可不注意者。然而，不管东方或西方，必须出之以真诚。有意的过分的谦虚就等于虚伪。"（1998年10月3日《谦虚与虚伪》）很多事物，我们都非常熟悉，但并不真正了解。季羡林在散文中屡屡涉及我们熟知而非真知的命题，穿越时空的限制，在古今中外的时空隧道中娓娓道来，循循善诱，引导我们发现生活的真谛。

此外，在细微处，他对于生活也是有很多感悟的。时常提醒我们珍视生活的每一天，要懂得容忍，要爽朗地笑，要知足知不足，要有为有不为。曾经谈到"当时只道是寻常"，他说："这是一句非常明白易懂的话，却道出了几乎人人都有的感觉。所谓'当时者'，指人生过去的某一个阶段。处在这个阶段中时，觉得过日子也不过如此，是很寻常的。过了十几二十年或者更长的时间，回头一看，当时实在有不寻常者在。因此有人，特别是老年人，喜欢在回忆中生活。"（2003年6月20日《当时只道是寻常》）谈到容忍，他说："人处在家庭和社会中，有时候恐怕需要讲点容忍的。""现在我们中国人的容忍水平，看了真让人气短。在公共汽车上，挤挤碰碰是常见的现象。如果碰了或者踩了别人，连忙说一声：'对不起！'就能够化干戈为玉帛，然而有不少人连'对不起'都不会说了。于是就相吵相骂，甚至于扭打，甚至打得头破血流。我们这个伟大的民族怎么竟变成了这个样子！我在自己心中暗暗祝愿：容忍兮，归来！"（1996年12月17日《容忍》）谈到笑，他说："发现只有人是会笑的，是科学家。发现人也是能失掉笑的，是曾经沧海的人。两者都是伟大的发现。曾经沧海的人发现了这个真理，决不会垂头丧气，而是加倍地精神抖擞。我认识的那一位革命老前辈，在这里又成了我的一面镜子。我们都要感激那个沧海，它在另一方面教育了我们。我从小就喜欢读苏东坡的词句：'人有悲欢离合，月有阴晴圆缺，此事古难全。但愿人长久，千里共婵娟。'我想改一下最后两句：'但愿人长笑，千里共婵娟。'我愿意永远永远听到那爽朗的笑声。"（《爽朗的笑声》）谈到知足问题时候，他说，"古代希腊人也认为自知之明是可贵的，所以语重心长地说出了：'要了解你自己！'中国同希腊相距万里，可竟说了几乎是一模一样的话，可见这些话是普遍的真理。中外几千年的思想史和科学史，也都证明了一个事实：只有知不足的人才能为人类文化作出贡献。"（2001年2月21日《知足知不足》）谈到有为问题的时候说："我的希望很简单，我希望每个人都能有为有不为。一旦'为'错了，就毅然回头。"　（2001年2月23日《有为有不为》）生活是很复杂的，面对复杂的事物，我们必须保持清醒的头脑。季羡林在散文中大谈生活，谈他的感悟，谈他的态度。他没有告诉我们一定要怎样生活，但引发了我们对生活的沉思。

第五节　季羡林关于怎样做学问的思考

季羡林是位著名学者，对怎样做学问，有着深刻的认识。比如，他说："我搞的这一套东西，对普通人来说，简直像天书，似乎无补于国计民生。然而世界上所有的科技先进国家，都有梵文、巴利文以及佛教经典的研究，而且取得了辉煌的成绩。这一套冷僻的东西与先进的科学技术之间，真似乎有某种联系。其中消息耐人寻味。"

刚刚步入学问天地的大学生应该怎样来度过大学生活呢？季羡林联系现实说："如今有个别的'大款'，也同刘邦和项羽一样，是不读书的。不读书照样能够发大财。然而，我认为，这只是暂时的现象，相信不久就会改变。传承文化不能寄希望于这些人身上，而只能寄托在已毕业或尚未毕业的大学生身上。他们是我们的希望，他们代表着我们的未来。大学生们肩上的担子重啊！他们是任重而道远。为了人类的继续生存，为了前对得起祖先，后对得起子孙，大学生们（当然还有其他一些人）必须读书。这已是天经地义，无须争辩。""我奉献给今天的大学生们一句话：开卷有益。"（1994年4月5日《开卷有益》）那么，学者又应该怎样做学问呢？除了严谨之外，最重要的就是对问题的执著。他在《抓住一个问题终生不放》中指出："据我个人的观察，一个学人往往集中一段时间，钻研一个问题，搜集极勤，写作极苦。但是，文章一旦写成，就把注意力转向另外一个题目，已经写成和发表的文章就不再注意，甚至逐渐遗忘了。我自己这个毛病比较少，我往往抓住一个题目，得出了结论，写成了文章；但我并不把它置诸脑后，而是念念不忘。""学术问题，有时候一时难以下结论，必须锲而不舍，终生以之，才可能得到越来越精确可靠的结论。有时候，甚至全世界都承认其为真理的学说，时过境迁，还有人提出异议。听说，国外已有学者对达尔文的'进化论'提出了不同的看法。我认为，这不是坏事，而是好事，真理的长河是永远流逝不停的。"（1997年《抓住一个问题终生不放》）也就是说，做学问就要敢于提出质疑，敢于探索新的材料，敢于作出新的论证，勇于得出新的观点。只有这样，才能创新。

很多学者都容易理想化或者犯下超验的浪漫主义错误。针对这样的问题，季羡林在散文中说："学者们常说：'真理愈辨愈明。'我也曾长期地虔诚相信这一句话。""但是，最近我忽然大彻大悟，觉得事情正好相反，真理是愈辨愈糊涂。""哲学家同诗人一样，都是在作诗。作不作由他们，信不信由你们。这就是我的结论。"（1997年10月2日《真理愈辨愈明吗？》）实际上，他是在告诉我们，真理不是一蹴而就的，因此我们做学问不要妄自尊大，不要高高在上。

此外，针对天才，季羡林也在散文中给出了自己的想法："我得出一个结论：天才即偏才。……可惜古今中外参透这一点的人极少极少，更多的是自命'天才'的人。""我决不反对一个人对自己本能的爱。应该把这种爱引向正确的方向。如果把它引向自命不凡，引向自命'天才'，引向傲慢，则会损己而不利人。""我害怕的就是这样的'天才'"。（1999年7月25日《关于天才》）在季羡林心中，成功者需要有一定天赋，更需要有十足的勤奋，此外还要有良好的机遇。正是基于这样的认识，他觉得任何人取得的成绩都不是简单的天赋使然。所以，天才归根结底是不存在的。每个做学问的人都应该明白，学问需要苦心经营，需要循序渐进，才能瓜熟蒂落。

第六节　季羡林关于怎样写散文的思考

钟敬文在庆贺季羡林88岁米寿时说："文学的最高境界是朴素，季先生的作品就达到了这个境界。他朴素，是因为他真诚。""我爱先生文品好，如同野老话家常。"作为文学家，季羡林从17岁起写散文，曾经翻译印度小说、史诗多部，笔耕不辍几十年，其散文作品有八十余万字之多。因此，对文学特别是对散文写作有着极其深刻的认识，也写过许多关于怎样写散文的散文。

关于散文写作，季羡林有很多感悟。季羡林在其文章《我的处女作》中回忆说："我在高中里就开始学习着写东西。我的国文老师是胡也频、董秋芳（冬芬）、夏莱蒂诸先生。他们都是当时文坛上比较知名的作家，对我都有极大的影响，甚至影响了我的一生。我当时写过一些东西，包括普罗文艺理论在内，颇受到老师们的鼓励。从此就同笔墨结下了不解缘。"在他看来，散文写作最重要的是要注意结构，并指出："所谓结构，我的意思是指文章的行文布局，特别是起头与结尾更是文章的关键部位。文章一起头，必须立刻就把读者的注意力牢牢捉住，让他非读下去不可，大有欲罢不能之势。"同时，批评性指出："现代作家，特别是散文作家，极少有人注重形式，我认为似乎可以改变一下。"并谈了自己对古人散文的理解："自古以来，确有一些名篇，信笔写来，如行云流水，一点也没有追求技巧的痕迹。但是，我认为，这只是表面现象。写这样的文章需要很深的功力，很高的艺术修养。我们平常说的'返朴归真'，就是指的这种境界。这种境界是极难达到的，这与率尔命笔，草率从事，完全不可同日而语。"（《我的处女作》）也就是说，真正好的散文不可轻易得之。

同样，针对一些错误的散文写作观念，他在《写文章》中批评性指出："当前中国散文界有一种论调，说什么散文妙就妙在一个'散'字上。散者，松松散散之谓也。意思是提笔就写，不需要构思，不需要推敲，不需要锤炼字句，不需要斟酌结构，愿意怎样写就怎样写，愿意写到哪里就写到哪里。""我爬了一辈子格子，虽无功劳，也有苦劳；成绩不大，教训不少。窃以为写文章并非如此容易。现在文人们都慨叹文章不值钱。如果文章都像这样的话，我看不值钱倒是天公地道。"根据自己的学养指出："从中国过去的笔记和诗话一类的书中可以看到，中国过去的文人，特别是诗人和词人，十分重视修辞。这样的例子不胜枚举。杜甫的'语不惊人死不休'，是人所共知的。王安石的'春风又绿江南岸'中的'绿'字，是诗人经过几度考虑才选出来的。王国维把这种炼字的工作同他的文艺理想'境界'挂上了钩。他说：'词以境界为最上。'什么叫'境界'呢？同炼字有关是可以肯定的。他说：'红杏枝头春意闹'，著一'闹'字而境界全出。'闹'字难道不是炼出来的吗？"（《写文章》）他写了这么多，意在告诉人们，每一篇佳作都是"苦心经营"的结果。

好文章从何处来呢？他在《作文》中明确告诉人们："想

要写好文章，只能从多读多念中来。"并结合古代名家言论强调说："古代大家写文章，都不掉以轻心，而是简练揣摩、惨淡经营、句斟字酌、瞻前顾后，然后成篇，成为一件完美的艺术品。这一点道理，只要你不粗心大意，稍稍留心，就能够悟得。欧阳修的《醉翁亭记》，通篇用'也'字句，不是一个最明显的例子吗？""元刘埙的《隐居通议》卷十八讲到：古人作文，俱有间架，有枢纽，有脉络，有眼目。这实在是见道之言。这些间架、枢纽、脉络、眼目是从哪里来的呢？回答只有一个：从惨淡经营中来。""对古人写文章，我还悟得了一点道理：古代散文大家的文章中都有节奏，有韵律。节奏和韵律，本来都是诗歌的特点；但是，在优秀的散文中也都可以找到，似乎是不可缺少的。节奏主要表现在间架上。好比谱乐谱，有一个主旋律，其他旋律则围绕着这个主旋律而展开，最后的结果是：浑然一体，天衣无缝。读好散文，真如听好音乐，它的节奏和韵律长久萦绕停留在你的脑海中。""古人写散文最重韵味。……细读中国古代优秀散文，甚至读英国的优秀散文，通篇灵气洋溢，清新俊逸，决不干瘪，这就叫作'韵味'。一篇中又往往有警句出现，这就是刘埙所谓的'眼目'。"他认为，散文写作最大的追求应该是其卓越的文学性——韵味。他还对当前中国散文创作情况作了分析。"今天中国的散文，只要你仔细品味一下，就不难发现，有的作家写文章非常辛苦，'作为'之态，皎然在目。选词炼句，煞费苦心。有一些词还难免有似通不通之处。读这样的文章，由于'感情移入'之故吧，读者也陪着作者如负重载，费劲吃力。读书之乐，何从而得？""在另一方面，有一些文章则一片真情，纯任自然，读之如行云流水，毫无扦格不畅之感。措词遣句，作者毫无生铸硬造之态，毫无'作为'之处，也是由于

'感情移入'之故吧，读者也同作者一样，或者说是受了作者的感染，只觉得心旷神怡，身轻如燕。读这样的文章，人们哪能不获得最丰富活泼的美的享受呢？"《作文》这篇散文，犹如一篇关于散文写作的学术论文，季羡林详细表达了自己对散文的认识，给我们提供了有益的启示。

季羡林还较为深入地谈了散文的美感，他说："真要欣赏散文，需要一定的基础，一定的艺术修养。虽然用不着焚香静坐，也要有一定的环境。车上，机上，厕上，不是适宜的环境。""美感享受在层次上是不尽相同的。散文给予的美感享受应该说是比较高级的美感享受，是真正的美感享受。它能提高人的精神境界，洗涤人的灵魂。像古希腊的悲剧，它能使人'净化'；但这是一种性质完全不同的净化。"（《散文的真精神》）

季羡林写了很多关于怎样写散文的文章，其中最为系统的要属《我怎样写散文》。他在这篇文章中明确指出："千万不要勉强写东西，不要无病呻吟。""写一篇散文，不同于写一篇政论文章。政论文章需要逻辑性，不能持之无故，言之不成理。散文也要有逻辑性，但仅仅这个还不够，它还要有艺术性。古人说：'言之无文，行之不远。'又说：'不学诗，无以言。'写散文决不能平铺直叙，像记一篇流水账，枯燥单调。枯燥单调是艺术的大敌，更是散文的大敌。首先要注意选词造句。世界语言都各有其特点，中国的汉文的特点更是特别显著。汉文的词类不那么固定，于是诗人就大有用武之地。""中国古代的诗人曾在不同的时期提出不同的理论，有的主张神韵，有的主张性灵。表面上看起来，有点五花八门，实际上，他们是有共同的目的的。他们都想把诗写得新鲜动人，不能陈陈相因。我想散文也不能例外。""我的意思就是说，要像写诗那样来写散文。""光是炼字、炼句是不是就够了呢？我觉得，还是不够的。更重要的还要炼篇。关于炼字、炼句，中国古代文艺理论著作中，也包括大量的所谓'诗话'，讨论得已经很充分了。但是关于炼篇，也就是要在整篇的结构上着眼，也间或有所论列，总之是很不够的。我们甚至可以说，这个问题似乎还没有引起文人学士足够的重视。实际上，我认为，这个问题是非常重要的。""一篇散文的起头、中间部分和结尾。我们都要认真对待，而且要有一个中心的旋律贯穿全篇，不能写到后面忘了前面，一定要使一篇散文有变化而又完整，谨严而又生动，千门万户而又天衣无缝，奇峰突起而又顺理成章，必须使它成为一个完美的整体。""我的意思就是说，要像谱写交响乐那样来写散文。""文学艺术的精髓在于真实，古今中外，概莫能外。如果内容不真实，用多么多的篇幅，写多么大的事件，什么国家大事、世界大事、宇宙大事，词藻再华丽，气派再宏大，也无济于事，也是不能感人的。文学作品到了这个地步，简直是一出悲剧。我们千万不能再走这一条路了。""我甚至想说，没有身边琐事，就没有真正好的散文。所谓身边琐事，范围极广。从我上面举出的几篇古代名作来看，亲属之情占有极其重要的地位。在错综复杂的社会生活中，亲属和朋友的生离死别，最容易使人们的感情激动。此外，人们也随时随地都能遇到一些美好的、悲哀的、能拨动人们心弦的事物，值得一写。自然景色的描绘，在古今中外的散文中也占有很大的比例。读了这样的文章，我们的感情最容易触动，我们不禁就会想到，我们自己对待亲属和朋友有一种什么感情，我们对一切善良的人、一切美好的事物是一种什么态度。至于写景的文章，如果写的是祖国之景，自然会启发我们热爱祖国；如果写的是自然界的风光，也会启发我们热爱大自然，热爱生活。这样的文章能净化我们的感情，陶冶我们的心灵，小中有大，小中见大，平凡之中见真理，琐细之中见精神，这样的身边琐事难道还不值得我们大大地去写吗?"从动机到契机，从形式到精神，从技巧到方法，从结构到内容，从题材到主题……季老无所不谈，无不深入根底，无不款款入耳。读季老的这些文字如同春风扑面，让你顿悟顿觉。

此外，季羡林对20世纪中国散文的发展也进行了深刻思索，在《我对散文的认识》一文中指出："散文也没有固定的形式，所以，很难说，中国现代散文在形式上受了西方什么影响。在情调方面，在韵味方面，中国散文受点西方影响，是难以避免的。但中国白话散文凭借的是丰厚的几千年的优异传统。恐怕20世纪的散文家都或多或少地读过古文，受到古代散文的熏陶。在谋篇布局，造词遣句方面，不会不受到古代散文的影响。古代优秀的散文名篇没有哪一篇不是惨淡经营的结果。这一点也会影响当今的散文作家。总之，20世纪的中国散文，上承几千年的遗绪，含英咀华，吸萃扬芬，吞吐百家，熔铸古今，是五四运动以来最成功的文体。"在《文得学养》一文中指出："到了今天，学科门类愈益繁多，新知识濒于爆炸，文人学士不像从前的人那样有余裕来钻研中国古代典籍。他们很多人也忙于载道。载的当然不会像古代那样是孔孟之道，而只能是近代外国圣人和当今中国圣人之道，如临深履薄，惟恐跨越雷池一步，致遭重谴。可以想象，这样的文章是不会有文采，也不敢有文采的。其他不以载道为专业的学者，写文章也往往不注意修辞，没有多少文采。有个别自命为作家的人，不甚读书，又偏爱在词藻上下'苦'功夫，结果是，写出来的文章流光溢彩，但不知所云，如八宝楼台，拆散开来，不成片段。有的辞句，由于生制硬造，佶屈聱牙，介于通与不通之间。"在他看来，中国 20 世纪散文成就可喜可贺，同时，在这个知识爆炸的"新载道"时代，中国散文的命运又的确堪忧。

季老一生对散文情有独钟，他对散文的见解非常深刻，在他的精神指引下，新世纪中国散文创作会更加辉煌。

从巴金到贾平凹，从余秋雨到周国平，再到季羡林，中国新时期散文出现了一座座高峰。巴金以四十余万字的"'文化大革命'博物馆"——《随想录》，向中华民族发出呐喊，以一幅幅惨痛的历史画面教育与警醒世人，以大无畏的革命豪情坚持了自己对这个世界的精神守护；贾平凹以散文写商州，写百姓的真实生活，写真实的中国底层人，这种刻意摆脱政治意识形态的文学创作带给我们朴素感，也带给我们无奈；余秋雨以其民族的文化审视或文化的民族审视恢复着历史话语，讲述着历史理性，凝聚中华情，批判国民性，在寻根，也在寻找中国的精神出路；周国平作为哲学家中的文学家，以哲学的情怀与睿智审视着中国的精神及其变革，以文学家的哲学素养在批判当下仍在沉睡着的中国文学创作，讲述着理性，憧憬着"理想国"；季羡林以其朴素个人情怀，浩瀚的八十多万字，忆往述怀，絮语人生，震撼着我们的灵魂……面对这些精神高峰，我们切实感受到中国新时期是个有思想有灵魂有智慧的时期。同时，我们在巴金的哀怨、贾平凹的不平、余秋雨的气愤、周国平的焦虑、季羡林的感慨中，也能感到新时期中国精神的不够挺拔与中国文学的不够舒展。

第五编
新时期先锋戏剧
与电影文学

伴随着中国社会改革开放不断深入进行，伴随着人们生存生活的社会文化语境不断变迁，新时期出现许多先锋色彩非常浓烈的戏剧与电影。比如，20世纪80年代，揭批"文化大革命"罪行的《于无声处》，反映自新中国成立以来一直存在着的重大社会问题的《假如我是真的》，立足内容与形式创新的《绝对信号》，看似荒诞实际思想深刻的荒诞戏曲（川剧）《潘金莲》；90年代，惹人喜欢的小剧场话剧《思凡》、《恋爱的犀牛》，经上海人民艺术剧院首演的七场话剧《留守女士》。此外，新时期以来，小品作为一种崭新艺术形式获得了充分发展，不少作品充满了先锋意识。这一时期中国电影也在不断积极探索，产生了大量先锋特点鲜明的影片，取得了巨大艺术成就。

第一章

20 世纪 80 年代戏剧

　　"文化大革命"结束，戏剧艺术的春天开始来临。与小说、诗歌界的伤痕、反思、寻根等时代精神相一致，戏剧界出现走出"样板戏"创作藩篱的社会问题剧，其中影响较大的有宗福先的《于无声处》、沙叶新等的《假如我是真的》，以及马中骏、贾鸿源、瞿新华共同创作的《屋外有热流》。

第一节　揭批"文化大革命"罪行的
　　　　　　《于无声处》

　　早在 1976 年，为纪念周恩来，就出现以周恩来关心知识分子题材的《丹心谱》，与"文化大革命"格调不一致，开始歌颂知识分子的专业工作。此剧虽然一开始受到"四人帮"的干涉，但在王震等人的支持下，1978 年开始演出，为戏剧界带来新的气息，并受到邓小平等领导人的好评。

　　苏叔阳的《丹心谱》虽然没有直接揭批"四人帮"，但其在 1978 年的上演，标志戏剧艺术的春天正在来临。1978 年戏剧界的另外一个大的事件就是《于无声处》开始演出。《于无声处》1978 年 11 月 16 日在北京公演，人民日报发表特约评论员文章称颂说其创作为社会主义文艺百花园吹进了一股"强劲有力和刚健清新的空气"。作者宗福先在剧本中揭批了"四人帮"的罪行，拉开社会批判戏剧创作大幕。戏剧以独特历史背景下两个家庭六人之间复杂社会与家庭伦理关系建构一个独特情感场，浓缩反映时代社会基本精神面目。

《于无声处》塑造了一个英雄女共产党员形象——梅林，也塑造一个坚持革命传统、永葆革命精神、英勇顽强不断同黑暗社会势力抗争的革命者后代形象——欧阳平。与此同时，塑造了一个背叛革命、为了私利而不惜出卖救命恩人的无耻小人形象——何是非，也塑造了夹在革命理想与现实无奈之间的三个"好人"形象——何为、何芸、刘秀英。勇敢的革命者有力量、有气魄，不怕困难，不怕牺牲，百折不挠，坚持正义与革命必胜的信念，令反动派心惊胆战（例如剧本中梅林与欧阳平）。革命的叛徒一心只为自己飞黄腾达，满口仁义道德，却做出卖朋友甚至胁迫亲人的坏事，最后害人害己（例如剧本中何是非最后落得失去朋友失去亲人只剩下自己孤苦一人）。生活在时代夹缝中的人，面对邪恶势力无力战斗，正义的事业无力去做，只能无所事事，终日郁郁寡欢（如剧本中的何为理想远大却壮志难酬，终日以看小说打发时间；何芸内心痛苦于社会的黑白颠倒而又无力自拔；刘秀英痛苦于亲人的狼心狗肺，眼见丈夫谋害好友而备受良心的折磨）。

剧本《于无声处》揭露了反动派的丑恶嘴脸，批判了"四人帮"篡党夺权的罪行，批评了党的错误政治路线，非常符合饱受错误政治路线折磨、饱受"四人帮"迫害、饱受反动势力欺凌的人们内心的渴望。人们内心渴望解放，渴望自由，渴望社会恢复正义，渴望祖国繁荣富强，渴望人人幸福平安，渴望获得发展的机会，因此，戏剧《于无声处》受到人们的普遍欢迎。

戏剧《于无声处》从创作手法上看，没有什么突破传统之处，剧本突出了正面人物，在正面人物中突出了英雄形象，在英雄形象中突出了主要英雄形象，有点符合"三突出"原则。但是，作品的精神指向发生了巨大变化。"文化大革命"中，与其说戏剧主要歌颂工农兵形象，为无产阶级专政的政治服务，不如说已经蜕变为赤裸裸地为"四人帮"篡党夺权的政治阴谋服务。"文化大革命"期间，"四人帮"心怀夺权私欲，打着党的旗号到处为所欲为，无恶不作。《于无声处》歌颂革命者勇敢坚持党的理想，不计个人安危的革命精神，表达了邪恶必将被正义所战胜的革命信念。它激发了广大人民的斗志，为彻底清除"四人帮"的不良影响起到了巨大的精神鼓舞作用。

第二节　新时期之初的社会问题剧
《假如我是真的》

沙叶新1979年写作的《假如我是真的》是一个在全国主要城市都有演出，但却未曾公演就被禁演的话剧。三十多年来，《假如我是真的》一直受到世人关注。这是一部反映官僚主义弊端，对中国政治体制尖锐发问的戏剧。今天看来，戏剧中提出的问题依然困扰着中国社会。

《假如我是真的》以一个知识青年为了调回上海不得不进行欺骗的故事为题材，对社会上某些官员自私自利的丑恶嘴脸进行了描绘，写出了社会底层民众利益无法得到保障的现实。剧本主要人物共有九人，分别是李小璋、陈团长、孙局长、处长、市委书记、张老、场长、李小璋女友、局长女儿。剧中李小璋为了把自己从农场调回城假冒高干子弟张小理周旋于团

长、局长、处长、市委书记之间。眼看事情成功，场长举报了
他，结果真相被揭穿，李小璋遭到调查并被审判定罪。

作品揭露了局长、处长、团长自私自利的所作所为，刻画
了一个又一个丑陋的官员嘴脸，暴露了严重的官僚主义特权现
象。这部戏拉开中国政治体制批判的序幕，发人深省。

作品也刻画了张老这一具有"强大革命情怀"的正面人
物。因此，从本质上讲，这部戏不是要否定共产党人所代表的
那种摒除私欲追求人类解放的革命精神，而恰恰是以这样的精
神作为精神宿营地，将反对腐败、反对特权、尊重人的基本权
利作为这个戏剧的精神主题。

沙叶新受黄佐临为人生、为艺术的戏剧理论影响，在
《假如我是真的》中摆脱了政治传声筒的写作模式，以人性为
基石进行创作。因此，该剧充满人文关怀，表现出一种深重的
人道主义精神焦虑。

《假如我是真的》不同于《于无声处》等剧作，它开始对
社会中存在的主要问题进行深度精神探索，开始反思中国社会
问题的深层原因，开始对官僚主义、特权体制提出质疑。制度
模式层面的反思可以说是对一个社会结构的终极反思，《假如
我是真的》在这方面贡献独特。

第三节　20世纪80年代初期实验戏剧
《绝对信号》

话剧《绝对信号》剧本发表于《十月》1982年第5期，由
北京人民艺术剧院1982年11月以小剧场的形式首演，是高行健
的成名作品。高行健1940年出生，受母亲影响，从小就对戏剧
与写作感兴趣，有良好的美术功底。1957年考入北京外国语学

院，1962 年从法语系毕业，被分配到中国国际书店从事翻译工作，1977 年在中国作协对外联络委员会工作，1980 年任北京人民艺术剧院编剧。熟谙西方现代文学的他 1981 年出版著作《现代小说技巧初探》，有较深厚的文学创作功底。《绝对信号》这一作品创作特点鲜明，以火车车厢里发生的事情作为叙事着眼点，却又不断通过人物的回忆展现了过去的事件，而且侧重外化了人物的想象和内心深处的精神活动，使人物的意识与下意识交互一体，再现出相对真实完整的人的心理世界，为戏剧现代化尤其是现代主义化作出较大示范贡献。

《绝对信号》共有五个主要人物——代表正义力量的车长、代表邪恶力量的车匪、失业青年黑子、单纯善良的女青年蜜蜂、拥有一份不错工作的青年小号。黑子、蜜蜂、小号三个人是同学与老朋友，小号喜欢并想追求蜜蜂，蜜蜂喜欢并想嫁给黑子。小号的爸爸是站长，为小号找到一份实习车长的好工作；黑子的爸爸是普通工人，退休后黑子姐姐接了班，黑子一直没有稳定的工作。因为黑子没有好一点的工作，蜜蜂父亲不同意蜜蜂与黑子恋爱。黑子苦闷中结识车匪，答应帮助车匪抢劫货物，与车匪一同登上小号实习的火车，蜜蜂因为追赶蜂车，也登上小号实习的火车。本来只有车长与小号的车上来了三位不速之客后，变成了五个人。车长首先发觉车匪的目的，不断教育黑子；蜜蜂不断向黑子示爱，感化黑子回头，最后危急关头，黑子舍身制伏车匪。

剧本流露出正义一定战胜邪恶的情感，表面看起来一切都是那么自然。但是，从黑子的苦闷、蜜蜂的焦虑能够看出，社会底层老百姓生存生活的艰难困苦。从黑子、蜜蜂与小号的对比中，不难发现社会特权现象导致人与人之间生而不平等。人们在反思中能发现，如同《假如我是真的》一样，《绝对信号》也暗示了社会制度层面的不合理。戏剧的感染力量是惊人的，在那个时代，《绝对信号》能感染很多人，教育很多人，却不能帮助黑子、蜜蜂这样的年轻人摆脱内心的不平衡与对生活困苦的焦虑。制度层面的问题不解决，社会公正就是一句永远实现不了的梦话。此外，从文化层面看，当时社会上流行结婚的时候男方要置办房子家居用品，父母为孩子的婚姻做主。这种风俗今天仍然流行，很多真正相爱的男女青年深受其害。蜜蜂甘愿受苦受穷，黑子仍然欲以身试法，正是制度层面问题与风俗文化问题交相逼迫的结果。从历史层面看，《绝对信号》表征了20世纪80年代初期中国社会基本状况。如果从人性角度看，如果说刘心武的小说《班主任》中发出的呐喊是"救救孩子"，《绝对信号》所发出的呐喊则是"救救社会底层正在恋爱的青年男女"。

早在1962年著名戏剧艺术家黄佐临发表的《漫谈〈戏剧观〉》一文中就对当代中国戏剧创作提出"写意化"等现代主义主张。《绝对信号》在文学的艺术化方面贡献极大，不仅在《假如我是真的》之后进一步突破了"三突出"创作原则，而且全面尝试现代主体思想意识的表达与现代艺术创作技法的应用。《绝对信号》在20世纪80年代初期的文坛上出现，其重大的意义还在于为人们提供了一种新颖的审美感受——现代审美感，其效果与王蒙的《春之声》、《夜的眼》等意识流小说相似，在戏剧界掀起戏剧形式的现代主义创新之风。

第四节 20世纪80年代中期的荒诞戏曲川剧《潘金莲》

魏明伦创作的川剧《潘金莲》发表于1985年，作品以

"新"为中心,以批判为主题,构思大胆,风格独特。如《楔子》中,现代女郎吕莎莎遇见一个古代文人,他正是写作《水浒传》、代表传统伦理的施耐庵。她对施耐庵说"我来自花园街五号",我们是"八十年代新一辈,八十年代新一辈"。"要张开想象的翅膀,跨越时空的界限。到先生(施耐庵)面前,表达几分敬意,附带一点遗憾!"亦真亦幻,让人真假难辨。

从人物景观方面,魏明伦的《潘金莲》让不同时代角色登场,不同场景不断转换,使各种时空交叉呈现,你方唱罢我登场,形式新奇,元素多样,知识性与趣味性饱满。此外,因为情节上古今交融,加之作者古典文学修养深厚,戏词既充满现代流行的叛逆感觉,也包含古代诗词雅韵之风。如武大回答张大户时候说"人到四十五,衣烂无人补","武大郎(背唱):天上降下大美人!潘金莲(背唱):地头冒出土行孙!""张大户(背唱):那一个老丑侏儒矮三寸,这一个回眸一笑百媚生","潘金莲(唱):那边是愚人丑陋!这边是衣冠沐猴!两边皆苦酒,一嫁终身愁"。戏词既切合人物身份,又生动诙谐。

如剧中人物吕莎莎所唱,本戏剧是在"比较学"精神视角下写作的。其结构也是比较学的。忽而水浒中场面浮出,忽而吕莎莎与施耐庵对话,忽而吕莎莎与贾宝玉对话,忽而张大户出场,忽而欺负平民百姓的黑社会泼皮出场,忽而冲破不幸家庭的安娜·卡列尼娜出场,忽而武二郎出场,忽而《西厢记》里的小红娘出场,忽而老虎开始对小红娘说话,忽而武则天出场,忽而上官婉儿与芝麻官对话,忽而西门庆与王婆出场,忽而安娜·卡列尼娜拉着潘金莲去自杀,忽而武则天劝潘金莲休了武大,忽而宝玉、莎莎欲闯入潘金莲家中与潘金莲闲话……境中境、梦中梦,不知何者是境,何者是梦。或喜笑颜开,或悲泣成声,或和颜悦色,或怒目而视,场景变化迅疾,人物情态不一,"海阔凭鱼跃,天高任鸟飞",时空转换无拘无束,对话内容自由自在,其艺术构思远远超过一般西方意识流模式或者中国传统的写实方式所达到的效果。

同《绝对信号》等直接切入中国社会现实的剧作相比,魏明伦的《潘金莲》探讨的问题显得精神性更强一些。在"比较"的文化视野下,《潘金莲》表面看来是伦理上的欲给潘金莲翻案,实际直接以人性尤其是千百年来中国一直避讳的"性福"问题作为主题。剧本以通过对"性福"问题的讨论,声讨不合理的文化传统、伦理道德,并以此促进人们对社会结构合理性的思考,促进人们对社会结构总体性的重新认识,促进社会走向人性自由解放与进步。"人"与"人的幸福"成为该剧思考的核心!

魏明伦写作潘金莲之前,已经有三个潘金莲形象,一个是《水浒》中的潘金莲,害死亲夫,连累武松杀人;一个是《金瓶梅》中的潘金莲,人们眼中的色情狂与阴谋家;还有一个是欧阳予倩笔下具有反抗精神的潘金莲。

魏明伦以比较方式塑造了一个崭新的潘金莲,这个潘金莲与前三个相比,血肉更加丰满,完全生活在普遍的人性追求中。从剧情发展看,最终没有逃脱沦为封建社会牺牲品的命运。她从张大户淫威下逃出,走进武大郎夫权帐下,向往英雄武松,却错被西门庆勾引,最后因"丧心病狂"杀害武大,难逃被掏心的责罚。魏明伦《潘金莲》利用比较方式,不同时期,不同阶段有各种观念引导潘金莲,但最终因为自身的孱弱,因为封建势力的强大,而不得不以悲剧告终。其中有张大户逼迫,有自己的抗争,有甘受寂寞,有遇见英雄的欣喜,有被骗失身，有武松代表的传统伦理力量的追杀，有叛逆的安娜·卡列尼娜引诱她自杀，有毒辣邪恶的代表武则天引诱她杀人……比较是涉及文化的，文化是涉及伦理的。魏明伦的《潘金莲》以比较为方式，戏剧问世之后，立刻引发社会普遍的文化讨论、思想争论、伦理辩论。

《潘金莲》上演的时候，我国改革开放刚刚起步，人们普遍生活在一个有许多问题尚待解决的社会文化环境中，很多人不得不压抑着人性生活在传统偏见与陋习中。受外国人性解放思潮影响，人们普遍向往过上一种符合自己人性需要的伦理生活。生活在一种热烈向往与现实桎梏并存的氛围之中，那种人之为人的存在的焦虑折磨着每个人。

第二章

20世纪90年代先锋戏剧

第一节　孟京辉的《思凡》、《恋爱的犀牛》

20世纪90年代中国小剧场戏剧主要分为两类，一类是实验戏剧；另一类是商业化戏剧。孟京辉1986年毕业于北京师范学院中文系，后考入中央戏剧学院读研究生，1991年在中央戏剧学院发起组织实验戏剧团体，举办"实验戏剧十五天"演出季，是新时期小剧场演出坚持实验戏剧原则的主要代表。其代表作品为1993年导演的《思凡》、1999年导演的《恋爱的犀牛》。这两部戏剧坚持实验的原则，着重从作品主题、戏剧形式方面进行变革，已经涉及对传统戏剧演出模式的颠覆，以及对崭新演出模式的探索。

一　《思凡》

《思凡》是孟京辉导演的，1993年在南京参加"中国小剧场戏剧展演暨国际研讨会"（获得"优秀导演奖"）的作品。作品以一个小和尚与一个小尼姑想要还俗过普通人生活为主要内容，揭示了20世纪90年代初期中国人内心向往，表征了那样一个追求人性解放的独特历史时期的社会精神状况。

剧本写出家小尼姑色空讨厌了无生趣的庵中侍佛生活，时常独自苦闷，不自觉地发表怨言道："（声音冷漠）削发为尼实可怜，禅灯一盏伴奴眠，光阴易过催人老，辜负青春美少年！（众人重复以上台词）小尼赵氏，法名色空，自幼在仙桃庵出家，终日里烧香念佛，到晚来孤枕独眠，好凄凉人也！""（悲戚地）小尼姑年方二八，正青春被师傅削去了头发，每日里在佛殿上烧香换水，换水烧香，烧香换水，换水烧香，烧香换水，换水烧香……（声减弱）""来此大雄宝殿，你看两旁的罗汉，塑得好庄严也！——（众人已摆成罗汉塑像）又只见那两旁罗汉塑得都有些傻嘛：一个抱膝舒怀，口里念着我；一个手托香腮，心里想着我；一个眼倦开，朦胧地觑着我。唯有那布袋罗汉笑呵呵，他笑我时光错，光阴过，有谁人，有谁人肯娶我这年老的婆婆？（焦急，欲哭）""降龙的恼着我，伏虎的恨着我。那个长眉大仙愁着我，说我老来时，有什么结果……""佛前灯，做不得洞房花烛；""香积厨，做不得玳筵东阁；""钟鼓楼，做不得望夫台；""草蒲团，做不得芙蓉软褥……芙蓉软褥。（娇羞间，不免风情万种）""奴本是女娇娥，又不是男儿汉，为何腰系黄绦，身穿直裰？""奴把袈裟扯破，埋了藏经，弃了木鱼，丢了铙钹。学不得罗刹女去降魔，学不得南海水月观音座。夜深沉，独自卧；起来时，独自坐，有谁人孤戚似我？似这等削发为何？恨只恨说谎的僧和俗，哪里有，天下园林树木佛？哪里有，枝枝叶叶光明佛？哪里有，江河两岸流沙佛？哪里有，八万四千弥陀佛？从今后，把钟楼佛殿远离却，下山去，寻一个年少哥哥！凭他打我骂我！说我、笑我！一心不愿成佛！我不念阿弥陀佛！（重复）从今后，把钟楼佛殿远离却，下山去，寻一个年少哥哥！凭他打我骂我！说我、笑我！一心不愿成佛！我不念阿弥陀佛！

（佛乐大起，变为蓝光，灯光较前变亮一些）我不念阿弥陀佛！我不念阿弥陀佛！"

　　同时，写出家侍佛的小和尚本无的内心苦闷与精神向往。"香醪美酒全无份，红粉佳人不许瞧！? 雪夜孤眠寒悄悄，霜天削发冷萧萧。（大悲、大怒、大吼）似这等万苦千辛受尽了折挫！""木鱼敲得声声响，意马奔驰我怎奈何？（焦躁）意马奔驰我怎奈何！（火烧火燎）嗳！我越想越动起火来了，还是下山去走走，还是下山去走走！""林下晒衣嫌日淡，池边濯足恨鱼腥；灵山会上千尊佛，天竺求来万卷经。贫僧本无的便是。自幼身入空门，（擦拭佛器，打扫金身）谨遵五戒，断酒除荤，烧香扫地，念佛看经。（叩拜诸佛）这些都不遂我的念头！""我就脱了袈裟，脱了袈裟，把它僧房封锁，从此丢开三昧火。师傅啊师傅，非是我背义私逃，我想做僧人，做僧人没妻没子，终无结果。我想出家的所在，多是陷人之处。我把陷人围墙，从今打破！跳出牢笼须及早，叹人生易老，叹人生易老，须及时行乐。效当年，刘郎采药桃源去，未审仙姬得会我。"

　　有了这样心思的两个出家人，便有了遇着之后的相思，和尚想："莫说是个凡间女子了，就是那月里嫦娥，月里嫦娥也赛不过她。因此上心中牵挂，暮暮朝朝我就撇她不下！"尼姑想："他把眼儿瞧着咱，咱把眼儿觑着他；（娇羞）他与咱，咱共他，两下里都牵挂，（恼火）冤家！怎能够成就了姻缘！就死在阎王殿前，由他把碓来舂，锯来解，把磨来挨，放到油锅里去炸。啊呀，由他！则见那活人受罪，那曾见死鬼带枷？啊呀，由他！火烧眉毛，且顾眼下，火烧眉毛，且顾眼下。"有了相思，小和尚与小尼姑决定逃出牢笼，还俗归家，于是便有了路上相遇之后的一段真诚喜悦对白。尼姑说："僧家难把头发养，尼姑五戒不可忘。成家立业没有份，双关话儿你去想。(说罢含羞出庙奔下)"和尚说:"幼尼,幼尼!……双关话儿我去想?(思索,念)僧家难把头发养,僧!尼姑五戒不可忘,尼!成家立业没有份,成!双关话儿你去想……僧尼成双,僧尼成双!嘻嘻嘻嘻……"

孟京辉是充满现代意识的实验戏剧家,除了非常注重戏剧题材的创新性运用之外,还非常注重通过恰切的表达方式突出戏剧的效果。因此,《思凡》中除了应用一般戏剧手法外,还穿插主人公心理活动,穿插作为旁观者的众人接白……里面有同声也有独声,使戏剧表达的效果达到最强。整部戏小巧别致,玲珑剔透,内蕴深厚,思想深刻,主人公或手舞足蹈,或惆怅满怀,或娇羞风情,或焦急欲哭,在观众眼中一切是那么明朗,那么了然。

经历20世纪80年代较为充分的商品经济发展,90年代,中国社会进入市场经济发展时期。市场经济是以个人为单元的经济,因此,个人独立解放逐渐成为社会主要精神目标,个人的人性自由逐渐成为人们最为关注的精神对象。在资本主义蔓延整个欧洲社会,人性获得巨大解放之后,弗洛伊德批判性地指出个人的潜意识即性意识已经成为决定人生存生活的根本意识。戏剧《思凡》通过对和尚尼姑对素朴的人性生活精神向往的展示,无意中正好做了弗洛伊德理论的精神注脚,恰切地表征了中国历史的时代转变,为中国新时期市场经济健康迅速发展添加了精神动力。

二 《恋爱的犀牛》

《思凡》很容易让人们想起汪曾祺的《受戒》,《受戒》以小说形式写了一个叫明海的小和尚与一个叫英子的小姑娘美好的爱情故事。《思凡》则以戏剧集中展示矛盾的方式为我们塑造两个小人物，展示了两个少年纯真的人性向往，展示了时代的基本精神——人们追求人性的适度满足。与《思凡》相比，《恋爱的犀牛》是一出爱情悲剧，它表现了时代的悲哀——物质的丰富可以促进幸福，也可以毁掉人们的幸福。

《恋爱的犀牛》着重思考的是历史即将进入新世纪时人们的精神状况。改革开放 20 年，人们需要对当下状况作一个整体性历史反思，需要认清时代变化，需要为正在来临的新世纪作好精神准备。戏剧的第一场，观众通过众人的合唱就能清楚发现我们处在一个什么样的历史时期。

> 这是一个物质过剩的时代，
> 这是一个情感过剩的时代，
> 这是一个知识过剩的时代，
> 这是一个信息过剩的时代，
> 这是一个聪明理智的时代，
> 这是一个脚踏实地的时代。
>
> 我们有太多的事情要做，
> 我们有太多的东西要学，
> 我们有太多的声音要听，
> 我们有太多的要求要满足。
>
> 爱情是蜡烛，给你光明，
> 风儿一吹就熄灭。
> 爱情是飞鸟，装点风景，
> 天气一变就飞走。
> 爱情是鲜花，新鲜动人，

过了五月就枯萎。
爱情是彩虹，多么缤纷绚丽，
那是瞬间的骗局，太阳一晒就蒸发。

爱情是多么美好，但是不堪一击。
爱情是多么美好，但是不堪一击。

通过众人的念白我们也能清楚我们应该作些什么样的精神
准备：

在新世纪来临前，我们要整理人类的财富，
在新世纪来临前，我们要清扫没用的垃圾，
在新世纪来临前，我们要推翻不切实际的思想，
在新世纪来临前，我们要摒弃一切软弱的东西。

新世纪即将到来，但是"时间从没有像现在走得这么沉
重"，改革开放以来，中华民族已经取得举世瞩目的物质成
就，但是，中国人的精神状况什么样呢？"一位67岁的老诗
人为了让自己的作品入选刚刚自杀。"大家在为获得彩票而踌
躇，在高喊"时间就是金钱"。人们纷纷想让自己名字"流芳
百世"。在最能代表人们精神与灵魂的事物——爱情面前，众
人却发出集体的悲鸣："爱情是多么美好，但是不堪一击。"
剧本主人公马路向往美好爱情，认真对待他与明明的爱
情，在黑子与牙刷、大仙眼里却是正处于发情期。处于爱情之
中的马路内心极度痛苦，这痛苦只有他自己清楚。马路对黑子
说，"总会碰上一个注定会要了我命的女人"。大仙却说："别
听马路的蛊惑，爱情跟喜剧、体育、流行音乐没什么不同，是

为了让人活得轻松愉快的。"这是一个自我本位的时代，每个人都有了独立的自我精神，都坚持着自我主义。爱情最能说明精神状况，作者通过明明对一个男人的爱、马路对明明的爱，以及其他人的独白表达了这样一个观点。

在马路眼里的明明如诗歌中所写的那样。

> 你是不留痕迹的风，
> 你是掠过我身体的风，
> 你是不露行踪的风，
> 你是无处不在的风……
> 我是多么爱你啊，明明。

明明一直想着自己爱的人，心中做着自己的爱情梦。

> 对我笑吧，像你我初次见面，
> 对我说吧，即使誓言明天就变，
> 抱紧我吧，在天气这么冷的夜晚，
> 想起我吧，在你感到变老的那一年。

> 过去的岁月都会过去，
> 最后只有我还在你身边。
> 过去的岁月总会过去，
> 最后只有我还在你身边。

> 对我笑吧，像你我初次见面，
> 对我说吧，即使誓言明天就变，
> 享用我吧，人生如此飘忽无定，

想起我吧，在你感到变老的那一年。

戏剧结尾通过众人的合唱《玻璃女人》，进一步强化了这个主题。

> 你是不同的，唯一的，柔软的，干净的，天空一样的，
> 你是我温暖的手套，冰冷的啤酒，
> 带着阳光味道的衬衫，日复一日的梦想。
> 你是纯洁的，天真的，玻璃一样的，
> 你是纯洁的，天真的，什么也污染不了，
> 你是纯洁的，天真的，什么也改变不了，
> 阳光穿过你，却改变了自己的方向，
> 我的爱人，我的爱人，我的爱人，我的爱人……

20 世纪 90 年代是一个个性自由的年代，人们追求爱情，追求做一个纯粹的自我主义者。在剧本中能看到，马路获得五百万大奖之后去找明明，明明却说："你有钱，别人也有钱，我为什么要你的，何况你要的东西我不想给你。""我愿意当婊子挣钱跟你也没关系，我就是受不了你那副圣人似的面孔，我不爱你，我不想听见你每天在我耳旁倾诉你的爱情，我不想因为要了你的钱而让你拥有这个权力。听懂了吗？"经历不断的社会改革，人们生活水平获得极大提高，精神更加自由，但是社会上精神问题也越来越多，人们的情感与欲望越来越膨胀，人们越来越自我，从女主人公明明畸形的情感与欲望行动就能看出来，从男主人公马路的不理智行为也能看出。90 年代末期，人们精神上是很迷茫与焦虑的，这是一种源自心灵深处的存在的焦虑。

戏剧《犀牛的恋爱》的成功除了精神主题重大，还有就是形式革新。剧中人物不多，但会以打破时空方式出现，各种场面交织在一起，完全从观众心理需要出发，也契合了观众的心理需要。有时候为了更好更有趣地展示一个场景需要很多人的参与，如第二十二场，里面有恋爱指导员还有恋爱教授参与进来，不能不说是一个很好的补充。牙刷说："我觉得完成得好比完成得快重要，黑子纯属心急硬吃热包子……（众人看他，牙刷自觉失言）挺好！"黑子说："莉莉说，我们现在快速结婚，我们就是跨世纪婚姻，我们的孩子将在新世纪出生。"大仙说："归家的兔子，靠岸的船，中国又少了一大对老大难。"马路说："挺好。"恋爱指导员说："社会又减少了一个不安定因素。"面对黑子与莉莉的争吵，恋爱教授说："这就是我说的——新婚夫妻的第一次争吵。看着两人的胜负将决定他们以后在家庭中的地位。"这样的多声部最终造成了一个热烈有趣的戏剧场面。

当然，剧本也为我们提供了一些先进的思想认识，如对爱情的理解。女主人公明明说："也有很多次我想要放弃了，但是它在我身体的某个地方留下了疼痛的感觉，一想到它会永远在那儿隐隐作痛，一想到以后我看待一切的目光都会因为那一点疼痛而变得了无生气，我就怕了，爱他，是我做过的最好的事情。"爱情是什么？就是那种痛。

第二节　话剧《留守女士》

乐美勤于1989年创作的七场话剧《留守女士》，1991年经上海人民艺术剧院首演之后轰动全国。1993年，该剧获得"中国小剧场戏剧展暨国际研讨会"的"优秀演出奖"；1994

年参加了香港艺术节；1997年该剧赴新加坡参加第二届亚洲表演艺术节演出，从而闻名世界。

戏剧《留守女士》以20世纪80年代末期中国出现的出国热潮作为背景。改革开放逐渐深入之后，人们为了追求幸福生活，纷纷以各种形式（留学或者打工等）出国打拼，该剧描写的正是在这样的过程中所出现的一些崭新的家庭与社会情况，进而展示新的历史条件下人性的复杂性，以及人们的精神焦虑。今天看来，该戏剧上演之后之所以引发重大社会关注，主要因为戏剧中第一次以严肃深重的情感关切，对改革开放之后人们普遍热烈追求家庭与个人幸福生活过程中出现的崭新的婚姻、爱情、家庭伦理变化等现象进行了充分的写实性描绘，并进行了深刻精神反思。

戏剧借助女主人公乃川的同学之口，指出这是一个"乡下人忙着进城，城里人忙着出国的时代"。在这样一个"人往高处走"时代，乃川的妹妹出国了，乃川的同学的爱人出国并离婚娶了日本女人，乃川的爱人陈凯出国并有了情人，乃川的同学离婚后嫁给一名外国老男人也出国了，乃川辞去医院工作并去找陈凯的情人在中国的丈夫帮忙出国，戏剧男主人公子东的爱人出国并整容了，子东为了出国"热情服务"于自己导师的爱人，最后子东的爱人回国之后要带子东出国，陈凯已经帮助乃川办好出国手续……

国外不是天堂，除夕夜，乃川的妹妹给国内的家里打来电话，却仍然要去工作；陈凯写给妻子乃川的信中说华人教授、学者、留学生充斥在美国餐馆外卖的大军中，他们这些自费留学生若能顺利完成学业，"纽约五百中餐馆功不可没"。但是，与国内相比，国外仍然有其优势。如陈凯来信说"一个月可以挣四五百美金"，相对国内的菲薄收入，无疑非常有诱惑力。因此，尽管国外生活很苦，人们为了过上美好的物质与精神生活，仍然纷纷努力去国外发展。

改革开放归根结底解放的是人们勇往直前获得美好生活的能量，是人性。伴随人们追求美好生活能量的释放，伴随人性的解放，中国社会从物质到精神发生了翻天覆地的变化，家庭爱情伦理等现象也出现许多崭新变化。为了追求美好生活，人们纷纷出国改变命运。但是，因为受各种条件限制，往往夫妻二人不能一同出国，这便带来生活上巨大的问题。留在国内的一方孤独、寂寞、苦闷，出国的同样如此，时间久了，要么夫妻感情淡化走向离婚，要么因为感情上的饥渴、移情别恋发展出"婚外情"，婚姻不再是牢不可破的，爱情不再是坚贞不渝的。在这样一种语境中，人们都在变，或者出于自觉或者出于被迫。人们的命运不再一眼就能望穿，人们的情感不再那么简单而纯洁，人们的人生不再那么纯粹而透明。

从哲学上讲，现代社会人的焦虑归根结底是那个看不见却从来存在的"自我"的"实现"。那些我们最向往的东西在召唤着人们，人们循着它们的呼唤走去，并不断靠近它们，这时候人们开始接近自我，开始感到快乐。用今天时髦的话说，除了这些，"神马都是浮云"。爸爸、妈妈或者爱人、孩子，都不是自己真正的根基。真正的根基是那个"自我"，是那个自己最向往的东西，只要与这些打交道，有这些陪伴，就会感觉幸福。一个人找到自己最向往的东西，并与之为伴，即使痛也会感觉快乐，如乃川的爱人与子东的爱人，包括乃川与子东自己。因此，《留守女士》现实性强，时代性哲学内蕴丰富。也正因为这一点，才能轰动全国，闻名世界，直到今天仍然深受观众喜爱。

第三章

新时期小品与电影文学

第一节　小品

　　小品作为一种表演艺术形式，最早是演艺界考察学员艺术素质和基本功的面试项目，20世纪80年代上半期开始搬上春节联欢晚会，并以表演形式的活泼，语言动作的滑稽而受观众喜爱，因为春节联欢晚会的媒介作用，逐渐成为一种家喻户晓的艺术形式。纵观新时期电视小品的发展历史，能够发现，作为一种表演性艺术，小品在不断文学化，不断表征社会变化的同时，也启示着社会变革方向。

一　20世纪80年代小品

　　题材形象方面，我们能够看到，1983年春节联欢晚会小品严顺开的《阿Q的独白》以幽默风趣的方式为人们在舞台上塑造了令人"哀其不幸怒其不争"的阿Q形象。但是，这样的形象毕竟很少。20世纪80年代，尤其80年代中晚期小品，主要取材于百姓日常生活，努力塑造现实社会中各种普通人物形象。此外，能够看到，80年代的小品主题是人性与人道主义精神的回归，倡导一种人性解放与追求美好生活的意识。小品在娱乐大众的同时，力求促进人们主体自我意识觉醒；并对落后伦理观念、传统恶俗陋习以及不良社会现象、个人思想道德滑坡等现象进行鞭挞。

陈佩斯、朱时茂表演的《吃面条》、《拍电影》、《羊肉串》、《胡椒粉》，赵丽蓉、游本昌等人的《急诊》，王刚、赵连甲的《拔牙》，李婉芬、周国治的《送礼》，郭达、杨蕾的《产房门前》，沈伐、岳红的《接妻》，陈佩斯、小香玉的《狗娃与黑妞》，宋丹丹、赵连甲、雷恪生的《懒汉相亲》，黄宏、笑林、师胜杰、方青卓的《招聘》，赵丽蓉、侯耀文的《英雄母亲的一天》等，均在社会引发广泛影响。综观这些作品能够发现，有的里面充满着人们对美好幸福生活的向往，也反映落后传统婚姻观念给年轻人造成的阻碍，如《狗娃与黑妞》；有的反映了改革开放之后社会出现的腐败现象，如《送礼》、《招聘》；有的反映了一些传统落后观念仍然在束缚人们的日常生活，如《产房门前》；有的展示批评了社会上一些人喜欢弄虚作假的现象，如《英雄母亲的一天》、《懒汉相亲》；有的批评商品经济语境中出现的社会不良现象，如《拔牙》、《羊肉串》；有的展示对孩子过度溺爱，如《急诊》……题材方方面面，批判意识无所不在。

二　20 世纪 90 年代小品

小品要求语言幽默生动、动作滑稽有趣，20 世纪 90 年代小品，在保持独特强大娱乐功能同时，进一步与社会发展、底层人们生活本真状态及其思想意识相结合，多取材于百姓身边发生的普通小事，剧情往往围绕幸福等精神性较强的社会问题展开，注重表现一种积极向上的思想感情，让人们在欢笑的同时，能够有机会反思各种崭新社会现象。例如赵本山、黄晓娟的《相亲》，黄宏、宋丹丹的《超生游击队》，赵本山、杨蕾的《小九老乐》，黄晓娟、赵本山的《我想有个家》，朱时茂、陈佩斯的《姐夫与小舅子》，潘长江等的《草台班子》，赵丽蓉、巩汉林、李文启的《妈妈的今天》，郭达、蔡明的《黄土坡》，赵本山的《老拜年》，黄宏、魏积安的《擦皮鞋》，黄宏、侯耀文的《打扑克》，赵丽蓉、巩汉林的《如此包装》，郭达、蔡明的《父亲》……描写的均是普通百姓日常工作生活，反映的都是百姓内心向往，揭露批判了人们身上存在的传统落后观念与习俗，揭示反思了社会存在的问题与矛盾，表征了社会发展状况。

　　小品形式自由，题材广泛，主题不一，20世纪90年代中国小品创作，充分发挥了这一特点。90年代，某些传统落后文化观念依旧存在，小品揭示批评了这些观念。如《超生游击队》，批评了重男轻女的传统恶习；《回家》批评了"人活着图个面子"这一传统陋俗。90年代，商品经济获得较大发展，人们意识发生巨大变化，小品揭示并反思了新经济条件下各种矛盾——艺术与金钱之间的关系，如《如此包装》；亲情与法律之间的关系，如《姐夫与小舅子》；恋爱与幸福之间的关系，如《妈妈的今天》；错综复杂的社会关系，如《打扑克》。90年代，改革开放不断深入发展，市场经济渐渐出现，小品表达了社会底层个人渴望通过自己的努力以及不断的发展获得社会的成功、赢得人们的尊重，如《父亲》；渴望通过自己双手勤劳致富并赢得尊敬，如《擦皮鞋》；渴望能发挥一技之长，为社会贡献自己的力量，如《老拜年》；渴望能获得家庭幸福生活，如《我想有个家》；渴望打破传统落后婚恋观念，如《相亲》与《小九老乐》。同时，90年代小品及时反映社会变革，展现变革过程中百姓心理状况，如《打气儿》

以分流下岗为题材，展示社会变革时期遭受伤害人群心理的激烈变化。

众所周知，商品经济以个人利益为基本追求，因此，90年代小品还着重展示个人利益与他人利益之间关系的问题。例如，高秀敏、范伟、黑妹的《将心比心》与黄宏、巩汉林表演的《鞋钉》，以及赵本山、高秀敏、范伟的《拜年》等小品，一方面表现商品经济人们对利的追逐；另一方面展现了人们心灵向善的基本情操，为我国商品经济健康发展描绘了湛蓝的道德天空。同时，一些作品描绘了富裕起来的人们的生活状况，如郭达、蔡明的《过年》，魏积安、高秀敏的《柳暗花明》，赵本山、宋丹丹的《昨天今天明天》。

三　新世纪小品

新世纪以来，中国逐渐成为全球化体系中的一员，市场经济意识进一步增强，社会商业氛围愈加浓厚。这一点在赵本山、宋丹丹的《钟点工》，林永健、黑妹、黄宏的《家有老爸》，赵本山、范伟、高秀敏的《卖拐》与《卖车》之中皆有明显表现。市场经济的发展，也引发一系列社会问题，比如邻里之间的不信任，如郭达、蔡明、牛群的《邻里之间》；工作之中的钩心斗角，如冯巩、郭冬临、郭月的《得寸进尺》；社会伦理关系复杂化，如黄宏、程煜的《兄弟》，蔡明、英壮的《带着孩子结婚》；在孩子教育问题上也存在这样那样的问题，如郭冬临、金玉婷的《我和爸爸换角色》；伴随个人对金钱的极度渴望而诞生的情感极度脆弱，如赵本山、高秀敏、范伟的《心病》；各种各样的生活弊端，如黄宏、林永健、董卿、巩汉林的《开锁》，赵本山、宋丹丹、崔永元的《说事儿》，蔡明、郭达、句号的《送礼》，黄宏、邵峰、沙溢表演的《荆轲刺秦》，蔡明、王宁、常远、郭丰周的《天网恢恢》，宋丹丹、赵本山、牛群的《策划》等。

此外，如潘长江、巩汉林、王思懿的《同桌的她》，黄宏、牛莉、沈畅的《足疗》，赵本山、高秀敏、范伟的《送水工》，黄宏、凌峰的《小站故事》，郭冬临、周涛表演的《新闻人物》，冯巩、金玉婷的《暖冬》……则表现了市场经济语境中，人们内心深处普遍向往着真心、真情。

小品大多以娱乐观众为目的，在商业化文化氛围中，消费主义文化语境下，日益以娱乐化为主要精神取向，渐渐产生媚俗的倾向，一种削平深度并日益低俗化的"动物园美学"正在不断发酵，并大有欲主导小品创作的趋势。这种情况在最近几年的创作中愈发明显，如毕福剑、赵本山、小沈阳的《不差钱》，田娃、刘小光、毕福剑、赵本山的《就差钱》，王小利、小沈阳、赵本山的《捐钱》，宋丹丹、赵本山、刘流的《火炬手》，郭冬临、邵峰的《回家》，黄宏、牛莉、雷恪生的《考验》……或者搞笑有余而精神不足，或者追求大众化却导致庸俗化甚至粗俗化。

20世纪80年代开始，中国逐渐走上社会主义市场经济建设轨道。经历近30年的艰苦努力与迅速发展，一种以个人感性需要为基点的社会发展模式逐渐在中国树立起来。小品作为一种满足人们感性生活需要的艺术形式获得普遍的认同，陈佩斯、朱时茂、赵本山、范伟、高秀敏、赵丽蓉、巩汉林、黄宏、郭达、蔡明、宋丹丹、冯巩、潘长江、郭冬临等著名小品演员在中国家喻户晓，他们给中国百姓带来了实实在在的快乐。小品作为一种先锋艺术形式，既符合新时期中国社会发展逻辑，也表征了新时期中国社会文化发展逻辑。

第二节　新时期先锋电影

20 世纪 80 年代以来，中国电影创作随着时代精神变化不断发生巨大变化。80 年代是中国第五代导演崛起的时代，中国电影逐渐从以革命为主题，转变为以人性解放为主题，进一步关注有别于传统"非人性"的"现代性"。90 年代，中国电影逐渐转向关注现实生活世界中各种存在状况。2000 年开始，中国电影日益与西方接轨，开始思考人是什么，思考存在的问题，试图揭示超越于现实生活的存在的本质。

一　20 世纪 80 年代先锋电影

20 世纪 80 年代是中国拨乱反正走向改革开放的年代，也是中国第五代电影人崛起的年代。80 年代中国电影成就辉煌。其中有代表性的影片有：1983 年张军钊导演的《一个与八个》，1984 年陈凯歌导演的《黄土地》，1986 年吴天明导演的《老井》，1987 年张艺谋导演的《红高粱》。

《一个与八个》取材于郭小川著名长诗，由张子良、王吉呈编剧，张军钊导演，肖风、张艺谋担任摄影师，何群任美工师，1983 年拍摄完成，上映之后，获得社会普遍赞誉。但是，因为电影以八个犯罪分子的从恶到善的观念转变为主要线索，涉及"人性"问题，在审查的时候遭受一定挫折。这部影片标志着社会正在逐渐打破传统落后思想观念，尤其是阶级人性论的错误观念，无疑对促进人性解放、思想自由起到巨大的精神作用。

取材于柯蓝散文集《深谷回声》，由张子良编剧，陈凯歌导演，张艺谋担任摄影的《黄土地》，1984 年上映之后立刻获得好评，1985年获第五届中国电影金鸡奖最佳摄影奖。作为一部新时代影片，《黄土地》刻意呈现强大的人道力量，以象征手法暗示中国农民愚昧，把个人命运与社会环境联系在一起考察问题，提醒人们认清普通百姓作为一个生活个体受制于环境。影片以阔大厚重、人们无法摆脱的黄土地作为一种传统力量来展示（以"现代的"电影的方式——巧妙利用非话语语言），从而向传统发出了变革的呼声，几近直白地告诉人们，落后的风俗习惯，落后的思想观念，落后的生活状态必须改变，不然生活在那片土地上的人们的悲剧就会周而复始地演绎下去。

第四代著名导演吴天明执导的电影《老井》，1988年获得金鸡奖最佳故事片奖、最佳导演奖。电影《老井》于1986年拍摄，根据郑义同名小说改编，由第五代导演的领军人物张艺谋主演，1987年上映之后获得社会广泛好评。鲁迅先生曾经说过，悲剧就是将有价值的东西毁灭给人看。《老井》中张艺谋饰演的孙旺泉本来有了自己深爱的女人，但是，为了家庭的责任不得不入赘一点也不爱的寡妇家，相爱的人不能在一起，那种痛苦尽人皆知。影片在为我们展示这样一种不合人性逻辑的悲剧景观的同时，不自觉地歌颂了中华民族祖祖辈辈坚忍不拔的生存精神。影片中那块流芳百世的石碑是"悲剧符号"，也可以视为中华民族绵延不绝的生存之根。荷花的芳香建立在淤泥之上，中华民族的伟大扎根于众多"悲剧人生"。影片的精神力量巨大，为中国人民不断坚持改革开放走上人性化的生活轨道增强了决心。

与《一个和八个》、《黄土地》、《老井》一样，由莫言、陈剑雨、朱伟编剧，张艺谋导演，获得金鸡奖、百花奖、柏林金熊奖、津巴布韦国际电影节最佳影片奖的《红高粱》也是一部悲剧电影。但是，在这部再现殖民主义侵略与封建落后文化传统肆虐的悲剧电影中，我们能看到一些令人感到欣慰的事物。比如，主人公"我奶奶"最终与她喜欢的于占鳌（"我爷爷"）有情人终成眷属，传统伦理败给"原欲"，展示了中国底层百姓为了自己的幸福（性福）敢于奋力争取。从具体故事到影片中歌词（"妹妹你大胆地往前走呀 往前走 莫回呀头"），从大野地到大片野高粱，从人物身上的野性到放纵天地间的野合……影片充满原始生命力量。影片采取讲故事的画外音方式，不时出现讲述故事的"我"的声音，即通过全知视角再现一个故事，强化了人们对这个故事的反思。其上映时间是1988年，正是中国人为了提高物质与精神生活水平，不断深入改革开放之际。这部影片的上演，无疑对促进中国社会人性解放——无形中对人们勇敢追求属于"人性的幸福"起到了重大精神鼓舞作用。

二 20世纪90年代先锋电影

20世纪90年代是中国社会改革开放不断深入的时代，更是中国第五代导演大显身手的时代。作为"文化大革命"后第一批通过全国考试进入大学校园接受系统专业学习的大学生，他们有着坚韧不屈、积极探索、勇于创新、敢于冲锋在前的高贵文化品格。在一个大浪淘沙的年代，他们以不怕失败的个体战斗精神，坚持不渝从事先锋电影创作，描摹时代精神，反思历史，展望未来。在他们的镜头中，底层百姓生活逐渐浮出历史水面。电影界逐渐结束那种简单的人性与人道主义探寻与历史文化反思，将现实生活中普通百姓的生活状况纳入镜头。在这期间，比较著名的电影有张艺谋的《菊豆》、《大红灯笼高高挂》、《秋菊打官司》，陈凯歌的《霸王别姬》，冯小刚的《甲方乙方》、《不见不散》、《没完没了》，夏钢的《大撒把》，何群的《凤凰琴》，霍建起的《那山、那人、那狗》等。

自从20世纪80年代末执导的电影《红高粱》获得巨大成功之后，张艺谋便开始了其辉煌的导演生涯。90年代几乎年年都有力作问世，《菊豆》（1990），《大红灯笼高高挂》（1991），《秋菊打官司》（1992），《活着》（1994），《摇啊摇，摇到外婆桥》（1995），《有话好好说》（1996），《一个都不能少》（1998），《我的父亲母亲》（1999）等影片上映后均获得热烈好评。《菊豆》由作家刘恒编剧，小说名字叫《伏羲伏羲》；《大红灯笼高高挂》来源于苏童小说《妻妾成群》。这两部影片均以新历史主义作为思想视阈，着力展示历史上普通百姓的悲剧人生，让人们透过普通百姓实实在在的"历史生活"审视自身生活的历史与文化环境，进而了解自己的生活境遇。《秋菊打官司》剧本由刘恒改编陈源斌的中篇小说《万家诉讼》而来，以新写实主义作为思想视阈，着力展示当下百姓现实生活状况，影片中展示了作为社会最底层百姓秋菊在丈夫遭受村长欺负之后去"讨说法"的艰辛过程，说明改革开放之后，中国底层百姓人权意识开始觉醒。同时，也能看到，作为中国底层官员的代表，村长人权观念不足，法律意识淡薄。社会封建观念诟病难除，中国社会全面现代化的道路依然漫长而遥远。《活着》、《摇啊摇，摇到外婆桥》、《我的父亲母亲》均以新历史主义作为思想视阈，影片通过写实方式告诉我们，在强权时代，底层百姓个人主体命运极其脆弱，个人生命显得卑微渺小，根本没有尊严可言。《有话好好说》、《一个都不能少》以写实主义方式表现了当下社会普通百姓生活状况。90年代，大都市人们纷纷追求成功，最后往往在患得患失中迷失自我,《有话好好说》展示的就是这样的社会景观。90年代,社会迅速发展,但发展不平衡的情况很严重,在西部地区,很多孩子因为没钱不能正常上学,学校因为没钱不能进行很好的义务教育,大批孩子生活在荒芜的精神世界,影片《一个都不能少》描绘的正是这样的情况。

陈凯歌导演的《霸王别姬》,以新历史主义视阈,讲述一个悲伤的故事。与张艺谋的几部新历史主义影片不同,《霸王别姬》除了讲述社会强权对人性的摧残、对人的亵渎侮辱之外,突出描绘了长久以来一直存在却始终不为中国人所重视的同性恋问题。影片中艺人程蝶衣与杨小楼在漫长的合作生涯中形成了独特的相依相偎的情感,即超越了男人与男人之间的朋友或者兄弟关系的那种情感——爱情。作为一种独特的社会现象,同性恋是特定社会语境或者人生经历下形成的现象。在中国,同性恋一直以来没得到过应有的尊重,影片《霸王别姬》对这一现象进行了深刻的反思。

20世纪90年代是电影界收获极大的年代。90年代初期,除了80年代走红的陈凯歌、张艺谋等人的电影依旧受人青睐之外,夏钢1990年导演的《遭遇激情》以及1992年导演的《大撒把》,何群1994年导演的《凤凰琴》也获得较大成功。90年代后半期,冯小刚导演的《甲方乙方》、《不见不散》、《没完没了》,以及霍建起导演的《那山、那人、那狗》获得较大成功。《大撒把》的剧情近似戏剧《留守女士》,写的是都市人在80年代末90年代初为了个人生活出国发展的故事,表现了现代人在激流涌动的生活剧变面前的迷惑彷徨。《凤凰琴》以写实手法描绘了一幅落后山区学校痛苦而复杂的生活情景。因为贫穷,人们生活艰苦;因为贫穷,人们之间互相算计;但是人间仍然葆存真挚友爱。1998年上演的冯小刚导演的《甲方乙方》非常著名，用冯小刚自己的话说，《甲方乙方》在中国电影史上至少创造了两个"第一"：1949年以来第一部为特定档期所拍摄的影片；第一部采取导演不领取片酬，而于影片利润中提成的"风险共担"形式。结果，取得特别成功，投资600万元人民币，最终获得了3600万元的票房，并掀起了中国贺岁片的风潮。影片在结构方式方面，采取混淆现实与虚构的模式，让主要人物徘徊在现实与虚构之间，渐渐这些人物也就拥有了一个模糊的思维性格，做出一些在普通人看来匪夷所思的事情，看起来有点荒诞滑稽却生动有趣。从思想文化蕴涵来看，《甲方乙方》以写实主义方式表现了90年代身处剧烈社会变革中的部分都市人——无聊的大款与明星、因为失恋而丧失生活信心的普通人、大男子主义者等的现实生活情况，其中蕴涵着富于时代精神的人文主义批判。霍建起导演的《那山、那人、那狗》，1999年上映之后获得较大成功，影片描写了一幅人与自然和谐相处的人文景观，没有现代交通的大山深处，邮政人员的工作不是简单的送信，还承载着人们的希冀与愿望，有着非常的重要意义。影片总体是写实的，其柔美的精神，淳朴的观念，深受人们喜爱，上映后获得较大认可，尤其在日本备受观众喜爱，创下800万美元的票房。

三　新世纪先锋电影

新世纪中国社会语境继续不断变化。自从2000年加入世界贸易组织之后，中国就逐渐成为全球化体系中的一员。在个人主体解放的自由、民主主义意识逐渐抬头的同时，中国社会也遭遇来自西方资本主义的消费主义等错误观念的影响。中国电影界市场经济意识不断增强，在这种意识的推动下，部分优秀导演，在深刻的时代精神思考中进行创作，艺术上也取得较大成功。例如张艺谋导演的《英雄》，陈凯歌导演的《无极》。

张艺谋 2002 年执导，王菲演唱主题曲，李连杰、张曼玉、梁朝伟、章子怡、陈道明、甄子丹等主演的《英雄》，被公认为中国第一部武侠巨制商业大片。电影《英雄》由张艺谋、李冯、王斌等人共同改编。其主题表面看来写的是刺杀秦王的历史故事，实则充满对政治体制的现代性反思。在中国人的现代性意识不断觉醒的新世纪，在世界普遍关心权利、公平、正义的今天，《英雄》给西方人带去的是一种崭新的政治模式思考。影片的主题直接切入人们生存生活的社会前提，十分深刻。此外，《英雄》还淋漓尽致地再现高处不胜寒的寂寞，以本质一体化、心性相通作为精神基石，在各位英雄的惺惺相惜中演绎出一幅幅生离死别的悲壮图画，引发人们灵魂的巨大震动，不自觉朝向那个海德格尔所说的"存在"。《英雄》的精神蕴涵非常丰富，这也是其获得巨大成功的根本原因。

由陈凯歌与香港著名电影编剧张炭编剧，陈凯歌导演，2005 年上映的《无极》，投资超过 3000 万美元，堪称大手笔的巨制。影片上映后在社会上反响不一，未能获得普遍认同。我们认为，这部富于浪漫主义唯美色彩的电影，有力地揭示并演绎了人性的复杂性。不同的人因为不同境遇会形成不同的生活逻辑，有的人冷酷残暴（影片中的北公爵无欢）、有的人自私无情（影片中的王）、有的人懦弱服从（影片中的鬼狼）、有的人高傲贪婪（影片中的将军光明）、有的人善良勇敢（影片中的奴隶昆仑）、有的人多情少信（影片中的倾城）……人的性格与操守是其人生经历与变故境遇的副产品，不能一概而论。但是，从影片中能够看到，对于生命的眷恋、对于权力的向往、对于美女的欲望、做英雄的愿望一直盘踞在男人的心底，生存的需要、对于荣华富贵的渴望、对于美好爱情的憧憬一直潜藏在女人的灵魂深处。正是这样一种深刻的"存在之思"构成《无极》的精神脊梁，也正因此，在这个人们还没有普遍达到自我本质觉解的市场经济时代——普遍依附于"物"（金钱）而生活着的时代，《无极》的上映没有获得预想的票房收入与人们普遍的赞誉。

新世纪到来之后，除了张艺谋的《英雄》、陈凯歌的《无极》在艺术方面取得较大成就之外，张艺谋导演的《十面埋伏》、《千里走单骑》、《满城尽带黄金甲》、《山楂树之恋》、《金陵十三钗》，陈凯歌导演的《梅兰芳》、《赵氏孤儿》，冯小刚导演的《集结号》、《非诚勿扰》、《唐山大地震》，胡玫导演的《孔子》等影片，也均以不同形式触及"存在"这个根本性精神命题，同样引发人们热烈关注。在我们看来，如果说 20 世纪 90 年代，中国电影人还徘徊在对现实生活世界本来面目——活生生的百姓的生存与生活本身的思考之中，历史进入新世纪，在世界一体化的政治经济文化交往语境中，拥有先进意识的中国电影人已经逐渐将思维视点投向深广的"存在之思"。

跋

关于当下中国文学发展的思考

20 世纪 90 年代末期我开始读硕士研究生的时候，人们在为文学界出现的个人化写作与女性主义写作等新现象而欢呼雀跃，同时也在为商品经济大潮冲击下文学被边缘化、走向后现代主义的相对主义价值倾向而感到焦虑。1993 年《上海文学》发表了一批学者文章，指出在商品大潮冲击下文学创作中的人文精神在失落。张海迪 1996 年发表的《文学的贫困》（《新华文摘》1996 年 11 期）正好写出了那个时代人们对文学的复杂心情。2000 年 6 月硕士毕业论文答辩的时候，我提交的论文题目是《冲破后现代主义迷雾——近年写实小说创作文体解读》（主要内容已经纳入本书中）。论文梳理了 20 世纪 90 年代后半期小说创作情况，指出其中写实小说创作不仅样式新颖而且正在回归时代发展主旋律，在摆脱不谈价值、不要责任的空心化写作色彩，面对商品经济大潮带来的伦理危机而呼喊道德与良知，呼唤美好人性，指出人文主义在重新抬头，文学在回归人们熟悉的价值文学——人文主义创作道路。然而，新世纪之初，中国文学作品虽然汗牛充栋，但是良莠不齐，鱼龙混杂，相比于 20 世纪 90 年代中晚期，在价值观、责任感方面的问题愈发严重，高亢的时代声音更加难觅。原因是中国走上全球化的大舞台，迈入一个文化产业化的陌生文化氛围。中国作家被裹挟到这样一种陌生的语境，一时间难辨东西南北。这个时代，充当主角的是经济，社会成功人物的主要代表是经济成功人士。在一些人眼里，作家地位越来越边缘化，难有好的作品问世。文学的领地被经济侵蚀，文学找不到自己的家园。

今天，虽然中国仍然行驶在经济发展的大道上，但是西方老牌资本主义国家纷纷出现了经济危机。回顾历史，我们会发现经济危机的根源正在于长久积累的社会精神危机。20 世纪初，德国法兰克福学派就指出，当一切都工业化，尤其是文化工业也成为一种必然，社会就会出现马尔库塞所忧虑的单向度的人。也就是当资本主义话语日益独大，当批判社会的文学、哲学、历史等学问日益沦为经济的附庸，当一个社会以经济规则取代人文规则，社会必然会因为无度的个人主义发展而走向幻灭。

今天，中国文学的边缘化，与社会上经济话语日益独大密不可分。欲给文学以应有的精神天空，必须破除经济话语的垄断。党的十七届六中全会从国家层面提出深化文化体制改革，推动社会主义文化大发展大繁荣的战略决策。我们坚信，中国文学一定会随着政治体制改革的深入，随着对经济发展认识的推进，冲破现有障碍，走进广阔天地，让那些只知作文不知做人的学生明白做人才是真正的作文；让那些从事商业的人感到真正的商人是以商惠人的人；让各行各业的人们醒悟，我们奋斗的目标不仅是获取更多的物质财富，而是为了生活在一个充满着人文精神的和谐社会。中国文学一定会有属于自己的精神舞台，会在鲜明的中国特色社会主义旗帜下更加辉煌。

后　记

本书的写作与出版是由一系列契机造成的。

1997 年 9 月，我考入东北师范大学中文系攻读文艺学专业硕士学位，开始逐渐融入关于中国新时期先锋文学的讨论。东北师范大学中文系有个传统，就是非常关注当下中国文学发展状态。现在还记得在戚庭贵老师的课堂上，同学们为了新状态、新写实、新女性写作等具体写作现象的意义与局限，经常争论得面红耳赤。后来在导师金振邦教授的支持下，我将 20 世纪 90 年代后半期写实小说创作的文体变化作为研究对象，以"冲破后现代主义写作的迷雾"为题撰写了硕士学位论文，从此真正踏上了新时期先锋文学的研究道路。硕士毕业后，我来到长春大学人文学院中文系任教，在学院号召教师开设本科专业特色选修课的时候，我开设了"中国新时期先锋文学研究"这门课。经过几年的努力，我对新时期先锋文学的认识不断深入，陆续发表了一些相关学术论文。

2003 年 9 月，我考入吉林大学哲学系在职攻读博士学位。在那里，我不仅得到导师高清海教授、孙利天教授的谆谆教诲与悉心关怀，还得到孙正聿、邴正、杨奎森、刘福森、王天成、贺来等老师的指教，逐渐养成了一种"哲学的思维方式"。博士学习阶段以前，我对新时期先锋文学的认识还只是停留在一般性的人文直觉与理智思考层面，经过哲学思维的训练，我已经开始自觉地以"本体论"为视角审视新时期先锋文学。2008 年，在学校的支持下，我在吉林省哲学社会科学基金规划办公室申请的课题"中国新时期先锋文学本体论研究"获得了立项批准。以此为契机，我开始对新时期先锋文学进行更加系统的研究，以"哲学的思维方式"尤其是"本体论"的眼光审视新时期先锋文学，本书就是这种审视的结果。当然，因为本人才疏学浅，书中必有不足之处，还望方家批评指正。

　　在本书即将付梓之际，我谨向精心指导过我的诸位恩师，还有多年来为我的科研创造优厚条件的长春大学，表达由衷的感激之情，这本小书权作我的一份芹献吧。此外，本书能够顺利出版，还要感谢我的学生惠岸等人，他们在繁忙的学业之余帮我做了文字录入工作。尤其要感谢中国社会科学出版社的顾世宝编辑，在本书编辑过程中他兢兢业业，耗费了不少心血。在此我要诚挚地说一声谢谢，祝你们永远快乐！

焦明甲

2012 年 4 月 12 日

于长春大学家属区三千米楼宿舍